Ich – die Lügnerin

Ulla Burges

ICH –
DIE LÜGNERIN

Bibliografische Information der Deutschen Nationalbibliothek
Die Deutsche Nationalbibliothek verzeichnet diese Publikation in der
Deutschen Nationalbibliografie; detaillierte bibliografische Daten sind im
Internet über http://dnb.dnb.de abrufbar.

Coverdesign, Satz, Herstellung und Verlag:
BoD – Books on Demand, Norderstedt

ISBN 978-3-7583-8645-9

Die Gegenwart im Jahr 2023: Circa ein bis zwei Kinder in jeder Schulklasse haben bereits sexuellen Missbrauch erfahren. Die Kriminalstatistik ist ungenau, denn zur Anzeige werden viele Fälle niemals gebracht. Das Dunkelfeld ist enorm groß.

Fast immer sind die Betroffenen handlungsunfähig, aus Scham, aus Angst, weil sie am kürzeren Hebel sitzen. Aber es ist möglich, auch nach langer Zeit des Stillschweigens und des missglückten Vergessens einen Weg zu finden, sich mit dem früher erlebten Dilemma so auseinanderzusetzen, dass die eigene traurige Geschichte als ein Teil der Persönlichkeit Anerkennung finden kann, in einem selbst und auch vor anderen. Niemals ist es zu spät dazu. Es braucht Mut, sich dem schmerzhaften und am liebsten ausgelöschten Kapitel im eigenen Leben noch einmal zu stellen – Mut, jetzt sehr genau hinzusehen, den Schmerz von damals noch einmal zuzulassen, allerdings jetzt unter anderen Vorzeichen: Wo früher schulterzuckendes Annehmen, resigniertes Dulden und eigenes Infragestellen im Vordergrund standen, ist der Blick heute wacher, das Denken klarer, der Wortschatz größer und die Angst kleiner geworden. Wo früher die empfundene Lähmung die Bewegung verhinderte, oder wo Bewegung verhindert, gar bestraft wurde, wo Scham, Angst vor Gewalt und Schuldgefühle den Mund fest verschlossen, oder wo innerhalb von Abhängigkeiten verlangte zielgerichtete Tatsachen-Ignoranz das Irrewerden am Erlebten nicht mehr ausschlossen, kann heute der Schritt heraus aus der Passivität befreiend wirken. Spontane, kecke Fragen können heute gestellt, skrupellose Verhaltensweisen unter die Lupe genommen, gewagte Hypothesen aufgestellt werden – ohne Angst vor Bestrafung. Zumindest in Teilen kann die Opferrolle verlassen werden. Wer sich dem stellen mag in einem länger dauernden Prozess, wird das innewohnende enorme Unbehagen überwinden, wird befreiendes Sprechen lernen über ein bitter-düsteres Kapitel in seinem Leben, denn er wird erkennen, dass er sich zu lange für das Handeln der Täter geschämt hat und dass kein Täter es verdient, dass über sein Verhalten und sein Tun geschwiegen wird. Und eine Täterin genauso wenig.

Liebste Mama,

was ist das für eine Anrede. Immer habe ich sie benutzt. Floss leicht aus dem Hirn, ging mir leicht von der Hand. War so lange Jahre das Normalste von der Welt: liebste Mama. Superlativ von *lieb*. Wie lieb Du zu mir warst! Obwohl ich doch immer wieder ein böses Mädchen war. Sogar bereits vor meinem ersten Atemholen, vor meiner Zeugung, und anhaltend, bis heute. So eine Bösigkeit scheint unausrottbar. Und *Mädchen* war einmal. Wie siehst Du mich heute? Als Deine merkwürdige, hart und Dir fremd gewordene älteste Tochter, auf sinnlose Weise stur geblieben? Vielleicht müsste ich entfernt werden aus der Reihe Deiner Töchter.

Da setzt man Kinder in die Welt, aber dankbar sind sie einem nicht. Obwohl man ihnen doch ein tolles Leben geschenkt hat. Nach reiflicher Überlegung und im Bewusstwerden eigener Endlichkeit will man das eigene tolle Leben in den Kindern fortgesetzt wissen. Diese ganze Einzigartigkeit. Oder wenigstens dafür sorgen, dass es den eigenen Kindern besser gehen soll als einem selbst. Große Aufgabe, es besser hinzukriegen als die Eltern. Und immer diese Zeiten, die einem dabei in die Quere kommen, diese schwierigen Zeiten, die es stets allen Eltern schwermachen oder schuld sind am Misslingen dieses Vorhabens. Aber schafft man es dann tatsächlich, alle schwierigen Zeiten überlistend, kann man so irre stolz sein. Nur verdammt, die Kinder wollen das nicht sehen, nicht wahrhaben, was man da geleistet hat. Stattdessen üben sie sich in Geringschätzung und Missachtung. Stehlen sich davon, sang- und klanglos, wenn es ihnen passt oder wenn ihnen die eigene Mutter nicht mehr passt. Ohne Verehrung sind sie, ohne Respekt für alle Mühe, die man sich gab.

Und Du hast Dir wirklich viel Mühe gegeben.

Ich habe lange überlegt, wie ich diesen Brief beginne. Auf jeden Fall mit einer anderen Anrede. *Mutter!* wollte ich schreiben – einfach nur Mutter mit Ausrufezeichen. Aber wie klingt denn das: *Mutter!* In diesem Wort, zusammen mit diesem Satzzeichen, schwingen Enttäuschung, Verärgerung, Verbitterung, Kompromisslosigkeit mit. Anklage, Zurechtweisung. Von all dem bin ich doch weit entfernt. Mütter weist man nicht zurecht. Mütter sind die Lebenserfahrenen, Klugen, und grünschnäbelige Kinder sind zeitlebens die Hinterhertappenden, die mit dem Nachholbedarf. Andererseits:

Das Wort *Mutter*, wenn ich es leise sage, mit wenig Stimme, nahe an Deinem Ohr, geflüstert, klingt innig, zärtlich, wie ein liebevolles Umfangen. Wovon ich leider ebenso weit entfernt bin. Dir ins Ohr flüstern und dabei lächeln – tut mir leid, geht nicht. Ich wollte etwas Neutraleres finden, in der Bedeutung ein Attribut zwischen *lieb* und – ja was? An der Stelle ist unsere Sprache arm an Möglichkeiten. *Sehr geehrte* ist auch noch vorhanden, sogar *Sehr ver*ehrte, passt alles nicht, sagt man nicht im Zusammenhang mit nahen Verwandten, außerdem: Habe ich nicht lange genug gelogen? In zurückliegenden Zeiten schrieb man *Werte Frau Mutter* – das klingt ordentlich förmlich, unherzlich und in meinen heutigen Ohren ein bisschen albern. Du würdest denken, ich sei jetzt vollends verrückt geworden – woran Du siehst, dass ich mich schon wieder oder immer noch damit befasse, was Du wohl denken magst. Meine Tochterkrankheit. Es stimmt: Alle zwischenzeitlichen Bemühungen, zu Dir einen Abstand ohne Verfallsdatum aufzubauen, sind fehlgeschlagen.

Die Anrede also. Die Anrede einer guten Tochter für ihre gute Mutter. Schön wäre das. Wäre die Tochter gut gewesen. Früher war das ganz einfach. In unseren Büchern: *Seelenbücher*, durch Dich ins Leben gerufen, durch Dich so oder ganz ähnlich benannt. Wie selbstverständlich nannte ich Dich *Meine liebe Mama!* und *Liebste Mama!* Es waren Antworten auf *Mein geliebtes Kind!* und *Meine liebe Tochter!* und *Hallo mein Schatz!* Dein Tiefgang. Deine Fröhlichkeit. Deine guten Ideen. Wie wohltuend das war. Weil ich Dich doch stets so schmerzlich vermisst hatte in den Jahren zuvor.

Noch weiß ich gar nicht, was ich in diesen Brief hineinschreiben möchte. Ich denke gerade, er wird kunterbunt werden, weil mir so vieles einfällt. Und noch immer bin ich über die Art der Anrede nicht hinausgekommen – kleine Verzögerungstaktik, weil ich Angst habe, mich zu verheddern im Labyrinth aus Bildern, Ereignissen und Worten, den zu oft wiederholten – auch den weggelassenen, den immer ungesagt gebliebenen.

Du kennst mich ja: Meine Überlegungen gebe ich auf, wenn sie zu keinem anständigen Ergebnis führen: Ich bin nicht so intellektuell wie Du. Ich gehe dann eben weiter auf meinem Weg mit den ganzen Stolpersteinen, wissend, dass es nur *meine* allesamt bekannten Stolpersteine sind. Ich weiß sie zu umgehen, zu übersteigen, sie beiseite zu schichten. Der hier ist allerdings neu, der mit der Anrede in einem Brief an Dich, womit ich früher niemals

Schwierigkeiten hatte. Nach wochenlangem gedanklichen Hin und Her wählte ich nun das altgewohnte *Liebste Mama*, weil mir nichts eher Zutreffendes einfiel. Die Macht der Gewohnheit. Und ich möchte schließlich, dass Du meine Zeilen liest! Jemand hatte mir geraten, ganz ohne Anrede einfach loszuschreiben. Aber das finde ich unhöflich – Du hast mich Höflichkeit gelehrt! – und auch ein bisschen würdelos, wobei Würde ein schwammiger Begriff ist und individuell betrachtet werden muss, da bereits Deine Würde eine andere ist als meine. Zum Erlangen *meiner* Würde konntest Du gar nichts beitragen – ich meine, ich hatte niemals eine, oder wenn, dann habe ich sie mir irgendwann selbst erarbeitet. Ich weiß auch nicht, ob Mütter das tun müssen: Sorge tragen für die Entwicklung der kindlichen Würde. Aber wenn ich darüber nachdenke, stünde es den Müttern nicht schlecht an, wenn sie sich dafür interessierten. Angeblich ist sie unantastbar, jene Menschenwürde – laut Grundgesetz. Und Kinder sind meines Wissens davon nicht explizit ausgeschlossen. Aber das wird ganz schnell politisch, was wir vielleicht beide nicht wollen, weil wir uns da beide nicht auskennen. Schwierige Angelegenheit, aber vielleicht ganz spannend.

Wenn das mit einer Anrede heute, nach langer Zeit, so ist, wirst Du sagen, sollte ich tatsächlich konsequent die Anrede weglassen und Dir zu gegebener Zeit dieses neutrale Schriftstück übergeben oder zusenden – Du wieder mit Deiner Logik! Aber genau das ist es ja: Es wird kein neutrales Schriftstück werden. Es ist an Dich adressiert, Dich meine ich, nur Dich geht es etwas an. Und logisch – sag selbst: War ich je logisch?

Ich habe Dich niemals mit Deinem Vornamen angeredet – auch das wäre noch eine Variante. Ich habe das oft vor mich hingesprochen: *Liebe Thekla!* Hört sich fremd an, es stimmt nicht, ich konnte mich dafür nicht erwärmen. Du bist mir vertraut. Allerdings: Wie vertraut bist Du mir – noch? Ich weiß gar nichts mehr von Dir. Zum Unvertrauten würde auch noch das heutzutage übliche *Guten Tag* passen oder einfach das dämliche *Hallo* und sonst nichts, machen viele so, ist so eine Marotte geworden, salopp und schnoddrig, nichtssagend und dumm, Zeichen betonter Lässigkeit, die garantiert etwas zu verbergen hat. Sind irgendwie arm dran, diese Hallo-Sager. Vielleicht will ich nur einfach nicht arm dran sein?

Zunächst unbestreitbar ist: Du *bist* meine Mutter. Also neuer Versuch. *Liebste Mama!* Dabei wird es wohl bleiben. Wie geht es *Dir* damit?

Freust Du Dich über die Anrede? Vermutest Du die Rückkehr der endlich reumütigen Tochter? Oder bist Du eher misstrauisch ob des zu Erwartenden? Ich will ja auch nicht sogleich wieder aufhören mit meinem Schreiben. *Liebste Mama!* Sagen wir so: Es gelingt mir nicht, die altvertraute Formel ohne Stirnrunzeln niederzuschreiben. Stolpersteinchen.

Sagen wir so: Neben der alten Gepflogenheit – auch wenn zwanzig Jahre der Kontaktlosigkeit zwischen uns liegen – haben die beiden einleitenden Wörter keinerlei Bedeutung. – Verletzt Dich diese Äußerung? Du siehst, ich kann nichts Spontanes sagen, ohne an die Möglichkeit Deiner Verletztheit zu denken. Wie soll das denn hier weitergehen, wenn ich andauernd zu Dir hinschiele, was Deine Mimik mir gerade verraten will. Höflichkeit! Rücksichtnahme! Streben nach Harmonie! Soll ich an der Stelle Besserung geloben – wenigstens für diesen Brief? Besserung geloben, kommt mir sehr bekannt vor. Ich glaube, ich bin schon ganz schön gut geworden, aber vielleicht geht ja immer noch mehr gut. Und Harmoniebestrebungen sind in der Tat was Feines, Ehrenwertes, aber gibt es irgendwo tatsächlich Harmonie? Zudecken kann man, unter den Tisch oder den Teppich kehren, das meint man wahrscheinlich damit, aber dieser ganze Dreck dann überall. Das riecht doch auch.

Ich bin in der Tat ziemlich durcheinander.

Der erste Satz des Briefes sollte lauten: *Ich habe Dich überlebt.* Denn das ist ein Satz, der mir seit Jahren immer wieder in den Sinn kommt, sobald ich an Dich denke. Und ich denke oft an Dich. Obwohl er gar nicht stimmt, wörtlich genommen, denn Du lebst und erfreust Dich, wie ich um zahlreiche Ecken erfahre, einer zähen Lebenskraft – fast hätte ich gesagt: einer unerschütterlichen Gesundheit, aber das träfe nicht den Kern, denn – Du erinnerst Dich? – warst schon verdammt oft am Sterben. Weißt Du noch, wie ich Dich ohrfeigte, damit Du – gar nicht so sehr tot – wieder die Augen öffnen konntest? Stirbst Du eigentlich noch so oft wie früher? Immerhin hattest Du bereits ganze *elf* Tode überlebt, darunter einige Herzstillstände, Multiorganversagen, komatöse Zustände, als ich mich aus der Familie und aus Deinem sogenannten Verein zurückzog. Nach Deinem dritten Tod begann ich in kindlich-weiser Voraussicht eine heimliche Strichliste mit Filzstift an der Wand über meinem Bett. Mensch, war ich stolz, mit zehn Jahren schon Rettungssanitäter! Elfmal Hinübersein, alle Achtung – von Katzen sagt man, dass sie sieben Leben haben. Wieso magst Du Katzen nicht? Sind doch gar nicht mehr Deine Sterbekonkurrenten. Immer war ich dabei oder kam eben noch rechtzeitig, wenn Du gerade starbst. Aber das war logisch, denn ohne mich wärest Du kaum in die Verlegenheit gekommen zu sterben. Ich hoffe, Dir damit nicht unrecht zu tun, falls ein Tod dabei war, an dem ich nicht die Schuld trug. Aber ich will nicht vorgreifen.

Ja, also dieser Satz mit dem Dich-überlebt-Haben ist doppeldeutig. Falsch ist er nämlich nicht. Und ich frage mich, ob er für Dich nicht etwas Gemeines hat, etwas Hinterhältiges. Eindeutiger könnte er vielleicht lauten: *Ich habe Dich überwunden.* Aber, so formuliert, im Sinne von Etwas-hinter-sich-Lassen – nein, so gefällt er mir auch nicht. Denn hinter mir gelassen habe ich Dich nicht. Ich schleife Dich gewissermaßen mit, überall hin – und ich sage Dir: Mütter haben ein Gewicht! Oder bist nur Du so schwergewichtig? Manchmal – um im Bild zu bleiben – gelingt es mir jetzt, Dich abzuhängen oder abzuschneiden, leichtfüßig und beschwingt weiterzutänzeln ohne Dich. Sobald ich mich aber umdrehe und das zurückgelassene Mutter-Häufchen wohlig geschrumpft in der Ferne kaum noch auszumachen ist, scheint es augenblicklich anzuschwellen, eilends auf mich zuzurollen, sich wieder festzumachen an mir, und die Schinderei mit Dir beginnt von Neuem.

Nun gut, mein Satz vom Dich-überlebt-Haben lautet nun einmal so, und ich möchte ihn stehenlassen, zumal ich die Schärfe herausgenommen habe, indem ich ihn nicht als Satz eins niederschrieb. Wie Du weißt, gehören Heftigkeit, Grobheit und Schärfe nicht zu meinen Eigenheiten.

Ich möchte Dir etwas aus meinem Leben erzählen. Ja, ich glaube, das ist die Absicht dieses Briefes. Zwar warst Du immer bei mir, als ich Kind war, und auch, als ich längst erwachsen war – zumindest in der Nähe warst Du, auch ohne Deine körperliche Anwesenheit. Kamst immer wieder zurück. Dennoch weißt Du nichts von meinem Leben.

Was soll das, fragst Du jetzt, natürlich kennst Du mein Leben. Nicht alles, aber das Wesentliche. Tu ich Dir unrecht, wenn ich sage, Du weißt nichts von meinem Leben? Du kennst vielleicht alles, aber Du weißt nichts.

Haarspaltereien? Meine spezielle Vorliebe? Mag sein, dass Du recht hast. Ich bin so oft hängengeblieben im Gestrüpp unserer Beziehung, die ich nicht durchschaut habe. Du warst klug, Du hattest den Durchblick, während ich mich pausenlos verirrte.

Waren wir nicht immer auf der Suche nach der Wahrheit? Wenn ich das so sage, merke ich, dass die Frage so nicht gestellt werden darf. Denn erstens: Wer sind *wir*? Du und ich? *Du* warst im Besitz der Wahrheit – nur ich war am Suchen. Zweitens: *Suche* nach der Wahrheit? Die musste nicht gesucht werden, sie lag auf der Hand, auf *Deiner* Hand, eindeutig, zweifelsfrei. Du warst bestrebt, sie mir zu vermitteln – unermüdlich, geduldig, gründlich. Sie war klar, von keinem Schleier der Unsicherheit oder des Unbehagens je getrübt: *Deine* Wahrheit, die mich immer wieder verblüffte in ihrer Einfachheit, in ihrer Glattheit. Mein kindlicher Anspruch war ein ungeheuerlicher: Ich verlangte auch eine Wahrheit. Ich beharrte auf *meiner* Wahrheit! Und dazwischen die Frontlinie. Kindlicher Egoismus, kindliche Anmaßung, kindliches Bestreben nach Bedeutsamkeit! Nun, mein Beharrungsvermögen war niemals von langer Dauer, denn Du warst die Stärkere. Ich weinte ein bisschen, suchte nach Essbarem und fügte mich: Mein Erleben entsprach nicht der Wahrheit, denn es konnte doch nur eine Wahrheit geben. Und in deren Besitz warst *Du*! Oder gab es am Ende mehrere Wahrheiten? Eine von Dir und eine von mir? Und von wem noch? Meine war auf jeden Fall winzig klein und nicht der Rede wert. Irritiert durch das, was ich erlebte, was jedoch nicht wahr sein konnte, zweifelte ich an meinem Erleben. So war ich offenbar hoffnungslos hineingeboren in ein Märchen, in eine einzige Lügengeschichte. Ständig hatte ich Prüfungen zu bestehen – das mussten die Leute in Märchen auch. Unter dieser Voraussetzung ließ es sich aushalten: Mein Leben gab es gar nicht. Dich auch nicht. Die anderen auch nicht. Nichts war mehr wichtig, alles egal, alles nur Phantasie, ganz einfach. Am Ende der Sieg des Guten über das Böse. Und Du warst immer gut.

Liebste Mama! Hier hast Du mein ganzes falsches Erleben! Mein ganzes falsches Leben! Mein Lebensmärchen! Ich möchte es Dir servieren wie eine fürstliche Mahlzeit. Fühl Dich eingeladen zu diesem einzigartigen Mehr-Gänge-Menü. Du wirst das Exotische, das Köstliche schmecken, denn ich bin sicher, genauso hattest Du es Dir für mich gewünscht. Und wenn nicht, wenn es nicht Deinem ausdrücklichen Wünschen entsprach, so hattest Du zumindest nichts gegen die Köche, hast hier und da noch ein wenig nachgewürzt, das ist ja erlaubt. Solltest Du Dich überfressen, weil Du nicht genug bekommen kannst, so geh zwischendurch einfach ab und zu kotzen – das schafft wieder Platz fürs Nächste. Ich spreche aus Erfahrung.

Ich merke, dass ich mir offenbar eine ziemlich ironische Art angeeignet habe – oder ist das schon Zynismus? Passt gar nicht zu mir, sagst Du? Stimmt. Das bin ich im Grunde gar nicht. Denn schon, indem ich diese letzten Sätze niederschrieb, plagte mich das schlechte Gewissen: So darf ich nicht zu Dir sprechen, so spricht man nicht mit der eigenen Mutter, das gebietet schon der Anstand.

Allein dieses Wort: Anstand. Vielleicht hatte ich dieses Ding, das sich so nennt, viel zu lange. War nicht mein Rückzug von Dir ganz schön anständig? Stell Dir mal vor, ich wäre geblieben, wäre fähig gewesen, mich gegen Dich zur Wehr zu setzen! Anstand. Vielleicht ist es tatsächlich Ironie, die sich meiner bemächtigt hat, ein wenig Sarkasmus. Denn wenn ich davon Gebrauch mache, wenn mir solche Gedanken entschlüpfen, so parallel zum Anstand vielleicht, dann merke ich deren wohlige Entspannung wie in einer warmen Badewanne. Sehr egoistisch. Und offenbar gewachsen, nach Deiner Einflussnahme, erst allmählich und etwas mühsam gereift. Früher undenkbar. Ich muss mich mal vorm Spiegel damit drehen, ob mir das steht. Oder wen fragen, ob ich mich damit sehen lassen kann. Weil ich mich immer noch nicht so ganz verlassen mag auf das, was nur meine Sinne wahrnehmen.

Es ist so viel Zeit vergangen, weißt Du, diese raumgreifende Sprachlosigkeit hatte mich befallen, was Dich betrifft, und ich denke, wir haben uns beide geändert, die Zeit hat uns geändert.

Wie kommt es, dass ich bei fast jedem niedergeschriebenen Satz denke, dieser Satz stimmt nicht? Die Zeit ist schuld, diese böse Zeit. Immer brauchen wir etwas oder jemanden zum Schuldigsprechen. Verflixte Zeit. Aber Veränderung können wir gelten lassen. Wir haben uns verändert in der Zeit. Du und ich. Wobei ich jetzt nicht den unvermeidlichen Alterungsprozess meine. Ich meine dieses Innendrin. Und könnte das heißen, dass wir beide etwas verstanden hätten? Dass wir zu einer Einsicht gekommen wären? Dass die Zeit – oder unsere Erfahrungen in ihr – eine Wandlung in unserem Denken bewirkt hätten? Ist mein jahrzehntelanger Rückzug von Dir nicht vielmehr gleichbedeutend mit Gedankenlosigkeit oder Fühllosigkeit in all den Jahren, die uns nun trennen? Wenn ich so nachsinne, denke ich: *Ich* habe nichts verstanden. Ich dachte früher viel. Ich fühlte früher viel. Ich wollte früher viel. Ich verstehe heute genauso wenig wie früher, was und warum so manches geschehen ist. Ich denke nicht mehr so viel darüber nach, weil es in den letzten Jahren andere Aufgaben zu lösen galt als die damaligen. Mein Denken hat mit der Zeit etwas Zähflüssiges bekommen und drehte sich vorrangig um mein eigenes, jeweils gegenwärtiges, Leben. Das Fühlen war in den Hintergrund getreten – der Einfachheit halber, schon vor dem Denken, meine ich. Und das Wollen hat sich reduziert auf das Wesentliche, auf das noch Verbleibende, auf Konkretes, Handfestes. Dazu gehört seit kurzem auch dieser Brief an Dich, der sich mir, noch ohne jegliche Kontur, ins Hirn heftete wie ein diffuses Herbstgespinst ohne eindeutige Verankerungen.

Geht es überhaupt um *Verstehen*?

Meine Hoffnung auf *Dein* Verstehen ist schwammig und klein. Denn was um alles in der Welt solltest Du verstehen oder verstanden haben, das nicht längst schon die unerschöpfliche Truhe Deiner Weisheit anfüllt? Deine Weisheit war stets eine ganz einfache, weil doch Weisheit die Vereinfachung aller menschengemachten Komplikationen ist, die schlichte Reduktion aufs Wesentliche, was am Ende jegliches Um-die-Ecke-Denken unnötig macht, sich aufhebt in einer großen Glorie des Lebens. Die hattest Du doch längst erfunden, entwickelt, warst deren eifrige Hüterin wie geduldige Vermittlerin, und nur ich mit meinem Widerwillen, meiner Renitenz fügte mich nicht. Jedenfalls nicht in genügender Vollkommenheit und Dauer. Gibt es noch Neues zu verstehen oder zu erkennen für Dich? Du hast bereits frühzeitig alles verstanden.

Überhaupt ist es so eine Unsitte, verstanden werden zu wollen. Wozu soll das denn gut sein. Will ich immer noch verstanden werden? Von Dir? Da versteht einer, wie der andere denkt, und der versteht wiederum das Denken des einen. Und dann? Dann wird das gegenseitige Verstehen nicht akzeptiert, man sagt *aber trotzdem* oder *gerade weil,* und derjenige, der die Macht hat, spielt sie aus, benutzt den längeren Hebel, an dem er sitzt, einfach weil er es kann, und schon erschießt man sich oder schmeißt Bomben.

Ist es anders, wenn wir den Maßstab verkleinern? Wenn wir ihn auf die Familie anwenden? Hat nicht in der Familie alles seinen Ursprung? In dieser kleinsten Zelle menschlicher Gemeinschaft. Wer hat das Sagen, wer hat die Hosen an? Manchmal sind es die Frauen mit ihrem schrecklichen fadenscheinigen Leibchen. Was will ich denn, verdammt nochmal, mit diesem Brief? Du willst ihn weder haben, noch wirst Du ihn lesen. Momentan bin ich ganz beruhigt: Ich werde schon noch dahinterkommen, warum ich ihn schreibe, zunächst Ergebnis-offen, wie man so sagt. Vielleicht suche ich nach etwas. Nach etwas im Zusammenhang mit Dir. Auch wenn ich allein damit bin, vielleicht hilft ein lustiges Rätselraten: Ich seh etwas, was Du nicht siehst.

Sieh es mir nach, wenn ich mich wiederhole. Das haben Gedanken so an sich, sie verschwinden nicht einfach, sobald sie gedacht oder gesagt oder geschrieben sind. Kann sein, dass sie heute irgendwo zum Stillstand kommen, abgewürgt werden, versickern wie Tropfen im Sand, aber morgen sind sie wieder da, wie lästige kleine Nager, die doch nur irgendwohin wollen.

Ich nannte meine Idee, wir beide hätten uns verändert. Und könnten uns, durch Erkenntnis einen neuen Weg einschlagend, nun aufeinander zu bewegen. Wieviel Irrwitz enthält diese Vorstellung?

Was müsste passiert sein auf unserer Reise, die nun lange schon jeder allein unternimmt? Einsicht, hatten wir schon, jeder für sich innerhalb des eigenen Nachdenkens. Und nein, weder ist mir etwas klarer geworden, noch habe ich mir, wie Du es stets verlangtest, eine andere Betrachtungsweise des Vergangenen erworben. Denn ich habe in zwanzig Jahren nicht mehr allzu viel über die Zeit mit Dir nachgedacht – das Bild des Mitschleifens Deiner Person ist nicht gleichzusetzen mit einem Nachsinnen über Dich. Strich drunter und einfach nur vergessen. Weiß gar nicht, ob das meine Absicht war. Vielleicht so in der Richtung. Abhaken, Ende schlecht, Neubeginn kann nur besser werden.

Aber diese Schubladen, liebste Mama! Ich weiß doch, was da drin ist! Ich habe meine Erinnerungen nicht geschwärzt. Habe das nicht einmal versucht. Meine sture Tochter, wirst Du sagen, hartnäckig – sprach ich nicht gerade von meinem nur kurzen Beharrungsvermögen? Scheint sich auch etwas geändert zu haben –, zumindest wünsche ich mir, dass meine schwerfälligen Gedankengänge im Verlauf dieses Schreibprozesses zu einer Einsicht heranreifen.

Und wie gesagt, ich gehe davon aus, dass sich auch Deine Sicht der Dinge nicht gewandelt hat seit der Zeit unseres schmerzvollen Auseinandergehens, weil sie immer schon so klar war und es nichts herumzudeuteln gab. Du hast mich nicht weggeschickt, hast mich nicht aus Deinem Leben verbannt, denn Du warst die Liebe in Person, würdest niemals jemanden vertreiben, der in Deinen Kreis gehört und dort auch bleiben möchte. Ich war es, die Dein Kreisrund störte, der das erklärt gehörte, die sich daraufhin entfernte, nicht rundlaufen mochte, die ausscherte, geradenwegs weiter wollte oder sich dazu gezwungen sah. Die Dich verriet. Gut gegangen ist es mir seitdem nicht – oder nur zeitweise, wenn ich spürte, wie unter meterhoch Verschüttetem sich Lebendiges zeigte, ein grünliches Hälmchen mir das Herz warm machte. Du wirst sagen, ich sei es schließlich selbst gewesen, die diese Entscheidung getroffen hat, die Deine allumfassende Liebe verschmähte, und Du habest damit gar nichts zu tun. Ich gehe von keiner Einsicht Deinerseits aus. Gäbe es die, und auch nur dann, könnte es zu einer Aussöhnung zwischen uns kommen. Ja, auch jetzt noch.

Heißt nicht *Einsicht*, dass etwas *eingesehen*, anders gesehen wird als vor einer Zeit? *An*sichten hattest Du immer. Fest in der Liebe und fest im Glauben. Deine Ansichten werden unverändert sein. Die Zeit, das heißt mein dickköpfiges Dir-Fernbleiben, hat Dich vielleicht ein wenig resignierter gemacht: *Ach ja, meine abtrünnige Tochter, meine älteste ... Jederzeit darf sie, freilich unter bestimmten Voraussetzungen, zurückkehren in meine weit offenen Arme, in mein Lächeln.*

Da gleichen wir uns: in den fehlenden Einsichten. Und daher ist es nicht hoch genug einzuschätzen, bei derart divergierenden Standpunkten die Entfernung zwischen beiden keinesfalls zu verringern, eingedenk der Reichweite diverser Bomben, einschließlich anderer Mordmöglichkeiten.

Nichts scheint richtig, nichts in Ordnung. Alles dreht sich, kein Anfang, kein Ende. Was hat die Zeit mit *mir* gemacht? Schon wieder die Zeit. Die Zeit ist eine Hure. Sie wird benutzt. Und verachtet. Weil sie benutzt werden kann. Herhalten muss für alles, was in ihr geschieht. Sie schert sich einen Dreck um uns. Wir lassen sie vollkommen kalt. Können mit ihr machen, was wir wollen. Sie wehrt sich nicht einmal. Wir können sie so schön verantwortlich machen für unser missglücktes Leben. Die Zeit ist schuld. Wir sagen: Es war eine andere Zeit, nicht vergleichbar mit heute. Und schon sind wir fein raus. Dabei vergeht sie einfach. Sonst macht sie gar nichts. Dafür schlagen wir sie gern. Oft sogar tot. Nur gestorben ist sie noch nie. Alt hat sie mich werden lassen, körperlich weniger beweglich, weniger belastbar durch allerhand Krankheiten, mit denen ich mich zu arrangieren habe mit fraglicher Aussicht auf Heilung. Und was Dich betrifft, hat die Zeit mir recht gegeben: Den von Dir vorgegebenen Weg zu verlassen, hat mich Kraft gekostet, aber nur dadurch konnte ich *meinen* Weg finden. Retten musste ich mich, ein Ufer erreichen, den Untiefen entrinnen, als der See Deiner Liebe mich zu ertränken drohte. Unser letzter Zusammenstoß war heftig. Von da aus mussten sich unsere Wege trennen. Während Du weiter selbstgerecht und unbeirrt im Mittelpunkt Dich umkreisen ließest von Deinen Auserwählten wie eine Sonne von ihren Planeten, war schließlich für mich kein Platz mehr, und ich, aus der Bahn gestoßen, bewegte mich weg aus Deinem Magnetfeld, erschrocken, verlassen, einsam, trotzig, ohne Aussicht auf ein Wiedereintreten in Deine Umlaufbahn.

*

Du kennst mich. Ich bin ein sanfter Mensch. Habe ich mich je aufgelehnt Dir gegenüber? Früher ein paar *Ausraster*, wie man so sagt, ja, nichts wirklich ernst zu Nehmendes. Hab keine Angst, ich werde das auch heute nicht tun, werde weder klagen noch anklagen. Fragen werde ich stellen, alte Fragen, an die Du Dich sicher erinnern wirst, da ich sie auch schon als Kind stellte. Und neue Fragen, vielleicht, wenn ich so allmählich das Denken wieder verflüssige, sofern mir das gelingt. Über Gefühle werde ich Dir nichts erzählen. Du bist die Expertin der richtigen Gefühle – ich könnte auf diesem Gebiet nur herumstümpern, denn meine Gefühle waren immer falsch. Deswegen bevorzugte ich beizeiten, sie auszuzupfen wie lästiges Unkraut. Dann waren sie weg, das Terrain wieder gesäubert und bereit für neues Erleben. Aber dieses Erleben – dass ich nicht verrückt geworden bin, ist doch sehr verwunderlich –, dieses Erleben war doch ebenso falsch wie meine Gefühle! Die Welt, in der ich lebte, war eine falsche. Das, was ich Dir erzählte, war falsch, war Lüge. Wie geduldig Du warst mit diesen Zurechtrückungen meiner Wahrnehmungen! Ich als Märchenfigur in meiner Märchenwelt! Scheinwelt nanntest Du sie. Andauernd erfand ich neue Seltsamkeiten, tischte Dir allerhand Böses auf und wunderte mich anfangs immer wieder, wie Du es mit einem Handstreich wegwischen konntest. Mitunter war es kein Handstreich; mitunter brauchte es Zeit, bis ich geständig war und zugab, eine Lügnerin zu sein. Das strengte Dich tüchtig an, denn es waren durchaus hartnäckige Lügen, die Deine Liebe wiederholt auf die Probe stellten. Aber Liebe – so dachte ich mir –, muss ein wunderbares Gefühl sein: machtvoll, umwerfend. Du setztest Deine Liebe ein, meine Boshaftigkeit gleichsam darin einzuhüllen, fest, ganz fest, auf dass die Boshaftigkeit erstickt würde. Deiner Liebe widerstand ich nicht. Aber immer wieder blühte meine hässliche kranke Phantasie auf, begegnete Deiner Liebe und – schmolz. Wo Liebe herrscht, in den Märchen, werden alle Proben bestanden. Liebe als Herrscherin! Als *Be*herrscherin, wie ich heute weiß.

Entschuldige, liebste Mama! Ich sollte mein Denken, das wieder verwendungsfähige, an die Kandare nehmen. Aber wenn es doch herumspringt wie ein übermütiges Fohlen! Wenn Deine alt und seit langem stumm gewordene Tochter Freude am wiedergefundenen Sprechen findet! Hab keine Angst, von Freude will ich nicht weiter reden und ebenso wenig von Ungemach. Von Liebe auch nicht, denn das war stets Dein Ressort. Gefühle haben hier nichts zu suchen – Du hast darüber die Oberhoheit. Niemand sonst hat eine Ahnung davon. Im Übrigen habe ich Angst davor, Worte wie *Liebe* oder *Gefühl* heute zu aktualisieren, weil ich meine, wir haben in früheren Jahren diese Worte missbraucht. Worte sind zu *Wörtern* geschrumpft – wenn Du verstehst, was ich mit dieser Unterscheidung meine. Du riefst sie einst ins Leben als Titel unserer Bücher – eines davon liegt vor mir: *Das Buch der Liebe – von Sophia und Mama*. Diese Wörter waren Dir so wichtig, diese Wörter und die Wort-Girlanden darum herum, auf Hunderten von Seiten, verflochten, verwoben zu einem Wörter-Teppich. Du riefst sie ins Leben zu einer Zeit, als ich längst mein Gefühlsunkraut ausgemerzt hatte. Und sie taten mir gut. Ich legte mich gern auf diesen Teppich, ließ mich schaukeln, einrollen, webte ein wenig mit daran herum, schulte mich im Wörterverweben, lernte rasch die Regeln dieses Umschmeichelns, dieser wörtergymnastischen Übungen, worunter wir uns so elegant verbiegen konnten. Du spieltest vorzüglich dieses Spiel, hattest eine gelehrige Tochter, wie früher bereits, nur dass Du jetzt behutsamer vorgingst, sanfter, und mich wissen ließt, dass es von jetzt an nur noch Gewinner geben würde. Wie schön für mich: endlich nicht mehr verlieren zu müssen! Endlich war ich keine infame Lügenperson mehr!

Wir nahmen uns beide so wunderbar ernst. Waren endlich auf Augenhöhe miteinander. Wiegten uns im gleichen Takt Deiner Wörtermusik. Dachten nicht mehr an früher. Ich sah mich gewachsen – gewachsen an Dir. Hatte sich doch alles gelohnt. Kein Leid umsonst gelitten.

Heute, wenn ich hineinlese, kommt mir ein anderes Wort in den Sinn: Infektion. Infiziert hast Du mich, in ein Fieber gelegt, in dem ich wahnartig Deine Worthülsen mitstammelte. Ich halluzinierte in Wörtern, von deren Gehalt ich keine Ahnung hatte. Schon wieder gab ich Dir nach, schmolz, wollte eine gute Tochter sein, genau wie die Jahre zuvor. Nur dass es sich jetzt richtig anfühlte. Allerdings: Was wusste ich denn vom *Fühlen*! Kann man überhaupt etwas *wissen* vom Fühlen? Von dem, was unter einem Außen verborgen und gar nicht beschreibbar ist? Konnte *ich* darüber etwas wissen? Noch dazu vom *richtigen* oder *falschen* Fühlen? Darum ging es bei Dir doch immer. Ich erfüllte meine Aufgaben jetzt besser, wurde dafür in besonderer Weise belohnt von Dir, mit dem *Buch der ehrlichen Liebe* und sonnte mich in der Gewissheit, endlich selbst geliebt zu werden und auch selbst lieben zu dürfen, lieben zu *können* – wozu ich früher nicht in der Lage war als unreifes dummes Kind. Ich hatte meine Lektionen gelernt, Du hattest sie mich gelehrt.

Du merkst, wie ich fortwährend am Straucheln bin, wie ich vielfach in meine alte Rolle des bösen Kindes schlüpfe, wenn ich zum Beispiel sage, Du hast mich infiziert. Das würde Deine eigene Erkrankung voraussetzen – würde es? Es gibt auch Keimüberträger, die selbst nicht erkrankt sind. Es gibt auch Infektionen unfreiwilliger Art, durch gewisse Verunreinigungen; in dem Fall hättest Du sie erkannt und bekämpft. Es war anders. Liebste Mama! Meine Infektion war Dir recht, war die Fortsetzung Deiner eigenen Krankheit. Dein Versuch, mich anzustecken, gelang Dir mühelos. Geteiltes Leid ist doppelte Freude. Zwei Möglichkeiten: War Deine eigene Erkrankung derart infektiös? Oder war mein Immunsystem derart geschwächt? Schwierigkeiten hatte ich Dir lange genug bereitet. Jetzt war ich fügsam, gezeichnet durch hundert Reue-Anfälle, fett gefressen, und Deine mitleidige Liebe traf auf eine fast totgespielte Puppe. Ein paar Liebesvitamine würden sie schon wieder mit Leben erfüllen. Und wie das funktionierte mit diesem Buch! Ein seliges Hin und Her, ein Wiegen war das, lächelnd und geschlossenen Auges. Ein Einlullen. Du mich – und ich Dich auch? Nein: ich Dich nicht. Du erntetest lediglich die Früchte Deiner immensen Arbeit. Das machte Dich stolz.

Schätze ich Dich so ein: so überaus berechnend? Ich will diese Frage nicht beantworten, denn ich will nichts bewerten, nichts beurteilen oder gar *verurteilen*. Sie stellt sich mir nur im Zusammenhang mit meinen widersprüchlichen Betrachtungen.

Ich höre, wie Du stöhnst und wie Du sagst, ich möge doch endlich mal auf den Punkt und dann auch zum Ende kommen. Verstehe ich. So schnell geht das aber nicht. Wie wäre es, wenn Du davon ausgehst, dass mein Brief ein Lobgesang auf Deine Liebe zu mir ist? Dann wirst Du gewiss gern weiterlesen. Nur ab und an bin ich leider immer noch das Dir wohlbekannte böse Mädchen mit rechthaberischen Behauptungen, spitzfindigen Bemerkungen, frühreifen Anwandlungen, frechen Fragen und einem losen Mundwerk. Man trägt schließlich immer sein eigenes inneres Kind mit sich herum – ei-ei-ei, ich schon wieder, aber sorge Dich nicht: Ich werde nicht psychologisch, denn auch diese Domäne der Psychologie will ich Dir voll und ganz überlassen. Ich verstehe davon zu wenig. Und wenn ich nun endlich auch damit beginne, Dir aus meinem Leben zu erzählen, von meinen Verwirrungen, aus denen Du mir stets wieder herausgeholfen hast, will ich Dir damit danke sagen, von weither, obwohl wir in benachbarten Städten leben. Ich scheue den Weg zu Dir hin – die Entfernung durch eine persönliche Begegnung zu minimieren, gelänge nicht. Es ist mir immer schon zu glatt gewesen bei Dir. Heute weiß ich das. Und jetzt, seit ich unsicher und kleinschrittig umhertappe, ist die Gefahr des Hinschlagens größer denn je. Ein Denkmal möchte ich Dir und Deiner Liebe dennoch setzen.

*

Schön, Du willst also, dass ich auf den Punkt komme. Ich sagte Dir eingangs: Du kennst alles, aber Du weißt nichts. Und ich erwähnte gerade meine frühreifen Anwandlungen, die Dir immer missfielen. Das wäre doch ein guter Anfang, Dir heute noch einmal zu erzählen, wie das alles so zustande kam. Wobei ich noch an dem Begriff der *frühreifen Anwandlungen* hänge, den ich für wenig aussagekräftig halte – um nicht zu sagen: für falsch. Und völlig unmöglich. Weil sie einem Kind Fähigkeiten unterstellt, die es gar nicht haben kann. Ich war nicht reif, also auch nicht früh-reif. Ich war ein Kind. Und *Anwandlungen*? Überforderungen waren es. Du ahnst, worauf ich hinauswill? *Die Liebe ist ewig und unendlich*, höre ich Dich sagen – *was ist dagegen eine unmaßgebliche kleinkindliche Überforderung! Fürs Leben zu lernen, heißt, die Liebe beizeiten begreifen zu lernen?* Ein Apfel im Mai, der, abgerissen und zu überstürzter Reifung verdonnert, im heißen Backofen verdorben wurde, das war ich.

Oh, liebste Mama, mir wird gerade schlecht, verzeih, denn mir wird in dem Moment klar, dass ich diesen Brief nicht für Dich schreibe, da ich erkenne, wie wenig Du gewillt oder imstande bist, etwas wissen zu wollen. Dein Glauben an die Liebe, Deine praktizierte Liebe schließt Wissenwollen geradezu aus! Ähnlich wie mit dem Gottesglauben. Wer glaubt, dem ist an Wissen nicht gelegen. Wissensaneignung hieße für Dich Zerstörung Deiner Liebesvorstellung. Ich, als kleines Kind bereits, wollte Dir ein Wissen vermitteln, welches Deiner Liebesidee zuwiderlief und das Du keinesfalls dulden durftest.

Natürlich: Das ist die Erklärung für alles früher Erlebte und Gesagte! So könnte ich mir alle weiteren Worte sparen.

Wenn ich dennoch weiterschreibe, dann deshalb, weil ich offenbar das Aufschreiben soeben neu entdecke als eine besondere Art, sich mit sich selbst auseinanderzusetzen.

Zwischen Oma und Opa liege ich im Bett.
Ich wache auf, mein Popo wird gestreichelt.
Opa atmet schwer, stinkt aus dem Mund.
Opa hat mich wohl sehr lieb, weil er mich ja streichelt. Mich streichelt.
Wann wird Oma denn wach?

In diesen fünf Zeilen schwirrt die vier- oder fünfjährige Sophia in ihrem Erleben. Mir fällt auf: Ich kann das gut. Vieles hat inzwischen gelitten – mein Gedächtnis nicht. Ich kann mich als das Kind sehen, das ich war, wenn ich die Augen schließe oder wenn ich vor mich hinstarre. Die Situation von damals erlebe ich dann wie in einer Kopie, nicht unterscheidbar vom Original. Daher sind die Formulierungen knapp und geben alles wieder, genauso, wie ich es damals in mich aufnahm. Die eben geschilderte Erinnerung entspricht der am weitesten zurückliegenden dieser Art. Nichts als Ortsbenennung, sinnliche Wahrnehmung, Vermutung und Frage. Die ist interessant: Ich frage nicht, wann wird Oma *endlich* wach. Da steht nur ein *denn, wann wird Oma denn wach*. Leichte Irritation liegt darin. Verwunderung vielleicht: Oma bekommt das offenbar gar nicht mit. Ob das wohl wichtig wäre, so ein Mitbekommen?

Ich weiß, ich wollte gar nichts interpretieren, denn das liegt mir nicht und steht mir nicht zu. War nur ein spannender Gedanke.

Oje, ich habe dunklen Saft auf dem Teppich verschüttet.

Papi kommt von der Arbeit, sieht den Fleck. Ich sage, Mami war das. Mami.

Bekommt Mami jetzt auch Haue, so wie ich?

Nein, denn ich bin ein böses Kind, wollte ja nur, dass Mami Haue bekommt.

Deswegen bekomme ich nun richtig Haue von Papi.

Ich bin kein artiges Kind, ich lüge und ärgere Mami und Papi.

Der bestraft mich, schmeißt meinen Hansi, den Hamster, gegen die Wand.

Warum? War ich wieder unartig?

Meine Lügen beginnen, haben begonnen. Mir war schon beigebracht worden: Nur böse Kinder lügen. Böse Kinder wollen keine Strafe, beschuldigen andere, noch schlimmer. Wollen denn gute Kinder Strafe? Gute Kinder sind keine Saftverschütter. Ich log schlecht, wurde sofort entlarvt, und dann kam die Strafe. Also beim nächsten Mal, wenn was passiert, besser lügen. Hätte ich auch dann gelogen, wenn ich keine Prügelstrafe zu befürchten gehabt hätte? Macht Lügen Kindern einfach Spaß? Passieren Lügen nicht ausschließlich aus Strafangst? Und sind nur so lange interessant, solange sie notwendig sind? Für den Selbstschutz? Und warum musste mein kleiner Hamster sterben? Ich war doch das böse Kind. Warum hat *Papi* mich nicht totgeschmissen? Diese Welt war schwer zu verstehen.

Immer diese Hilflosigkeit. Eltern schlagen aus Hilflosigkeit. Kinder lügen aus Hilflosigkeit. Was sicher nicht ganz richtig ist. Eltern schlagen auch aus Hass, meine ich. Denn ein böses Kind kann ja nur gehasst werden. Und weil Schlagen so mühelos immer geht.

Papi und Mami spielen Kaspertheater. Die Kinder, meine Geburtstagsgäste, und ich finden das toll. Kaspertheater.

Wenn ich alleine bin mit Papi, macht er mir mit dem Krokodil von Kasper immer ganz doll Angst. Das macht ihm Spaß. Im dunklen Keller macht mir Papi auch Angst. Er steht um die Ecke, mit einer Taschenlampe im Mund und macht komische Geräusche.

Ich muss lieb sein ... Dann sind alle lieb zu mir – oder?

Wir lachen, der Papi und ich, haben Spaß, denn wir machen eine Kissenschlacht. Huch, ich habe Papi ins Gesicht getroffen, seine Brille, die Brille ist schief!

Er zeigt mir nun, wie es ist, wenn man ein Kissen auf dem Gesicht hat.

Papi nein! Nicht so doll!

Ich habe Angst. Er hört nicht auf zu drücken.

Ich bewege mich nicht mehr, bin erstarrt. Jetzt nimmt er das Kissen vom Gesicht.

Also Kissenschlacht ist doch nicht so lustig.

Was empfindest Du, wenn Du das liest? Erinnerst Du Dich an etwas? Sicher nicht, denn das sind nicht *Deine* Erlebnisse. Und wenn es meine sind, sind sie gelogen. Macht nichts, das ist jetzt mal wichtig, da müssen wir durch. Ich will, ich muss mich erinnern.

Aber kommen Dir Assoziationen? Zu Deinem eigenen Leben, zu Deiner Geschichte? Wunderst Du Dich, wie präsent mir alles noch ist? Stellst Du infrage, was ich hier tief aus meiner Erinnerung ans Licht hole? Sagst Du, so etwas gehöre ins Reich meiner blühenden Phantasie? Behauptest Du, Derartiges, falls es denn geschähe, vergäße ein Kind ganz schnell, weil es zu bedrohlich daherkommt, um weiter mit ins Leben hineingenommen zu werden? Psychologin Du! Hast doch die Besonderheiten Deiner eigenen Entwicklung auch nicht vergessen wie einen Regenschauer, der Dich mal nass gemacht hat! Kann es sein, dass Du meine Erinnerungen Lüge nennst, weil sie an Deine Erinnerungen rühren, die Du weit von Dir geschoben hast?

Oje, liebste Mama, was mache ich hier! Ich versuche, Zusammenhänge herzustellen, wozu ich doch mitnichten in der Lage bin! Ich rede wie ein Blinder von der Farbe. Schlimmer noch: Ich benutze Farben für mein Bild, deren Sichtbarkeit wie auch deren Benutzung mir beizeiten verboten worden sind, denn *Du* wolltest die Malerin meines Bildes sein.

Schau nur weiter – ich nehme Dir den Pinsel aus der Hand.

Es ist schön, wenn ich zu Papi und Mami ins Bett darf. Mami schläft, und Papi ist ganz lieb zu mir. Er streichelt mich. Ich darf jetzt immer öfter zu ihm ins Bett kommen. Er ist dann immer lieb zu mir. Irgendwann zeigt er mir, wie ich ihn streicheln darf. Er ist lieb zu mir und ich zu ihm.

Dieser *Papi*. Was der alles so drauf hatte. Gestern verdroschen, warum, hatte ich gleich wieder vergessen, und wenn nicht, so war er jetzt um Ausgleich bemüht, und wie sollte mir das nicht recht sein. Bestimmt bereute er das von gestern, was er nur nicht sagen konnte, denn er redete nie viel. Dafür wurde jetzt gekuschelt, das verstand ich schon, konnte ihm im Stillen verzeihen. Und Du schliefst zwanzig Zentimeter entfernt. Zumindest trugst Du die Augen geschlossen.

Mami muss jetzt viel arbeiten, darum hat Papi mehr Zeit für mich. Er zeigt mir, wie ich seinen Pillermann und ihn noch mehr liebhaben kann und sagt, dass das schön ist. Iiih, der schmeckt aber nicht, streicheln ist schöner. Es riecht so komisch. Aber ich muss lieb sein. Das ist unser Geheimnis, sagt er.

Gut, wenn das *Papi* gefällt. Was macht man nicht alles, um den Eltern zu gefallen. Da ist schon allerhand Pflichtbewusstsein gewachsen bei der kleinen Sophia. Sicher auch ein bisschen Angst, sie weiß ja nicht, was geschähe, wenn sie sich weigerte. Und vielleicht ist es ratsam, auch etwas auf Vorrat zu streicheln, damit er nicht so schnell wieder schlägt, der *Papi*, der die Hälfte seines rechten Beins zum Schlafen auf den Stuhl neben dem Bett legt, um sie sich am Morgen wieder ans Knie zu schnallen, diese Hälfte.

Oje, ich erzähle Mami das Geheimnis. Sie nimmt mich mit zu ihrer Freundin, und ich soll es noch einmal erzählen. Habe ich etwas falsch gemacht? Ich glaube, Mami glaubt mir nicht.

Ach ja, ich lüge ja immer.

Papi ist heute sehr böse auf Mami, schmeißt ein Marmeladenglas nach ihr. Puh, das Glas knallt an die Wand, die rote Marmelade läuft an der Küchentapete runter. Jetzt nimmt er den Küchenstuhl.

Ich schreie. Mami weint. Jetzt will er mich hauen. Mami geht dazwischen. Mami geht dazwischen, ja.

Papi sperrt Mami in den Schrank und verhaut mich dann weiter. Warum? Warum haben wir Papi so wütend gemacht?

Okay, es muss ein Geheimnis bleiben. Ein Geheimnis.

Mami glaubt mir nicht und Papi sagt, er tut Mami weh, er bringt Mami um, wenn ich noch einmal etwas sage. Oh nein!

Mami ist so oft weg, aber ich bin zu Papi lieb.

Ich will doch immer artig sein.

Meine Mama als meine Beschützerin, meine Dazwischengeherin. Wieso ließest Du Dich in den Schrank sperren, Mama? Du wolltest Schlimmeres vermeiden, stimmt's? Musstest aus seinem Gesichtsfeld verschwinden, denn es war doch wichtig, dass wenigstens eine von uns in Sicherheit war. Oder überlebt. Na ja, die Kleine würde er gewiss nicht ganz totschlagen. Außerdem war die immerhin die Wurzel des Übels, Verräterin für *Papi*, Lügnerin für Dich. Wieso brachtest Du meinen Geheimnisverrat überhaupt zur Sprache, ihm gegenüber, wenn doch alles nur Quatsch und Ausgeburt meiner üblen Phantasie war? Sollte ich sehen, wohin solche Spinnereien am Ende führen würden? Meine geliebte Mami umgebracht und *Papi* danach abgehauen oder im Knast? Und Sophia allein auf der Welt? Da das nicht sein durfte, hatte ich nun wohl begriffen, was das Wort Geheimnis bedeutet. Lieb sein, lieb sein, lieb sein zu *Papi* und Klappe halten – einzige Option zum Erhalt der Familie. Ich trug die Verantwortung.

Anstrengend ist es nicht, sich die alten Situationen zu vergegenwärtigen. Anstrengend war es, das nicht zu tun, vor Zeiten, als ich die Begebenheiten auszublenden hatte auf Dein Geheiß hin und weil ich durchaus aus eigenem Bedürfnis heraus den fröhlicheren Seiten des Lebens den Vorzug geben wollte. *Verdrängt*, wie man so sagt, habe ich gar nichts, also vergessen, zu meinem eigenen Schutz – nein, nein, hab nichts vergessen.

Was bringt es, wenn ich Dir das erzähle? Ich sehe ein: nichts. Du siehst: Ich sehe doch etwas *ein*.

Das sind doch die ganz alten Sachen! Was soll das bringen? Deine alten Lügengeschichten in neuem Gewand, höre ich Deine Stimme.

Ein neues Gewand besitze ich für sie nicht, liebste Mama. Sie tragen die alten, abgewetzten Kittelchen. Heissa, Kasperpuppen, aus der Kiste mit euch! Spielen wir! Die Komödie fängt erst an.

Manchmal cremt mich Papi ein, weil es da so juckt und brennt bei der Pippi. Irgendwann hat er mich ganz doll eingecremt, und wir sehen uns einen so komischen Film an. Diesen Film.

Da ist eine Frau, die macht gerade sauber, und es klingelt an der Tür. Zwei Männer wollen ihre Heizung saubermachen, drehen die Heizkörper auf und ziehen sich aus, wollen der Frau beim Saubermachen helfen. Die gucken bei der Frau auch nach, ob alles in Ordnung ist, ziehen sie auch aus. Ich verstehe nicht, was sie da machen und frage Papi.

Er stoppt den Film, geht mit mir ins Schlafzimmer.

Okay, sagt er, ich zeige es dir. Er cremt mich noch einmal ein, das ist schön.

Er setzt mich auf sich drauf, liegt unter mir. Ich spüre seinen Pillermann unter mir.

Es ist, wie auf einem Pferd zu reiten, sagt er, und es ist ganz schön. Aber es wird einmal ganz kurz wehtun, sagt er. Fragt, ob ich es wirklich wissen möchte. Ich sage: ja.

Schmerz.

Es wird dunkel um mich. Ich schlafe.

Mami kommt gucken, ob ich schlafe.

Mami, bleib bei mir! Mami.

Bitte!

Sie hört mich nicht. Hört nicht. Lässt mich allein im großen Bett von ihr und Papi.

Papi ist auch nicht mehr hier.

Ich bin ein böses Kind.

Papi sagte doch, es ist schön, es tut nur ganz kurz weh, es ist wie auf einem Pferd.

Ich bin schuld.

War ich nicht lieb?

Ich habe nichts verdrängt. Ich benötige keine Hypnose, um die alten Bilder wiederzubeleben. Ist alles da und wach und frisch, als wäre es gestern geschehen oder soeben erst. Posttraumatische Belastungsstörung, sagen sie mir. Komplexe posttraumatische Belastungsstörung, noch gruseliger. Nur, weil ich das alles noch weiß? Wäre es denn besser, ich wüsste davon nichts mehr? In dem Fall wäre ich gar nicht in der Lage, Dir davon zu berichten, liebste Mama! Dass Du es nicht hören willst, nicht lesen, weil es Dich so traurig macht, weiß ich ja. Oder doch eher wütend als traurig? Hilft nichts, Du musst da durch, Kasperletheater läuft noch. Es macht Dich traurig, dass Deine viele Liebe so wenig ausrichten konnte bei mir, dass ich Dir heute noch mit dem gleichen Kram komme wie vor fast fünfzig Jahren, nichts dazugelernt habe, Dir immer noch mit den schändlichsten Wucherungen meiner kranken Einbildungskraft die Aufwartung mache – nur ein wahrhaft böser Mensch, einer, der an üblen Behauptungen und widerlichen Gerüchten seinen Spaß hat, kann einer liebenden Mutter so unendlich wehtun. Eine gute Tochter wäre eine Geheimnisbewahrerin gewesen, schicksalsergeben und still, da müssen doch ganz viele von uns durch. Oder besser noch hätte ich meine Phantasie gar nicht erst auf solche Reisen geschickt. Das kommt davon, wenn man nicht genug kriegen kann.

Mama! Hallo! Ich bin's! Deine kleine Sophia. Der Ironie sogar plötzlich Spaß macht. Hat sie doch was gelernt in den Jahren. Stimmt bloß nicht. Macht keinen Spaß.

Ups – was war da gestern in mich gefahren! Entschuldige, aber ich brauchte eine Pause. Musste mich doch erst einmal wieder besinnen und eine Beziehung zu meinem Alltagstrott aufnehmen – war mir glatt abhandengekommen! Zu meiner Krankengymnastik musste ich auch, und die Frau vom Sozialen Dienst war da – ist alles ganz hilfreich. Du brauchst so etwas nicht, so eine Dienstleistung zum Reden und für diverse Unterstützungen, bist selbst Unterstützung geworden. Deine geschundene Seele hat sich runderneuert, wandelnd auf den Liebespfaden Deiner astrologischen Gärten. In denen auch ich mit Dir noch immer lustwandeln könnte, hätte ich es nicht vorgezogen, mich von Dir zu entfernen. Stimmt. Dein Fangnetz hatte eine Lücke, durch die bin ich entschlüpft. Durch das von Dir extra für mich hineingeschnittene Loch. Trotz langen Umherirrens im Undurchsichtigen bin ich Dir dankbar für die Lochbereitstellung. Das mit dem Reden ist leider noch immer eine Hürde. Ich weiß doch nie genau, ob ich nicht lüge. Ist lustig dieser Satz – oder? Ich erzählte der Sozialfrau von meinem Brief an Dich. Und diesen Satz sagte ich ihr auch. Oh, sagte sie und musste gar nicht lachen.

Aber nun bin ich wieder bei Dir. Der Vorhang kann gleich wieder aufgehen. Mich hat soeben die Befürchtung befallen, dass vielleicht inzwischen auch der zweite Adressat dieses Briefes ausfällt. Man sollte nicht pausieren, wenn man einmal dabei ist, die Dinge beim Namen zu nennen – heißt es nicht so? Die Dinge beim Namen nennen. Als ich Kind war, war das verboten. Und als ich dreißig war, schnürten Deine Liebesbande die Dinge zusammen, ganz eng, zum Ersticken eng. Seit kurzem erst bin ich, tief Luft holend, dabei, sie aus Deiner tödlichen Umklammerung zu lösen, mich ganz mutig wieder mit ihnen zu beschäftigen, Sachverhalte aufzulisten, Fragezeichen zu setzen an manche Stelle und andere Stellen von den ewig geglaubten Fragezeichen zu befreien. Ich wollte diesen Brief neulich nicht mehr für Dich schreiben, sondern eher für mich selbst, weißt Du noch? Ich denke, ich scheide auch aus. Keine Lust mehr. Null Bock, verstehst Du? Du willst sowieso nichts wissen. Wolltest Du noch nie. Weil es alles niemals Deinen Tatsachen entsprach. Und Sophia im Wunderland hat es nie gegeben. Nein, falsch: Sophia war immer im Wunderland. Hat von allerhand Wundern erzählt! Wunder erlebt! Wunder selber gemacht! Fein, dann werde ich irgendwann mal heiliggesprochen – oder wenigstens selig. Ist doch so – oder nicht? Man muss lediglich ein einziges Wunder vollbracht haben und schwups, muss man nur ein paar hundert Jahre warten, und schon ist man heilig. Nur beim vorletzten Papst ging es ganz schnell. Wenn ich es recht bedenke, habe ich allerdings für meine Heiligsprechung entschieden zu viele Wunder erlebt beziehungsweise Dir von ihnen erzählt. Glaubt mir ja keiner. Ich habe sie ja nicht wirklich erlebt – nur erfunden. Hast Du immer gesagt. Und zu welchem Zweck soll ich sie mir selber erzählen? Ich allein weiß, was passiert ist. Wozu ist es nütze, dieses Aufgeschreibe, dieses Ausgeleuchte von Scheiß, der sich im gnädigen Dämmer der Vergangenheit verkrochen hat? Ich komme schon wieder ganz durcheinander. Das liegt daran, dass ich mir heute Mut antrinken wollte für den nächsten Akt. Habe nun – ach – weder den Mut noch den Elan, weiterzuschreiben. Leb wohl einstweilen, nur drei

Schlückchen, ganz gegen meine Gewohnheit, lockern mich vielleicht etwas auf. In Goethes Faust könnte ich weiterlesen, fällt mir bei *habe nun – ach* ein: Wie wär's mit der Walpurgisnacht? Mach ich gleich. Erst einmal werde ich sentimental, heulerich. Kenne ich so nicht von mir. Verdammte Schwäche. Zum Glück sieht mich niemand so. Mich grün und blau zu schlagen, mit den Armen gegen harte Wand- oder Möbelkanten, Taschenlampen oder andere schwere Gegenstände auf meine Arme zu hauen – das kenne ich von mir. Mich zu bestrafen dafür, so zu sein, wie ich bin, so hassenswert – das kenne ich von mir – weißt Du gar nicht, Mama? Na ja, straft mich ja sonst keiner mehr. Und es geht nichts über gepflegte Gewohnheiten.

*

Okay, weil ich einmal so begonnen habe mit diesem Brief an Dich, soll er so auch weitergeschrieben werden. Ich tu einfach so, als ob Du ihn läsest, irgendwann einmal.

Ob es richtig ist, ihn so zu schreiben? Zweifel schon wieder. Darf ich das? Darf man so über seine Eltern erzählen? Nett ist das nicht. Meine Recht-fertigung: Ich erzähle nicht *über meine Eltern*, ich erzähle meiner Mutter *über mich*. Der feine Unterschied. Da Du, liebste Mama, immer sehr ver-bunden mit mir warst, dürfte Dir der Inhalt hinlänglich bekannt sein. Oder hast Du inzwischen viel vergessen? Ich denke, nicht. Gar nichts hast Du je vergessen. Hast so sehr unter mir gelitten, über dreißig lange Jahre – so erzähltest Du es allen, die Dir Gehör schenkten. Das waren viele. Bin ich immer noch Thema in Deinen Gesprächsrunden? Ich vermute, ich laufe eher unter *abgeschrieben*.

Ich will versuchen, nicht so in den Zeiten hin- und herzuspringen, und ich will mir ins Gedächtnis holen, dass es mit Dir durchaus seine besondere Bewandtnis hat. Ich muss es wiederholen: So sehr Du auch meinetwegen gelitten hast – Deine mütterliche Liebe ist nicht versiegt. Jedenfalls so lange nicht, solange wir beieinander waren. In was sie sich danach verwandelt hat, entzieht sich meiner Kenntnis. Vermutlich in ein Stück Freiheit, Befreitsein von mir, Deinem wiederholten Ruhestörer. Aber Deine Liebe verdient nun einmal besondere Beachtung. Wegen ihrer Einmaligkeit.

Wenn ich etwas genau zu beschreiben versuche, hoffe ich, dass es mir am Ende damit bessergeht, denn ich habe das so detailliert bisher noch nie versucht. Vielleicht ist das eine trügerische Hoffnung – egal. Habe ich meine passageren Lustlosigkeiten überwunden, wirkt das Schreiben wie Glukose bei meinem diabetischen Unterzucker. Ein Schlückchen Süß, ein süßes Bonbon. Bleibt nicht so, hält nicht vor, verrutscht rasch wieder in die Unterversorgung, nicht berechenbar im Sinne einer langanhaltenden Wirkung. Ist auch schon wieder leicht gelogen, denn von allein süß kann nicht die Rede sein, aber sagen wir mit bitterer Beimischung oder mit brennender Note, wenn unter manchmal anhaltendem Würgereiz sich nur noch Gallensaft auf den Weg macht. Ich schreibe weiter an diesem Brief, bis – weiß ich nicht. Bis irgend etwas passiert. Bis ich wieder geschlagen werde, so wie früher, von Deinem Mann, Alwin, dem *Papi*. Er schlug so gern. Mit seinen muskulösen Armen, vor denen ich Angst hatte. Und vor seinem komischen Auge, das oft so zuckte und dessen Hängelid das halbe Auge verdeckte. – Unsinn, heute schlägt mich niemand mehr. Ist auch nicht nötig – ich tu es selbst. Nein, nicht mehr täglich, aber es muss schon noch sein, weil meine Bosheit heute noch immer in mir steckt. Weil ich es nie anders verdient habe. Bosheit und Unvermögen. Das konnte beides nicht herausgeprügelt werden. Konnte auch von Dir nicht herausgeliebt werden. Ich bin noch immer ganz voll davon. Natürlich: Mein guter Wille war immer da, mein unbedingtes Verlangen, meine Aufgaben zur Zufriedenheit aller zu erfüllen. Die gute Tochter wollte ich sein, immer nur das, nichts sonst, gehorsam und gut. Untadelig wollte ich sein – so wie Du, Mama! Mein guter Wille war allerdings ziemlich erbärmlich, für niemanden sichtbar. Sichtbar waren nur mein negativer Charakter, wie Du immer sagtest, denn Du warst so positiv, meine Verschlagenheit, meine Lügensucht. Der Satan war in mir. Und der konnte nur mit Liebe besiegt werden, wie Du es mir geduldig wieder und wieder bewiesen hast. Hast mich nicht geschlagen.

Überhaupt: Satan. Seltsamerweise gabst Du ihm den Namen *Eberhard*. Den Namen stellte ich niemals in Frage, ich wusste Bescheid, alle wussten Bescheid. Dieser Name – ich frage Dich heute: Wofür steht *Eberhard*? *Eberhard* taucht immer wieder auf, in unserem Schriftverkehr wie in unseren Gesprächen damals. Was veranlasste Dich, dem Bösen schlechthin diesen dümmlichen kleinen Namen zu verpassen? Was ängstigte Dich, Satan *Satan* zu nennen? Der, dessen Namen ich nicht nenne, existiert nicht? Dachtest

Du so? Der, dessen Namen ich bagatellisierend verballhorne, verliert seinen Schrecken, damit ich mich nicht mehr so fürchten muss vor ihm? Satan durch einen albernen Menschennamen lächerlich zu machen – war das Dein Trachten? Fürchtetest Du, Satan führe augenblicklich in Dich, sobald Du seinen Namen aussprächest? Eberhard. Hättest ihn Alwin nennen können. Oder Rudi. Was hättest Du gemacht, hätte einer Deiner Männer zufällig so geheißen? Hättest Du dem Mann einen anderen Namen gegeben, weil er so doch nicht hätte heißen dürfen? Oder hättest Du Satan dann Emil genannt? Oder Fritz?

Um also in Deinem Sinne fortzufahren: Eberhard war in mir. Und Eberhard war sehr entschieden gegen die Liebe, mit der Du ihm wie mit dem Kreuz Jesu vor der Nase herumfuchteltest, auf dass er von mir weichen sollte. Allerdings: Wenn Du ihn Eberhard nanntest, konnte er sich doch gar nicht angesprochen fühlen. Das war es, Mama, weshalb ich ihn bis heute nicht losgeworden bin!

Es ist, seit ich schreibe, das erste Mal, liebste Mama, dass mich an der Stelle ein heftiger Lachanfall schüttelt. Und ich habe nun die Wahl Deiner Missbilligung oder Deiner Nachsicht.

Bei meinem guten Willen war ich stehen geblieben. Manchmal, wenn ich selbst mich schlage oder schneide oder mir das Essen verbiete, denke ich: So ist es recht, ich verdiene genau das. Mein für niemanden spürbarer guter Wille hat noch nie ausgereicht, nichts konnte er bewirken – wie ein verkümmertes Organ, das irgendwie zu funktionieren versucht, sich dabei übernimmt und eingeht. Mein guter Wille ist eingegangen.

Der Satz gefällt mir. Wenn ich ihn aber so drehe und wende, ihn laut vor mich hinsage, stimmt er nicht mehr: Er ist nicht eingegangen. Mein guter Wille ist ein Überlebenskünstler. Immer wieder wurde auf ihn eingeschlagen, *zer*schlagen worden ist er nicht. Ich sollte aufhören, ihn weiter zu malträtieren, er ist zäh.

Verzeih mir, wenn ich so oft abschweife, mich an Begriffen, Ideen oder Aussagen festkralle, sie ein bisschen zerpflücke.

Ich war gerade dabei auszuloten, was diesen Brief an Dich für lange Zeit unterbrechen oder gar beenden könnte, bevor ich ihn tatsächlich *mit freundlichen Grüßen* zu Ende bringen kann. Ich könnte einen weiteren

Schlaganfall bekommen. Oder einen neuen Tumor. Der Diabetes könnte in seinen Verheerungen fortschreiten. Oder ich könnte wieder so depressiv abrutschen, dass der nächste Klinikaufenthalt nötig würde. Dieser Brief an Dich sollte allerdings – so ist mein Wunsch –, was die Depression angeht, eine prophylaktische Wirkung haben. Solange ich schreibe, soll die Depression keine Chance haben.

Ja, und schließlich könnte ich auch sterben, einfach mal so. Meinem Brief vor der Nase wegsterben – bums, aus.

Ich denke daran, aber schließlich geht es hier ums lebendige Leben, in das ich Dich wieder mit hineinnehmen möchte. Ich will mich also beeilen mit dem Schreiben, um in einer wahrscheinlichen nächsten Katastrophe eine zielgerichtete Vergeltungsmaßnahme erkennen zu können, verstehst Du? Damit ich eine neuerliche gesundheitliche Scheußlichkeit dann als gerechte Strafe empfinden kann.

Hab nur keine Angst, Mama, ich mache Dir keine Konkurrenz in Sachen Krankheiten. Der Gedanke kam mir gerade, als ich meine Erkrankungen erwähnte. Künftig versuche ich, das Thema zu vermeiden, denn es kränkt Dich gewiss, da niemand neben Dir wirklich ernsthafte Krankheiten durchlebt haben kann. Nur so gänzlich unerwähnt möchte ich meine Zipperlein nicht lassen, da dies ein Verschweigen bedeuten würde, welches unser heute unwürdig wäre – meinst Du nicht? Endlich ist die Zeit reif für mein Benennen, das von Dir unwidersprochen bleiben soll. Mit all Deiner Menschenkenntnis wirst Du ohnehin nicht davon ausgehen, dass ich mit stabiler psychischer Gesundheit gesegnet bin – nach all dem, was ich mir in meinem unverbesserlichen Dickschädel Deiner Ansicht nach erfunden habe im Verlauf so vieler Jahre. Du sollst wissen: Ich bleibe ganz eindeutig die Dir Unterlegene, was auch immer ich möglicherweise noch erwähnen werde. Du behältst den Platz auf dem Krankheiten-Siegerpodest, ich will ihn Dir nicht streitig machen, denn ich gönne ihn Dir von Herzen.

Grandioser Einfall an der Stelle: Wenn mein Brief Dir nicht gefällt – und die Wahrscheinlichkeit ist groß, da Dir noch nie etwas von mir gefallen hat, außer vielleicht in der Zeit unserer *Seelenbücher* –, wenn Dir also mein Brief nicht zusagt, mein Lobgesang auf Dich Dir vielleicht zu unharmonisch ist (so ein bisschen wie moderne Musik, die schrill ist und quietscht), dann gib ihn weiter! Verschenke ihn! Gib ihn anderen Menschen! Den Undankbaren dieser Welt! Den Lügnern und Wichtigtuern! Den Eingemauerten! Den verrückt Gewordenen! Denen mit den Psycho-Diagnosen! Könnte sein, dass die ihn mögen.

Mami ist im Krankenhaus.

Ich darf etwas im Lebensmittelladen kaufen, doch ich verliere das Geld.

Was sage ich Papi bloß?

Ich lüge ihn an. Ich lüge.

Er weiß, dass ich lüge.

Das gibt Haue.

Wir gehen Mami im Krankenhaus besuchen. Sie sagt, dass ich mich auf den Stuhl setzen soll, doch ich kann nicht. Sie fragt, was los ist. Was los ist.

Ich zeige ihr meinen Popo.

Papi hat mich mit dem Feuerhaken verhauen.

Ich bin schuld. Weil ich doch lüge.

Dabei will ich nur lieb sein.

Entweder Mami ist böse auf mich, oder Papi.

Böses Kind.

Teller leer essen. Wenn du spuckst, isst du das auch. Oder es gibt Haue.

Okay, ich esse. Essen.

Artig sein.

Ich weiß jetzt, wo die Babys herkommen, bin nun aufgeklärt.

Moment. Bevor ich weiter in der Vergangenheit herumsteige: Kotze aufschlecken – ja, so war das. Bestimmt lachst Du jetzt, Mama. An welch dumme Details ich mich erinnere. Und dass ich immer so völlig unsinnige und aus der Luft gegriffene Erinnerungen habe! Und mir diese Erfindungen offenbar bis heute eingeredet habe, so dass ich ernsthaft daran glaube! Und sag einmal, warum hat er mich gezwungen, meine Kotze zu essen? Ich habe das damals gar nicht verstanden. Und heute denke ich: Die Hungerzeiten nach dem Krieg waren lange vorbei. Und die kleine Sophia war doch bereits so unglaublich fett! Mit sieben Jahren hatte ich angefangen, alles in mich reinzufressen, was ich nur finden konnte. Eine Kugel war ich, als Ihr mich zum Abnehmen in eine Klinik brachtet. Mit acht Jahren wog ich neunzig Kilo – eine Erinnerung, an der ich wahrlich selbst zweifle – die

33

Zahlen haben sich eingebrannt. Ich sehe mich noch auf der Waage stehen, nur im Höschen – ich quoll um mich herum. So sah eben *das Böse* aus: unförmig, hässlich. Und böse blieb ich auch vom Wesen her, verstockt, renitent. Kein Wort sprach ich in dieser Klinik zu Beginn, mit niemandem. Die Kinderpsychologin schien mein Schweigen zu verstehen, und ich erzählte ihr dann ein wenig von meinem Zuhause und malte ein Bild: Alwin als Krokodil, Dich als Klapperstorch und mich als Teddybär.

Später wieder bei Euch, gab es Ärger. Ihr redetet eindringlich auf mich ein: Nichts sollte ich anderen Leuten erzählen, denn man erzählt nichts. Was in der Familie passiert, geht keinen was an. Was wir zu Mittag essen, was eingekauft wird, wenn *Papi* mal schlechte Laune hat – ganz egal, ich hatte nichts, nichts, nichts nach außen zu tragen. Warum ich so über Euch rede, über meine mich liebenden Eltern – so etwas macht man einfach nicht.

Nun schämte ich mich.

Ich hatte durchaus etwas abgenommen damals. Anhand von Fotos ist es ersichtlich, aber kurze Zeit danach rollte ich erneut durch die Gegend. Konnte kaum aus meinen Schweinsäuglein hervorgucken. Was aber dem prallen Leben zu Hause keinen Abbruch tat.

Ein Glück, dass ich später rank und schlank wurde, was? Als ich dazu übergegangen war, fast gar nichts mehr zu essen. Aber da sind wir jetzt noch nicht.

Zum letzten Mal bin ich zu Papi lieb. Zu Papi.

Ich bin jetzt elf Jahre alt.

Sein Penis riecht eklig, unter der Vorhaut sind trockene Borken.

Ich schaffe es nicht, ihn in den Mund zu nehmen.

Er hat, Gott sei Dank, nicht mehr die Kraft, meinen Kopf herunterzudrücken.

Das Sperma ist flockig und stinkt.

Mir ist schlecht.

Es ist das letzte Mal.

Mit Papi.

Er ist tot.

Mami glaubt, ich weine, weil ich traurig über seinen Tod bin.

Nein, ich bin erleichtert. Bin erleichtert. Auch wenn sich niemand so sehr um mich gekümmert hatte wie er.

Habe aber Angst in der Wohnung, wenn ich alleine bin. Er ist doch hier in der Wohnung gestorben.

Papi ist hier als Gespenst und spukt, sagt Mami. Er spukt hier.

Ist er böse auf mich?

Und nun war er gestorben, im zarten Alter von – weiß ich gar nicht, vierzig? Fünfundvierzig? War er denn krank zuvor? Es stimmt: Alwin hatte sich um mich gekümmert. Elektriker war er gewesen. Sobald es etwas zu reparieren oder zu bauen gab, ließ er mich zusehen, zeigte mir die Gerätschaften, ließ mich selbst ausprobieren; und er beantwortete meine diesbezüglichen Fragen. Vielleicht bin ich deswegen handwerklich begabt.

Emporgetaucht aus diesen Erinnerungsfetzen – sag mal, liebste Mama, lag hier, bei der Spukerei des toten *Papis,* vielleicht der Beginn Deines Geisterglaubens? Oder waren die Geister länger schon tatsächlich als wirksame Wesen in Deinem Denken? Oder entsprach solches Sprechen zu mir dem Geschick Deiner Liebe: Der tote nun *spukende Papi* sollte mich ängstigen? Mit dem Ziel meiner zu verbessernden Fügsamkeit? Wenn das jetzt gelänge, könntest Du später vielleicht daran anknüpfen.

Du siehst, ich höre nicht auf, mir Gedanken zu machen um das Warum und Woher, wie alles sich so entwickeln konnte, wie Du, meine rätselhafte Mama, so sein konntest, wie Du warst. Im Nachdenken über mich im Zusammenspiel mit Dir bleibt es anscheinend nicht aus, dass ich Dir hier und da psychologisierende Konkurrenz mache auf der Suche nach Erklärungen, Verbindungen, Ursachen. Denn wenn ich sie gänzlich herausnähme, die Psychologie, so wie ich es beabsichtigte anfangs, weil sie ein mir unbekanntes Terrain darstellt, könnte ich Dir meine Fragen nicht stellen, die mich bewegen – gleichwohl wissend, dass Du mir eine Antwort schuldig bleiben wirst. So bewege ich mich quasi auf dünnem Eis. Oder, da ich im Märchen lebe, ist da eine Tür, unverschlossen zwar, aber mit dickem *Betreten verboten* beschriftet. Was passiert denn, wenn ich sie öffne?

Mami ist abends viel weg. Ich schreibe ihr einen Brief.

Bitte, Mami, lass mich nicht immer alleine.

Ich male ihr viele Herzen. Kleine rote Herzen.

Ich möchte nicht, dass Mami böse auf mich ist.

Sie ist böse auf mich, wegen des Briefes. Ich soll sie nicht tyrannisieren.

Sie lässt sich von einem Kind doch nichts vorschreiben.

Aber sie schlägt mich nicht. Schlägt mich nicht.

Ich will doch nur nicht immer allein sein.

Immer warst Du weg, als Dein böses Kind, lange vor Alwins Tod, mit dem armen *Papi* herummachte. Warst nicht zur Tür hereingekommen, sahst nicht, wie Dein kleines dickes Mädchen sich am armen *Papi* zu schaffen machte, an seinen Geschlechtsteilen herumhantierte. Sahst nicht, wie der arme *Papi* völlig verzweifelt sein riesiges Glied in Dein dickes Kind hineinstopfte – da hatte viel Platz in den ganzen Speckwülsten! Sahst nicht dabei zu – um mich nicht bestrafen zu müssen! Großartige Mami. Mit solch schlimmen Sachen war Dein Kind beschäftigt. Dein Kind erzählte sie Dir, und Du straftest es nicht – sag, wie konntest Du das aushalten?

Ein einziges Mal, als Du vielleicht in meinen Lügen doch ein Fünkchen Wahrheit für möglich hieltest, hattest Du erklärt, ich sei ja selber schuld, wenn ich diese Spielchen mitspielte. »Hättest ja nein sagen können«, war Dein Fazit.

Wie bitte?

Auf diese Aussage hätte ich Dich später immer wieder festnageln können, denn so gabst Du zu zu wissen. Und warum tat ich es nicht? Ich glaube, mir war sehr klar, dass Du ausnahmslos alles, was gegen Dich gesprochen hätte, aus gegebenem Anlass wieder in den Topf meiner Lügen befördert hättest. Der war schon so angefüllt, und ich war ohnehin so böse, und so träge, und so fett, und es war mir so egal.

Christiane war eine Freundin aus kinderreicher Familie, ich spielte gern mit ihr, erzählte dort nie etwas von all diesen Sachen, aber plötzlich verbotst Du mir diesen Kontakt, gewiss aus lauter Vorsicht, da Du Deine speziellen Erfahrungen mit mir hattest.

Eben jene Christiane hat nach vielen Jahren wieder Kontakt mit mir aufgenommen und berichtete mir, wie oft sie vor der Tür gestanden und nach mir gefragt hatte, auch später im Alter von vierzehn, fünfzehn. Du erklärtest ihr – so Christiane –, ich sei nicht da oder hätte keine Zeit, müsse mich um Wichtigeres kümmern.

Du warst immer schon groß für mich, und Deine Liebe war endlos. Ich verstand sie nicht. Gottes Liebe ist nicht verstehbar. Aber was rede ich! Das war ja gar nicht Sophia, die so Gemeines tat. In mir wohnte ja einer. Und der tat das alles: Eberhard. Und Eberhard, dieser läppische Kerl, war wiederum völlig bedeutungslos! Satan hätte gewiss Dein Aufbegehren provoziert, aber Du hattest ihn zur Miniaturausgabe geschrumpft, ihm die Macht entzogen, und also war er ein belangloser Wicht, der es allenfalls noch vermochte, Deine Tochter ein bisschen lügen zu lassen. Liebste raffinierte Mama!

Was Eberhard mir alles so einflüsterte! In der Wilhelmstraße brenne ein Haus, erzählte ich in der ersten Schulstunde, gerade jetzt eben, auf dem Schulweg, die Flammen schlügen aus den Fenstern der oberen Wohnung, als dicker dunkler Rauch! Ich dürfe bald nicht mehr nach Hause kommen, weil meine Eltern in eine kleinere Wohnung umzögen, in der für mich kein Platz mehr sei. Ich sei im Tierpark gewesen, und nun bekäme ich nächste Woche einen kleinen Affen geschenkt, um den ich mich kümmern und den ich großziehen dürfe. Dir erzählte ich, dass wir Besuch bekämen vom Schuldirektor, weil der eine gute Arbeit für Dich habe – erinnerst Du Dich? Deiner Freundin Karin verkündete ich unsere Schiffsreise im kommenden Urlaub.

Ich log wirklich, dass sich die Balken bogen. Warum? Um ernst genommen zu werden? Obwohl ich doch damit noch viel mehr Schaden anrichtete? Ich wollte so sehr, dass man mir glaubt. Katastrophen und Wunschträume erfand ich. Aber tatsächlich gab es doch beides in meinem Leben. Für die Katastrophen fand ich fremde Bilder. Dass es bei mir brannte, unter unserm Dach, dafür fand ich eine Metapher. Und kein Platz mehr für mich – woher kam das? Aus einer Angst oder aus einem Wunsch nach Nicht-mehr-mit-machen-Müssen?

Müssen Kinder nicht lügen, wenn sie nicht ernst genommen werden? Ob die Lehrer in den Schulen heute eine bessere Sehkraft haben? Ich möchte es hoffen für alle Kinder dieser Welt.

In der Zeit des besagten Klinikaufenthaltes hatte man mich zu einem

Frauenarzt gebracht – hast Du überhaupt eine blasse Ahnung davon, wie das für mich war? Jetzt sollte hier im Krankenhaus das Gleiche passieren wie stets zu Hause! Allerdings auf jenem ganz speziellen Stuhl, der direkt für solche Machenschaften gebaut war!

Das geschah ohne Dein Beisein und ohne Dein Zutun. Ein Frauenarzt! Ein grober Kerl ohne ein beruhigendes Wort für mich, die zitterte und weinte. Ich spreizte die Beine nicht. Sie wurden mir gespreizt, unfreundlich, stumm, mit roher Kraft.

Mit seinen scheußlichen Pfoten, mit seinem metallisch glänzenden gewalttätigen Instrumentarium, das eiskalt an mir und in mir herumriss! Liebste Mama, ich war ein kleines Mädchen, dann nur noch schreiend vor Schmerz. Hier setzte sich für mich Bekanntes fort, in der hinterhältigsten und brutalsten Weise, gefesselt auf einem Marterstuhl, angeschrien von diesem Folterer, von der Schwester zurechtgewiesen, was wohl die Frauen draußen im Wartezimmer denken sollten.

Geht etwas vor in Dir? Spürst Du etwas? Nein, ich weiß es: Du spürst nichts, ahnst nichts von dem, was während dieser Minuten geschah – ich meine heute, es war ein Einsturz, ein Zerbrechen, tief in mir.

Kein Lächeln im Anschluss an die hundsgemeinen Manipulationen an mir. Kein Lächeln, von niemandem. Meine Bosheit konnte nicht belächelt werden – nicht wahr? Zum hundertsten Mal hatte ich etwas falsch gemacht – falsch-falsch-falsch. *Ich war falsch.*

Auf die Idee, mich jetzt endlich umzubringen, kam ich nicht.

Du warst nicht dabei, das weiß ich. Aber heute setze ich Dich in das Bild meiner Erinnerung mitten hinein, weil ich *will*, dass Du zugeschaut hast, dass Du mit angesehen hast, was da geschah und wie es geschah. Denn ich will wissen, ob Dich berührt, was Du miterlebt hast. Ich stelle mir vor: Du, danach, in einem Raum zusammen mit jenem Arzt und jener Psychologin. Beide sehen Dich mit ernster Miene an, wartend auf etwas von Dir, eine Erklärung vielleicht, ein Argument. Und ich höre, Du hast es, das erklärende Argument: *Kindern muss Liebe beigebracht, vorgelebt, gezeigt werden – es kann nicht schaden, wenn man beizeiten weiß, wie Liebe geht –* so in etwa? *Und auch ein Kind hat schwierige Situationen zu meistern – je früher, desto besser ...*

Witzig, nicht wahr? Du siehst, meine Phantasie kennt auch heute keine

Grenzen. Genau wie die Liebe, die grenzenlose. Alles ist Liebe. Nur ich war nicht liebesfähig, begriff nichts, war dumm. Und sehr, sehr dick.

Nein, Du kannst nicht so argumentiert haben in jenem Krankenhaus, aber ich kenne keine anderen Argumente von Dir! Hättest Du die dort angebracht, dann hätte man mich Dir weggenommen – ab in eine Pflegefamilie! Was hast Du denen damals tatsächlich erzählt? Hast Du die Unschuld vom Lande gegeben? *Oje, oh Gott, das arme Kind – tatsächlich? Das kann doch nicht wahr sein, so etwas gibt es in meiner Familie aber nicht – das ist eine böswillige Unterstellung!* Und so weiter und so fort? Immer wieder meine Frage: Wie lerntest *Du* die *Liebe*, liebste Mama? Gewiss ähnlich wie ich – und warst Du damit zufrieden? Sofern Du zufrieden damit warst, ist es logisch, dass Du mir das Gleiche zuteilwerden lassen wolltest – *learning by doing* sagt man heute. War es jedoch für Dich nicht in Ordnung, hättest Du dafür Sorge tragen müssen, dass mir nicht das gleiche Übel wie Dir widerfahre, hättest mit Argusaugen Deine Männer beobachten und mich vor ihnen schützen müssen.

Eine Anklage? Geht es mir besser damit? Ach Mama. Ich weiß es nicht.

Mami ist glücklich, hat einen neuen Mann geheiratet. Claus.

Claus liegt manchmal am Boden und zappelt. Nicht so schlimm, sagt Mami. Ich muss keine Angst haben.

Sie geht viel weg mit ihm, aber ich bin jetzt nicht mehr allein. Ich habe Sally, meinen Hund, Yorkshire Terrier.

Oder ich bin bei meiner neuen Oma. Oma Mendel. Sie bäckt mir oft einen Schokoladenkuchen, nur für mich. Sie ist wirklich sehr lieb.

In den Sommerferien bin ich bei niederländischen Freunden von Mami. Es ist toll da. Sie wohnen auf einem Bauernhof mit Schweinen, Kühen, Kaninchen, einem Hund und einem Pferd namens Goliath. Und ich darf ihn reiten.

Und Holländisch sprechen darf ich hier. Holländisch. Die Kinder sind nett zu mir und deren Eltern auch.

Mein neuer Papa ist böse, wenn ich Holländisch rede – vor allem, wenn ich mit Mami so rede. Haha, er versteht uns nicht!

Als ich aus den Ferien nach Hause komme, ist Sally weg, meine Sally. Ich darf sie nicht mehr wiedersehen.

Nun bin ich wieder allein.

Ich suche sie heimlich, verzweifelt, in unserem Stadtteil.

Ich möchte weglaufen, weiß aber nicht, wohin. Weglaufen.

Der neue Papa ist weg. Er hat mein Sparbuch mitgenommen und kommt nicht wieder.

Wo warst Du, Mama, bevor ich meinen Hund suchen ging? Heute suche ich Dich in meiner Erinnerung an diese Situation. Du fehlst in diesem Bild, Dein Gesicht stellt sich nicht ein, ich höre Dich nicht sprechen, wie in der vorigen Erinnerung. Gab es eine Erklärung von Dir? Trost? Der Mann war abgehauen, der Hundedieb, der Gelddieb, der *Papa*. Später erfuhr ich von Dir, dass Du ihn erwischt hattest, mit deiner Freundin, Sonja, bei Eurer Hochzeitsfeier, in flagranti ertappt hattest Du ihn – und Schluss. So war das damals. Kurzer Prozess. Untaugliche Typen gehörten nicht an Deine Seite, fertig. Es durfte nur bleiben, wer sich als tauglich erwies, für Dich und für Deine kleine Tochter.

Warum kommen mir an der Stelle wieder die Tränen, liebste Mama? Ich will mir nicht leidtun. Ich vermute, *Du* tust mir gerade leid, Du in Deiner obsessiven Glückssuche, Sicherheitssuche – was weiß ich. Ich hätte es so gern gehabt, wenn ich als Ersatz hätte dienen können, als Ersatz für Deinen insuffizienten Mann. Aber ich war ja selbst untauglich, zu nichts nütze.

Mami ist wieder viel unterwegs mit ihrer Freundin Sonja – Mami ist nicht nachtragend. Aber ich bin mit bei Sonja zu Hause. Sie hat einen Sohn und eine Tochter. Wir Mädchen sind Freundinnen.

Manchmal haben wir uns lieb.

Ich kann ihr zeigen, was schön ist.

Wir tun einander nicht weh.

Endlich war ich von der Schülerin zur Lehrerin geworden. Jemandem etwas beibringen zu dürfen, machte mich ganz froh. Ich hatte gelernt, was *schön* war im Leben – das andere Mädchen wusste davon noch gar nichts! Hatte sie denn keinen Papi, der sie die schönen Dinge des Lebens gelehrt hatte? Richtig – der war ja nicht mehr vorhanden in der Familie; die Eltern waren geschieden.

Liebste Mama! Wie denkst Du heute darüber? Wahrscheinlich ganz ähnlich wie damals. *Dachtest* Du damals? Gewiss warst Du pausenlos am Denken, intelligent und über den Dingen stehend, wie Du warst.

Väter sind dazu da, ihre übel riechenden Schwänze in ihre kleinen Mädchen zu versenken, in ihnen herumzustochern, die kleinen Öffnungen allmählich zu weiten, dabei zu stöhnen, den kleinen Mädchen ein ebensolches Stöhnen beizubringen und alles zusammen mit dem Attribut *schön* zu versehen. Dachtest Du so? Weil Du selbst einmal ein solch kleines Mädchen warst? Das schließlich keinen Schaden genommen hat durch derartiges Erleben? Hast Du Dich damals in mir wiederfinden können? Gewiss, denn Du warst darauf bedacht, mich groß und stark zu machen, Dir ähnlich. Wie ich mich danach sehnte, so zu werden wie Du!

Dieses ganze viele *Schöööne* – irgendwie verstand ich es doch nicht.

Mami hat wieder einen neuen Freund. Rainer. Er ist komisch und doof, die Mundwinkel mit weißer Spucke verklebt, kommt immer wieder nach jedem Abwischen. Wir mögen uns nicht. Ich ärgere ihn und bin böse, schlage ihm die Tür vor der Nase zu, wenn er nach mir ins Zimmer will. Wenn ich oben in meinem Etagenbett liege, höre ich ihn und Mami unter mir *Liebe machen*. Liebe machen. Die großen Leute sind also auch mit dem *Schönen* beschäftigt.

Es interessiert mich, woher ich komme. Oma, die sehr katholische Mutter von Alwin, die immer den Fernseher ausschaltete, wenn zwei sich küssten, hatte mich immer einen *Bastard* genannt, erklärt hatte sie das Wort nicht.

Bastard.

Ich möchte das jetzt wissen. Ich frage Mami, und sie redet mit mir!

Erzählt mir von meinem richtigen Vater, einem Südholländer aus Rotterdam.

Mein richtiger Vater. Bert Vermeulen.

Deswegen reden wir ab und zu holländisch.

Freude erfüllt mich, und Stolz. Unbedingt möchte ich ihn kennenlernen.

Das geht nicht, weil er eine neue Familie hat.

Und er war nicht lieb zu Mami gewesen, sagt sie. Nicht lieb.

Hurra! Ich bekomme ein Geschwisterchen!

Dann bin ich nicht mehr so allein.

Der komische Freund von Mami geht – warum, weiß ich nicht.

Meinetwegen? War ich zu böse?

Rainer, diesen komischen Mann, hattest Du in der Disco kennen gelernt, und von ihm warst Du also jetzt schwanger. Ihr verstandet Euch nicht, geheiratet hast Du ihn nicht – war Verstehen denn ein Kriterium für Deine Heiraterei? Rainer war von Dir rausgeschmissen worden.

Mami hat einen Zirkusfreund. Rudi. Obwohl gar kein Zirkus in der Stadt ist. Und ich darf jetzt viel raus. Er streichelt ihren Babybauch und ist jetzt unser Papa. Unser Papa. Ich muss wieder ins Krankenhaus, weil ich immer noch zu dick bin, elf Jahre alt, so hässlich und so unausstehlich. Die Psychologin kenne ich aus der Zeit, als Papi noch lebte. Sie zwingt mich zu reden, aber dieses Mal sage ich ihr nicht die Wahrheit.

Stimmt: diese Klinik mit den essgestörten Kindern. Mit der magersüchtigen Jenny, einer Klassenkameradin, die bis zu ihrem Tod ihren Aufenthalt dort hatte. Und mit Nadja, mit der ich mich angefreundet hatte, die aber bald darauf an Nierenversagen starb. Nein, ich weiß, davon weißt Du nichts mehr. Eine Krankenschwester gab es, die mir beistand, und die mich viele Jahre später noch wiedererkannte – Fragen stellte ich ihr keine. Ja, diese Klinik, mit dieser unangenehmen Psychologin, die mich an den Handgelenken über den Boden schleifte. Diesmal wusste ich, was ich machen musste, damit alle mich in Ruhe ließen. Die Frau hatte mich mit ihrem scheinheiligen Firlefanz gelockt, ich durchschaute sie – die konnte mich mal. Ich malte unablässig die Bilder, die sie haben wollte. Die Familie bestand aus lauter Pferden. Und ich habe bewusst gelogen, gelogen, gelogen.

»Warum malst du lauter Pferde?«, fragte die Frau.

»Weil sie schön sind und wir eine schöne Familie sind.«

»Ach ja, und warum bist du dann so unsauber mit dir und lässt zu Hause deine dreckigen Schlüpfer herumliegen?«

Davon musst *Du* ihr erzählt haben, liebste Mama! Ich selbst ganz gewiss nicht. Denn in diesem Krankenhaus tat ich es nicht, dort ließ ich nichts dergleichen herumliegen. Warum macht das ein Mädchen wohl zu Hause, und nur dort? Wieso erzähltest Du der Frau davon? Weil Du tatsächlich überrascht warst, ahnungslos? Du warst nie ahnungslos, liebste Mama, zu keinem Zeitpunkt! Das behaupte ich heute. Dummdreist würde ich es heute nennen: In dummdreister Manier spieltest Du der Psychologin die personifizierte Unwissenheit vor. Schließlich waren es die Beweisstücke des Missbrauchs! Ich litt die ganze Zeit an einem für ein Mädchen meines

Alters untypischen Ausfluss – und ich ließ diese Unterwäsche liegen – damals war es mir nicht klar, warum. Heute könnte ich mir denken, dass es eine unbewusste stumme Bitte an Dich war: Kümmere Dich um mich! Hieran siehst Du, was los ist! Versteh mich endlich! Glaub mir endlich! Ach, Mama, warum wünsche ich mir gerade an der Stelle, dass Du jetzt weinst?

Wenn Du der Psychologin völlig ungeniert solche intimen Details berichtetest, wirst Du ihr auch von meiner Verstörtheit und Biestigkeit gesprochen haben, von meinem Erfindungsreichtum, von meinen sexuellen Phantastereien. Und? Was hat die Frau Dir gesagt? Hat sie Dich *aufgeklärt*? Dir mitgeteilt, was mit Sicherheit passierte in der *schönen Familie*?

Im Grunde ist es gleichgültig, ob Dir meine damalige Psychologin etwas und was sie Dir sagte – für Dich wäre es zu kompliziert geworden, hättest Du ihre Worte beherzigt. Du hättest Deine gesamte Strategie ändern und für mich etwas tun müssen – welch ein Aufwand, nicht wahr? Hättest mir Glauben schenken und einsehen müssen, dass Du mir unrecht getan hattest bisher – alles, alles wäre von dem Zeitpunkt an anders verlaufen. Und ich bin sicher: sehr viel besser. Ich meine sogar, Du hättest Dir damit sehr viel Mühe sparen können hinsichtlich all dessen, was Du Dir in späteren Jahren noch hast einfallen lassen müssen, um Dich weiterhin und für alle Zeiten selbst gut und rein und angefüllt mit tiefer Endlos-Heuchelliebe fühlen zu dürfen. Aber ich will nicht vorgreifen. Sonst kommst Du durcheinander.

Ist doch manchmal anstrengend, Mama, dieses Zurückdenken, dieses Sich-fallen-Lassen. Es irritiert mich gerade. Und ich weiß nicht einmal, was diese Irritation ausmacht. Bin nur unsicher – was Deine Haltung, meine Lügengespinste betreffend, bestätigen wird: Immer schon stelle ich undurchsichtige und hinterhältige Behauptungen auf. Genau das entspricht dem Unausstehlichen an mir.

Vor mir liegt noch ein langer Weg auf der Suche nach – ja, wonach eigentlich. Ich ahne, dass mein Weg nicht mehr lang genug sein wird, diese Suche erfolgreich abzuschließen. Sollte es die Wahrheit sein, nach der ich suche: Was ist schon meine Wahrheit gegen Deine! Das Thema hatten wir schon.

Mein Brüderchen ist da! Mein Brüderchen. Tobias.

Wenn ich allein bin, gebe ich ihm heimlich die Brust. Doch ich bin erst zwölf, da kommt noch nichts raus.

Dennoch ist es ein schönes Gefühl, und ich tu so, als wäre ich seine Mama. Ich seine Mama.

Schöne Gefühle – anmaßend, oder? Von Gefühlen verstehe ich nichts. Du könntest es mir erklären, aber Du bist nicht hier, und ich fahre nicht zu Dir, und ich will Deine Erklärung nicht hören. Mir kommen die Tränen, weil ich schon wieder trotzig und störrisch bin, Deine Erklärung ablehne, nicht weiß, wo gerade ich bin.

Liebste Mama, ich muss aus dem Haus, muss den Irrgarten verlassen, mein lahmes Bein schmerzt, muss trainiert werden, damit ich wieder Auto fahren kann – dieses Bein, das mir nicht mehr gehorcht. Man muss gehorchen – war doch immer schon eine wichtige Lektion Deiner Erziehung. Und dieses Bein wagt es nun, sich meinem Bewegungsdrang zu widersetzen, spielt mir einen Streich, behindert frech und von unverschämter Dauer meine Mobilität. Mein Bein ist wie ich. Ich hasse es.

Schlappheit füllt mich aus, Kraftlosigkeit, Ausgelaugtsein. Die mentalen Reisen in die Vergangenheit verbessern nichts, gleichwohl sollte ich sie fortsetzen, weil ich nicht kneifen will. Mein Bein benötige ich nicht für diese Reisen. Dennoch neige ich dazu, sie abzubrechen, auszusteigen vorm Ziel. Der Zug steht mitten in der Pampa – Maschinenschaden.

Gut, also Pampa. Das erste unserer *Seelenbücher* liegt vor mir. Zu der Zeit bin ich über dreißig. Was war passiert, dass Du diese Idee entwickeln musstest? Hattest Du Angst, mich zu verlieren? Sahst Du Dich genötigt, Deine Strategie zu verändern im Hinblick auf Deine große Tochter, die Dir zu entgleiten drohte? Abnabelung stand nicht auf Deinem Plan. Hattest Du einen? Soeben kommt mir der Gedanke: Hattest Du vielleicht Angst um Dich selbst? Angst vor mir? Dass ich Dir noch einmal gefährlich werden könnte, dass Du Deine Glaubwürdigkeit einbüßen könntest, und dem galt es vorzubeugen?

Ein pinkfarbenes Diarium überreichtest Du mir, die ersten Seiten verstärkt, dreifach, weil beklebt mit computerbedruckten Zetteln, von Dir beschrieben – *von Dir! Für mich!* So viel war ich Dir wert! So wichtig war ich

Dir geworden – wodurch so plötzlich? Eine Geschichte, von Dir für mich geschrieben, ein Löwenzahn-Pusteblumen-Märchen, in das Du mich und meine Kinder mit hineingenommen und mit Namen benannt hattest! Dieses Buch bedeutete *das* Geschenk der Geschenke. Ich war dreiunddreißig und fassungslos. Glückselig. Ich hatte in den Jahren durchaus manches Mal gezweifelt an Deiner Liebe, fern warst Du mir gerückt, Härte ausstrahlend und warst gelegentlich von einem undurchdringlichen Dunkel umgeben. Und es war lange schon etwas Merkwürdiges passiert: Dein Gesicht war mir abhanden gekommen. Waren wir beieinander, hatten wir miteinander zu tun, warst Du – Du, unverkennbar und nicht entfernt von der Normalität häufiger Begegnungen. Sobald einer von uns aber gegangen war, fehlte mir die visuelle Vorstellung Deines Gesichts. Dein Antlitz – eine augenlose Fläche ohne alle Kontur. Nur ein Mund war Dir gegeben, ein sich bewegendes Loch, schamlos, bizarr.

Aber das, was ich jetzt in zitternden Händen hielt, war gleichsam ein Zauber, ein Licht, alles Dunkel überstrahlend, ein Feuerwerk Deiner Liebe! Ich nehme an, dass sich zu jener Zeit Dein unförmiger Mund zurückverwandelte und ich wieder lernte, Dein vollständiges Gesicht vor mir zu sehen, Deine dunklen Augen, die langen dunklen Haare. Vielleicht war die Maulfratze nun nicht mehr notwendig.

Die *Liebste-Mama*-Zeit begann. Du wünschtest Dir unser gemeinsames Schreiben in dieses Buch – und was gab es für mich Köstlicheres, Größeres als Deine endlich sichtbare, spürbare Zuwendung in Wort *und* Schrift, gekrönt durch die Einladung zu einem Dialog mit Dir auf Augenhöhe! Was war es anderes als *der* Beweis Deiner Liebe? Erlösend und wahrhaftig. Alles bisher schwer Erträgliche hatte wohl nur dieses eine Ziel gehabt – darf ich es *Wiedervereinigung mit Dir* nennen?

Auf Dein mehrseitiges Pusteblumen-Märchen folgte meine schlichte wie glühende Liebeserklärung an Dich auf einer Buchseite: zigmal nacheinander: *Ich liebe Dich.* In der Mitte in ein zunächst herzförmig textfrei belassenes Areal ein skizziertes Kreuz, ein Stern, ein Herz und dann da hinein meine Zeilen: *Verstehst Du mich? Ich verstehe Dich jetzt sehr gut. Wieder einmal habe ich etwas gelernt. Deine Tochter*

Was glaubte ich denn damals, gelernt zu haben? Dass Liebe einen überfallen kann, ähnlich einem Raubüberfall, nur dass einem nichts geraubt wurde, sondern dass man plötzlich mit etwas Wunderbarem zugeschüttet wurde? Wie die Goldmarie in Frau Holle. Als Dank für so viel Gutseinwollen? Ich war nicht sparsam mit sämtlichen Liebes- und Glaubenssymbolen, die mir geläufig waren und die nur irgendwie mein grenzenloses Erstaunen bezeugen sollten. Du hattest außer diesem Märchen inmitten bunter Bildchen kaum etwas gesagt auf jenen ersten Seiten, und auf der Stelle war Dir ein Volltreffer gelungen. Was hatte ich damals aus Deinem Märchen gelernt? Dass eine Pusteblume im Vergleich zur stolzen bewunderten Rose ihr Lebensglück darin findet, sich im Wind zu verhundertfachen? Und ich, das Mädchen Sophia, fungierte als Retterin des Löwenzahns, Kinderhände vom Pflücken abhaltend, damit die gelbe Blume ihrem Samenstadium entgegenreifen durfte, dabei stets im Gespräch mit dem Wind. Als Retterin, als Bewahrerin hattest Du mich dargestellt, schenktest mir damit Wichtigkeit, Bedeutsamkeit. Wie weise von Dir. Fand ich mich damals auch in der Rolle der schmollenden maulig-unzufriedenen, nichtswürdigen gelben Blume? Hohlstengelig mit giftigem Saft und millionenfach vorhanden, unkräutig, abhängig vom Wind, dem launischen Gesellen? Der mich streicheln musste auf bestimmte Weise, damit ich mich auflöste in meine Bestandteile.

Kluges Märchen.

Ich lese es heute und sage: hinterhältiges Märchen.

Das ganze Buch sieht aus wie früher die Poesie-Alben in der Schule: bestückt mit blassen Buntstiftzeichnungen, Abziehbildern, aus Zeitschriften ausgeschnittenen Herzen, schräg ins Format gesetzter Schrift, filzstiftigen Blattranken-Umrandungen, bunt nachgezogenen Anfangsbuchstaben eines jeden Wortes, hineinkopierten Witz-Zeichnungen, Tierbild-Aufklebern, Glitzerbildchen, schief eingeklebten und bemalten Texten mit unterschiedlichsten Computerschrifttypen sowie geübt-unfertig daherkommenden Handschriften – wobei ich Deine Schrift stets schön fand. Heute versehe ich sie mit Fragezeichen, weil sie nichts Persönliches hat, Du schienst am Suchen, jeden Tag war sie anders, Deine Schrift – niemand hätte Dich an Deiner Schrift identifizieren können. Teils mit Kugelschreiber oder Füller geschrieben, teils mit knallfarbigen Filzstiften breit und raumgreifend, mit ausgemalten Stempelaufdrucken, meist sind es Rosen. Warum keine Pusteblumen? Einige Fotos. Diese Art der Gestaltung wurde mehr von Dir als von mir praktiziert. Warum so? War dieses Außen-Herum wichtig? Ich weiß, Du hattest Spaß am Schreiben, wolltest immer wieder einmal meine Hausaufgaben schreiben, um des Schreibens willen. In unseren Büchern übertrafen wir uns nun gegenseitig. Du gabst eine Idee vor, ich griff sie auf, begeistert, schaltete mich gewissermaßen dazu, brachte neue Töne in unsere Harmonie ein, Dir und mir zur Freude. Sollte es nicht eher um Inhalte gehen? Vielleicht, ja, aber sie mussten nett verpackt sein. Eine hübsche Verpackung tröstet über eine mangelhafte Füllung hinweg – sage ich heute.

Auf der nächsten Seite schreibst Du, ein Foto von mir und meinen Kindern beschriftend: *Jede Mutter eines Menschen ist die einzige, Ersatz dafür kann es nicht geben. Mein liebes Kind, Du weißt, daß auch ich Dich liebe – das Buch könnte ich füllen mit diesen drei Worten. Vieles im Leben verstehen wir immer dann, wenn wir in eine Situation kommen, die wir vorher nicht verstanden haben. Ich sehe, was Du alles schon verstanden und erreicht hast bisher und ich weiß das zu schätzen mein Kind. In Liebe Deine Mama*

Ich jubelte. Endlich hattest Du Grund, stolz auf mich zu sein. Ich hatte offenbar gute Arbeit verrichtet, denn Du warst früher äußerst sparsam mit Lob. Jetzt schien die Zeit des Überflusses angebrochen. Ich wusste nicht, warum. Aber die Frage stellte ich nicht. Die Gründe Deines Sprechens und Handelns waren stets tiefsinnig gewesen und nicht notwendig zu hinterfragen. Jetzt wollte ich ausschließlich genießen: den nie gekannten inneren Reichtum.

Was ist aber mit diesen Zeilen geschehen? Heute grinsen sie mich an. Was wolltest Du mir damit sagen? Wo liegt der Gehalt dieser Worte?

Vieles im Leben verstehen wir immer dann, wenn wir in eine Situation kommen, die wir vorher nicht verstanden haben. Ich möchte ganz plump fragen: Häää? Aber es scheint ums Verstehen zu gehen, und das wollen wir lassen. Dennoch fordert mich dieser Satz, der sich so klug gibt, heraus. Du sagst verkürzt: Wir verstehen dann etwas, wenn wir es vorher nicht verstanden haben. Aha. Soso. Plötzlich macht es klick.

Und wenn ich darüber nachdenke – Dein damaliges Gerede von der einzigen Mutter, für die es keinen Ersatz gibt –, gleichzeitig warst Du in der Lage, solchen *einzigen Müttern* ihre Kinder abzuschwatzen und sie Dir quasi einzuverleiben ...

Stopp. Ich eile voraus.

Ziellos tappe ich umher – ob ich im Kreis gehe? Meintest Du vielleicht:

Ich hätte endlich kapiert, wozu die früher geübte Brutalität letzten Endes gut war? Dass sie notwendig war für die Heranbildung einer endlich fügsamen Tochter? Einunddreißig war ich, verheiratet, hatte zwei Kinder, und Du nanntest mich *mein liebes Kind* und schriebst mir Sätze wie an eine Elfjährige. Und die Einunddreißigjährige freute sich wie eine Elfjährige.

Ich erfinde gerade ein Wort, ein Verb: *wörtern*. Zweite Person Singular Präsenz: Du wörterst. Und im Imperfekt – heute sagt man Präteritum: Du wörtertest. Das Verb ist ausbaufähig: Du bewörtertest mich, indem Du klangvolle Wörter und so neckische Sätze wie den erwähnten vom überraschenden Verstehen in mich einschlugst, ähnlich einer Pressluftramme, die Pflastersteine festklopft. Dass Du mich schlugst, bemerkte ich nicht. Über Inhalte dachte ich nicht nach. Nur Wohlwollen las ich in Deinen Zeilen, Wohlwollen, Anerkennung, vielleicht sogar stille Annahme und Gültigkeit meiner Person mit allem früher in Abrede Gestellten, Zuneigung, tiefe Liebe. Ich badete darin, alle Verspannungen lösten sich auf in Deiner Lauwärme.

Verpustete Pusteblume.

Ohne Zeitsprünge scheint der Prozess der Annäherung unmöglich. Annäherung? Welche Annäherung? Und warum? Der Satz kam mir in den Kopf, und nun steht er da.

Ich möchte die *Pampa* wieder verlassen, das weite Land, gut zu überschauen, Gefahren sind von Weitem sichtbar. Ich muss noch einmal ins Unterholz zurück, mir die Pampa erneut zu erarbeiten. Wobei es ganz gleichgültig ist, wo ich mich befinde oder wo ich ankomme. Im Unterholz muss ich herumkriechen, weglos, irgendwo werde ich mich schon wieder aufrichten können, im Tageslicht und mit freiem Blick. Dann liegt sie erneut vor mir, die Pampa – besser? Einen Weg sehe ich ebenso wenig wie zuvor. Kein Strauch, kein Baum – wohin mit mir? Fehlende Orientierung.

Dreizehn Jahre alt bin ich jetzt.
Der neue Papa, Rudi, ist sehr lieb zu mir. Sehr lieb zu mir. Er trocknet mich immer ab, wenn ich gebadet habe.
Bis Mama mir sagt, ich soll das nicht mehr machen lassen, denn ich habe ja schon Brust, das gehört sich nicht. Gehört sich nicht.

Mama! Was wusste ich von dem, was *sich gehört* und was *sich nicht gehört*!

Du erklärtest *mir*, was ich zu tun und zu unterlassen hatte! Alles musste mir gesagt werden von Dir, auch mit dreizehn noch. Deine Männer sagten mir etwas anderes. Du liebtest mich. Deine Männer waren *lieb zu mir*. *Das Schöne* hatten mir Deine Männer beigebracht. Das schien doch richtig zu sein! Wo blieb Deine Beanstandung? *Mir* heftetest Du sie an!

Ich habe ein zweites Brüderchen! Marek.
Ich bin sehr froh. Wir sind auf einen Bauernhof gezogen – mein Traum!
Ich helfe den Nachbarn beim Melken und Tiere-Versorgen. Ein tolles Jahr!
Ich bin gut in der Schule – jetzt sind Ferien.

Tobias, der erste Bruder, war andauernd krank, hatte Durchfälle. Das wurde auf das Bauernhof-Milieu geschoben, war mitnichten tragbar. Ein Jahr mit Dir, Rudi und den beiden Brüdern war vorbei. Du warst eine liebevoll sorgende Mutter.

Wir ziehen wieder in die Stadt.
Neue Wohnung, die renoviert werden muss.
Papa nimmt mich in den Arm – schön.
Seine Hand unter meinem Pulli streichelt meine Brust.
Ein neues Geheimnis.
Ich erzähle Mama davon. Sie reagiert wütend. Spricht Papa an.
Er überzeugt sie, dass ich lüge. Ich lüge wieder.

Er ist handwerklich sehr begabt und zeigt mir, wie man tapeziert oder die Stichsäge benutzt.
War auch bei Alwin schon so gewesen.

Mama ist streng zu mir.
Ich habe keine Zeit für meine Freunde. Muss auf meine Brüder aufpassen.
Die Brüder.
Papa und Mama arbeiten nachts.

Okay.
Ich will eine gute Tochter sein.

Was, wenn ich fragen darf, erklärtest Du *Deinen Männern*? Noch nie hatte ich gewusst, wo Grenzen verlaufen. Dass es überhaupt Grenzen gab!

Ich erzähle Mama vom Streicheln, aber sie ist böse auf mich, ich soll nicht immer so lügen.

Wenn ich mich jemandem anvertraue, muss ich später hingehen, sagen, dass ich gelogen habe und mich entschuldigen.

Ich bin für jeden eine Lügnerin geworden.

Du verbanntest mich, bis ich Lüge nannte, was ich fast täglich erfuhr. Nun gut, dann eben Lüge! Mit dreizehn hätte ich unter einfacheren Umständen selbst darauf kommen können, dass Dein Mann neben meiner Nacktheit nichts zu suchen hatte. Einfach waren die Umstände aber nicht. Nachts oder wenn Du weg warst, lag Dein Mann bei mir – erst Alwin, jetzt Rudi. Haben sie Dir von mir erzählt? Lachtest Du darüber mit ihnen? Waren sie auch Lügner in Deinen Augen, so wie ich? Wie verliefen solche Dialoge zwischen Euch?

»Deine Tochter ist ja ein durchtriebenes kleines Biest – sie weiß ziemlich genau, wie sie es machen muss!« So er. Denke ich mir.

Und Du? »Ach du wieder! Ja, es ist schlimm, ein richtiges kleines Aas ist sie, schon immer gewesen übrigens – was machen wir da bloß?«

Lief es so ab? Oder so ähnlich?

Oder benötigten Deine Männer Urlaub von Dir? Meine Nacktheit reizte sie mehr als Deine? Scham war für mich ein Fremdwort. Du hattest mir nun erklärt, dass ich mich nicht mehr abtrocknen lassen solle von *Papa*, wegen der Brust – aha – ohne Brust durfte er? Meine beginnende Pubertät war nicht verbunden mit irgendeiner Art von Scham – warum auch, Deine Männer kannten jeden Quadratzentimeter von mir.

Die Brust – mit der Brust war noch etwas. Sammeln muss ich mich – sortieren möchte ich und weiß nicht, wie ich Ordnung hineinbringen soll in ein System des Unordentlichen, wie mir scheint. Mich springt so vieles gleichzeitig an – Deine Worte, Deine Worte aus dem pinkfarbenen Buch – sind ja nur Wörter – sei nicht ungeduldig, liebste Mama, wird schon alles herauskommen, ich muss das Buch erst zuschlagen – *zuschlagen* ...

Papa, Mama und ich sind in der Küche.

Ich frage Mama, was ich gegen meine Hängebrüste machen kann.

Ich soll die Brust freimachen, sagt sie, damit sie nachsehen kann.

Aber Papa ist doch da!

Das macht nichts, sagt sie, ich soll nur mal herzeigen, Papa kennt sich auch damit aus, und wir sind schließlich eine Familie.

Die Brust ist okay, sagen beide. Mama wird mir einen neuen BH kaufen.

Da war es nun wieder das Selbstverständlichste von der Welt, Papa meine Brust begutachten zu lassen – warum tatst Du das? Dachtest Du Dir etwas dabei? Wolltest Du mich testen, ob ich mich entblöße in Papas Beisein? Wolltest Du *ihn* testen, wie er auf mich als weibliches Wesen reagiert? Ich wünsche mir, endlich zu kapieren, was in Dir vorging. Verstehst Du, was ich meine? Nein, natürlich nicht. Es geht nicht ums Verstehen, dazu muss ich mich immer wieder ermahnen. Ich vergesse es andauernd.

Wer war er eigentlich, der Rudi mit den Locken von unbestimmter Farbigkeit, blondgrau vielleicht, wie entzündungsträchtiger Urin, mit dem überheblichen Grinsen und den vielen Tätowierungen? Seejungfrauen wetteiferten mit pfeildurchbohrten Herzen und verschlungenen Ornamenten, mit Rosen und Schwertern, mit fünfzackigen Sternen, Lach- und Weinmasken, Totenköpfen, was für ein Leben auf dem Mann. Er war der vom Zirkus, den Du heiraten wolltest, der aber noch zu heftig an seiner Ex-Frau hing. Wolltest ihn an Dich binden durch die Schwangerschaft – stimmt's? Aber er war nicht nur mit seiner geschiedenen Frau beschäftigt, auch mit anderen Frauen neben Dir, weil er so viel umherzog, auch ohne Zirkus. Ihr wohntet zeitweise getrennt, schwierig. Weißt Du noch, als wir beide bei ihm Kinderpornohefte fanden? Dachtest Du damals etwas? Dass ich selbst etwas dachte bei diesem Fund, glaube ich eher nicht – ich sah die Abbilder meines Alltags: Pornodarstellungen von Erwachsenen mit Kindern, auch von Kindern mit Kindern. Meist große männliche Geschlechtsteile und die kleinen von den Kindern. Dicke Männerpfoten fingernd in kleinen Mädchen. Wenn Gesichter zu sehen waren, lachten sie. Machte ja schließlich Spaß. Ich zuckte die Schultern, normal und langweilig. Natürlich: Es war der Alltag. Unser beider oder unser Dreier-Alltag, liebste Mama. So wie Du mir einmal mit großer Selbstverständlichkeit mitteiltest, dass Rudi sich an seiner eigenen Tochter vergangen hatte. Das hatte er getan – dieser Unhold. Aber im Grunde war das nicht weiter schlimm, das war ja nun vorbei, denn jetzt war er bei *uns*. Und Du wusstest von Anfang an um seine gelebte Pädophilie – für Dich zu keinem Zeitpunkt ein ernst zu nehmender Störfaktor. Deine eigene Schadhaftigkeit muss immens gewesen sein, weil es nirgends einen Halt gab, kein Ausschlusskriterium, kein Bis-hierher-und-nicht-Weiter.

Ich sehe Deine hochgezogenen Brauen und höre Dich sprechen: *Alles, was ich je tat, tat ich aus Liebe.* Und alles, was Du unterließest, geschah ebenfalls aus Liebe – richtig? Aus Liebe zu Alwin und nun zu Rudi? Sonst noch jemand, der oder die in den Genuss Deiner Liebe kam? Ich kann es doch nicht gewesen sein.

Und ach ja, Eure Arbeit. Tagsüber in einem Erotik-Shop, nachts in einer Bar, ein bisschen Prostitution, zum Geldverdienen. Offiziell warst Du eine Art Hausmeisterin in einem achtstöckigen Haus, in dem ich die Flur-reinigungen übernommen hatte. Was war eigentlich Deine Aufgabe dort? Einmal brachtest Du einen Mann mit nach Hause, blöder Typ. Das Ganze war blöde für mich. Und überhaupt. Dadurch, dass ich die Betreuung meiner Brüder übernommen hatte – noch umfänglicher nach allerhand Vorwürfen Deinerseits, dass ich mich besser um sie kümmern sollte –, fehlte ich oft in der Schule, meine Leistungen rutschten ab. Vorher war Schule stets die bessere Alternative gewesen im Vergleich zu meinem Zuhause; in der Schule fühlte ich mich wohl, lernte rasch. Weißt Du noch, nach meinem geplatzten Blinddarm und der Operation, als ich zehn war, ging ich gleich wieder zur Schule, sozusagen mit noch offenem Bauch – nein, weißt Du natürlich nicht, denn ich sagte Dir davon nichts. Du sahst Dir meinen Bauch nicht an.

Ist es nicht merkwürdig: Kein Lehrer hat sich der Sache mit meinem ungewöhnlichen Schulbesuch angenommen. Man schwieg – oder war es anders, und Du gabst die grandiose Mutter, die den Lehrern gegenüber alles erklären und verharmlosen konnte? Sophia sei eigentlich gut, sagte einmal ein Lehrer zu Dir, sie müsse nur öfters in die Schule kommen. Ich stand neben Dir. Deine Antwort war ein Schulterzucken und dann: Sophia wolle ja nicht von zu Hause weg. – Ich schwieg.

Weshalb schwieg ich? Ich hätte an der Stelle alles auffliegen lassen können.

Wie wäre die Situation dann weitergegangen? Rot zu werden vor lauter Peinlichkeit gehörte nicht zu Deinen Wesensmerkmalen. Ich bilde mir gerade ein, dass dies der Grund war, weswegen es für mich nicht lohnte, viel Aufhebens von der Angelegenheit zu machen. Nein, derartige Gedanken bewegte ich natürlich nicht in meinem trocken gelegten Gehirn. Ich war Deine Ausflüchte, Deine Verdrehungen gewohnt, gehörten sie doch zu den innerfamiliären Feinheiten, die nicht für die Ohren Fremder bestimmt waren, hatte ich doch gelernt.

Ich fehle nun oft in der Schule, weil ich auf meine Brüder, die ich immer im Schlepptau habe, aufpassen und Mama helfen muss.
Was kann ich ändern? Die Schule fehlt mir. Dort sind Freunde. Ich fühle mich dort sicher und zu Hause.

Tatsächlich nahm ich irgendwann beide Brüder mit in die Schule, um nicht so viel Unterrichtsstoff zu versäumen. Sie ließen mich gewähren, kamen aber zu uns nach Hause und wollten die Situation mit Dir klären. Sag, was erfandst Du damals bei diesem Elternbesuch? War ich dabei? Was war das Resultat? Ich weiß es nicht mehr.

Mein kleiner Bruder hat Pseudokrupp. Immer wieder diese Atemnot-Anfälle. Mama weiß plötzlich nicht mehr, was sie bei einem Erstickungsanfall machen soll. Ich schüttele sie, reiße ihr das Kind aus den Händen, halte es unters kalte Wasser der Dusche.
Ja, er atmet wieder.

Aber liebste Mama! Was war da plötzlich los? Du kanntest doch die Symptome, wusstest, wie Du damit umzugehen hattest. Wolltest Du mich testen, inwieweit ich der Sache gewachsen war? Oder vielleicht gar Deiner Überforderung mit drei Kindern ganz pragmatisch begegnen, indem Du der natürlichen Selektion eine Chance einräumen wolltest? Dass diese Erkrankung zwar selten, aber durchaus auch tödlich enden kann, war Dir bekannt – oder etwa nicht?
Nein, nein, liebste Mama, ich unterstelle Dir gar nichts – ich frage nur.

Ich darf jetzt immer auf die Straße, abends, wenn die Brüder schlafen und die

Eltern zu Hause sind. Doch meine Freunde sind dann nicht mehr draußen. Und haben auch keine Lust mehr auf mich.

Ich werde immer mehr zu einer bösen Tochter.

Knutsche mit irgendwelchen Jungs herum.

Bin durcheinander.

Ich gehe ans Wasser und wünsche mir den Mut, hineinzuspringen. Doch der breite Fluss beruhigt mich.

Mama und ich verstehen uns nicht gut. Nur einmal ist es lustig, als wir die Diät machen. Beide bekommen wir plötzlich Heißhunger und stürzen uns aufs Essen. Und lachen, lachen.

Ich wurde immer schwieriger, widersetzte mich. Du nanntest mich *schwer erziehbar*, drohtest mit Heimunterbringung. Wozu es auch kam, als Du krank wurdest mit Blutkrebs in Anführungsstrichen. Hattest Du Blutkrebs? Nie wieder war später die Rede davon. Ein halbes Jahr im Heim, wir drei Kinder. Tobias war vier, Marek anderthalb. Im selben Haus waren wir drei. Marek und ich durften beieinander sein, aber nur, weil er Pseudokrupp hatte und ich damit umgehen konnte. Die Erzieherinnen hatten offenbar davon keine Ahnung. Tobias durfte ich nicht sehen – schreien hörte ich ihn durchs ganze Haus nach mir. Die Erzieherinnen dachten wohl, dass er irgendwann damit aufhören würde, wenn die Trennung komplett blieb, worauf sorgfältig geachtet wurde – einfacher für sie. Warum ließen sie ihn nicht bei mir? Hätten sich das tagelange Gebrüll ersparen können. So ist das: Irgendwann verstummen die verlassenen Kinder. Wenn sie erkennen, dass es sinnlos ist, sich bemerkbar zu machen.

Entschuldige, dass ich Dich nicht im Krankenhaus besuchte. Ich fühlte mich einfach im Heim sauwohl, konzentrierte mich nur auf Marek und mich. Ein schlechtes Gewissen habe ich heute noch, wenn ich daran denke, dass ich mich um Tobias doch nur sehr wenig kümmern konnte.

Das halbe Jahr im Heim war wirklich erholsam. Ich konnte ungestört zur Schule gehen, wurde in Ruhe gelassen, Deinem freundlichen Blutkrebs sei Dank.

Während dieser Zeit gar nicht so beklagenswert schienen Dir meine Diebstähle, die Dir bekannt waren. Weißt Du nicht mehr? Aber liebste Mama, ich perfektionierte das bis zu der Zeit meiner ersten Ehe! Auch hierbei warst Du mir vorbildhafte Lehrerin – und wo nicht Lehrerin, so doch schmunzelnde Augenzukneiferin. Ich ahne es, es wird Dir unangenehm sein, daran erinnert zu werden, aber ich darf das jetzt nicht unterschlagen. In diversen Geschäften begann ich zu stehlen. Irgendwann klaute ich, was das Zeug hielt, Kleinkram meist, Essen, Süßes. Fahrräder nahm ich mit nach dem Motto, wenn jemand so blöd ist, das Ding nicht anzuschließen – Pech gehabt! In unserem Keller wurde eifrig gebastelt. Die Brüder waren später dabei, auch andere Kinder, und Du zeigtest Dich stolz bei den Nachbarn, die Kinder waren durchweg sehr kreativ und schließlich auch *weg von der Straße*, wie man so sagt. Ich machte diese Räder fit für mich, mit Werkzeug konnte ich umgehen. Ich entfernte – zugegeben etwas mühevoll, aber immer erfolgreich – die Rahmennummer und besaß so mehrere gute Fahrräder. Manchmal zogen wir als Clique los, gemeinsam auf Fahrradsuche. Unser Keller war groß, das Interesse an Rädern ebenso.

»Du weißt aber schon, dass das nicht in Ordnung ist«, erklärtest Du mir mit schelmisch erhobenem Drohfinger. Ich wusste es.

Du selbst zeigtest Dich immer wieder als raffinierte Diebin – was Du nicht alles mitgehen ließest! Klamotten, Schmucksachen, Esswaren, Wurst – immer warst Du arm, das war mir klar –, und Du wolltest so gern für Weihnachten ein paar Geschenke haben. Das rührte mich, und ich verstand es gut.

Als Marek noch ein Baby war, schicktest Du den kleinen Tobias mit einem großen Paket Windeln los, dass er schon mal an der Kasse vorbeirennen sollte, wir würden gleich kommen – und wir kamen beide, Du und ich. Und das Windelpaket drückte der strahlende Tobias uns draußen in die Hand.

Ich habe noch ein Bild vor mir: Alwin mit einem Schlauch im Mund, den Sprit aus einem fremden Auto anzusaugen, ihn dann ins eigene zu leiten, damit wir weiterfahren konnten.

Solches Handeln war Euch so selbstverständlich, keine Spur von Peinlichkeit oder *nicht vor den Kindern*. Das war es wohl immer, in allen Bereichen: keinerlei Unrechtsbewusstsein. Hauptsache, es bleibt unter uns. Daher fiel es Dir so leicht, kriminell zu sein. Diese Art von Energie schien in der Familie eine schätzenswerte Tugend.

Seit langem schon ist Deine Familie, also Du und Deine Kinder, in der Stadt Polizei-bekannt, Knast-Aufenthalte eingeschlossen; und es gibt Menschen – leider auch in meinem näheren Umfeld –, die mit *solchen Leuten* nichts zu tun haben wollen und demnach auch mit mir den Umgang meiden – so ist zumindest mein Eindruck hinsichtlich der besonderen Zurückhaltung, die ich von einigen Menschen immer wieder einmal wahrnehme. Schließlich hatte man Dich erwischt im Kaufhaus – was war Deine Strafe? Ich kann mich nur ans Hausverbot erinnern, das Dir gegenüber ausgesprochen wurde.

*

Es gibt ja auch noch einen Gott auf der Welt – an den habe ich die ganze Zeit nicht gedacht. Vielleicht wird es einfacher, wenn ich ihn mit einbeziehe in meine Rückblenden.

Auf den ersten Seiten dieses Briefes steht etwas, an das ich anknüpfen möchte. Dazu zitiere ich Dich haargenau aus unserem Pinkbuch, wobei ich mir Mühe geben will, alle Wörter in Deiner Orthografie zu belassen, an keiner Stelle zu berichtigen. Mit Füller schreibst Du hier, eine gemischte Druck-Schreibschrift, die i-Punkte in den ersten Zeilen zu Herzchen vermalt, wurde Dir bald zu mühsam. Du warst fünfzig Jahre alt, als Du das schriebst.

Liebe Sophia, ich wünsche mir immer Dein Überlegen, weil ich manchmal denke, daß es um Entscheidungen geht. Und nicht einfach nur um Entscheidungen, sondern ganz einfach um die richtigen. Wie oft entscheiden wir uns falsch! Und das merken wir dann erst hinterher. Wenn wir gleich die richtigen Entscheidungen treffen, tun wir etwas für uns und in der Regel auch immer etwas für die anderen. Manchmal ist das nicht leicht, und wir lassen uns von den falschen Gefühlen leiten. Wenn wir uns sagen: Ich bin ich, und ich kann richtig fühlen, dann kann ich auch im Verhältnis richtig entscheiden. Das Verhältnis, wie eines zum anderen steht, ist wichtig. Alles Aufgebehren nach den falschen Gefühlen schafft Ärger, was uns am Ende viel Leid ersparen könnte. Wenn wir keinen Mut haben, die Vergangenheit hinter uns zu lassen, können wir keinen Neubeginn wagen. Wir stecken fest im alten, was aber ganz falsch ist, denn das Neue kann nicht von allein beginnen. Damit steht und fällt alles. Du hast schon oft bewiesen, daß Du viel Mut haben kannst, denn Mut

56

ist bei Dir an eine Stelle getreten, wo es einmal ganz anders aussah, und Du wirst das auch weiter tun, was an Entscheidungen zu begrüßen ist, aber was Dein Mann hier gemacht hat, kann niemand gutheißen. Du weißt, wie sehr ich ihn liebe, aber er muß Vernunft annehmen und sich entschuldigen, auch wenn ihm das schwer fällt. Wenn er sich lange sträubt, wird es für alle schwer und ein Rauskommen ist behinderlich. Dann, nach einer Entschuldigung, kann er doch ewig in unserer Gemeinschaft bleiben. Ich kann nicht mehr für ihn tun, als ihm immer wieder meine Hilfe anzubieten. Schlägt er sie jedesmal wieder aus, muß er sehen, wo er bleibt. Wenn ich immer nur Hilfestellungen begebe, und nie kommt ein Dank oder wenigstens eine Befolgung, zerbreche sogar ich. Es fällt mir sehr schwer, das so sagen zu müssen, aber mitunter muß man eben auch hart sein. Und wenn er weiter so stur bleibt, wird er bald schon sehr einsam sein. Bisher hat er leider keinen Mut bewiesen. Auch er muß sich entscheiden. Auswege aus einer schlimmen Situation gibt es doch immer und überall. Man muß nur das Richtige wählen. Und nicht aus lauter Angst jegliche Entscheidung vermeiden. Schönes zu verspielen durch keine Entscheidungen zu treffen, wenn wir nur wollten. Ich weiß, daß das wehtun wird, weil es mit Schmerzen verbunden ist. Auch Du mußt jetzt zu Entscheidungen finden, die vielleicht schmerzen, aber ich weiß, daß Du es kannst. Ich muß mir sagen: will ich leiden und abhängig sein? Dann kann ich ruhig so weitermachen. Falsche Gefühle abzuschütteln, ist manchmal sehr schwer – ich weiß das. Ich freue mich so, daß ich nun eine sehr erwachsene Tochter habe. In jedem Menschen ist so viel Licht. Aber wenn er es wegstößt, das Licht, was aus mir oder aus Dir kommt, oder wenn er so aus dem Licht geht, muß man ihn halten darin, und manchmal eben auch mit harter Hand. Glaube mir, solches Vorgehen schmerzt mich sehr, und alle wollen wir für ihn kämpfen, denn er ist ein wertvoller, liebenswerter Mensch. Das Licht wieder in ihn holen, bedarf eine große Mühe. Aber so ein Kampf muß auch seine Grenzen haben, alles geht nämlich nicht, wenn einer ewig im Falschen bleibt und das Richtige so stur ablehnt, nämlich die Grenzen, die Gott uns auferlegt, denn sobald jemand die Grenzen von uns überschreitet und aufbraucht, müssen wir achtsam sein, uns selbst und gegenseitig schützen, denn sonst sind wir alle verloren ... Und diesen Weg will niemand von uns gehen, auch Du nicht. In die Verlorenheit. Du hast so viel verstanden in letzter Zeit – ich weiß, daß Du auch das verstehen wirst. Du willst leben, glücklich sein für Deine Familie, Deine Kinder und Gott! In Liebe Deine Mama.

Meine Antwort lautete:
Ich habe vergessen, was ich hier schreiben wollte. Siehst Du, Gefühle sind wie Seifenblasen, aber eines hat bei mir, so hoffe ich doch, mehr Bestand als eine Seifenblase, nämlich die LIEBE und der GLAUBE an Dich und die Familie und an Gott Jehova!

Du klebtest zwei bunte Osterhasenbildchen ein und schriebst:
Meine geliebte große Tochter, Seifenblasen? Du irrst Dich, aus Felsgestein sind die Gefühle, sofern sie nur aus tiefster Herzensquelle kommen. Nur die falschen, die unehrlichen Gefühle, die kleinen, schwachen, belanglosen werden zergehen, können nicht von Dauer von unserem Bestand sein. Wie glücklich Du mich machst mit Deinen knappen Zeilen, wenn Du sagst, daß Deine Gefühle gegenüber der Familie, Gott Jehova und mir gegenüber so sehr stark sind! Wenn alles Falsche gewichen ist und endlich weggeräumt. Ich meine, daß der Himmel uns eine Chance gibt, das, was verloren schien, wieder aufzubauen, daß wir wieder einen Weg zueinander finden werden, wenn wir das Richtige tun. Lange Zeit dachte ich, wo ist nur meine große Tochter, denn unter Aufbietung aller Kraft warst Du unerreichbar geworden für mich. Die Tränen meiner Liebe um Dich blieben ungeweint, weil ich in einem Schmerz war, der mir die Tränen verbot. Immer und für alle Zeit will ich Dir meinen Schutz, Wärme und Geborgenheit geben, meine ganze Liebe, mein Vertrauen, weine Dich aus bei mir, an meiner starken Schulter wann immer Du es brauchst, trage Deinen Kummer zu mir und auch Deine Freude, damit alles teilbar ist zwischen uns. Nur eines ist wichtig, mein Kind: Sag mir, daß Du mich brauchst, daß Dir das was ich Dir bieten kann, von Bedeutung ist. Scheue Dich nicht, mir Deine Gefühle zu zeigen, die tief in Dir verborgen sind. Schäme Dich ihrer nicht.

Danach schreibst Du eine Seite voll mit teils diagonal ins Bild gesetzter, teils uneindeutig verkrümmter auseinandergezogener und dann wieder schräg verlaufender Schrift mit lauter rot verherzten i-Punkten:
Ich denke über Unvergleichlichkeit nach, Einmaligkeit. Was gehört dazu? Ein Sonnenaufgang überm Meer. Oder wenn die Lerche singt. Eine Umarmung kann einmalig schön sein. Ein Lächeln im Gesicht eines häßlichen Menschen. Überwältigend und großartig ist die Liebe von Gott Jehova, einmalig, unvergleichlich. Einmalig ist auch Christus' Liebe. Aber die gleichen

Worte sind es auch, die Dich, mein Kind, am besten beschreiben: einmalig und unvergleichlich. Deine Mama

Ich schrieb das alles nun einfach so ab, Satz für Satz und sehr bemüht, mir nichts dabei zu denken. Wie geht es Dir, wenn Du das liest, Mama? Lehnst Du Dich mit einem tiefen Seufzer zurück und denkst: *jaaa, unsere schööönen Briefe ..., voller Gefühle, voller Inbrunst ... und wie betrüblich, dass meine Tochter das alles jetzt gar nicht mehr wertschätzen kann, dass sie es heute benutzt, mich zu verunglimpfen ...?*

Ich muss an der Stelle wieder einmal aussteigen. Diese Fahrt rüttelt mich doch tatsächlich ordentlich durch. Andauernd ist mir schlecht. Und Du kannst gar nichts dafür! Ist nur mein Magen, der mir einen Streich nach dem anderen spielt. Das Wort *Annäherung* kommt mir wieder in den Sinn – was ist das? Es bemächtigt sich meiner. *Annäherung* – woran? An wen? Du bist es nicht, der ich mich nähern möchte – aber bin ich mir da sicher? Kann man sich selbst vielleicht nahekommen? Interessanter Gedanke. Ich meine, ich muss etwas aktiver sein, muss mich einmal tüchtig anstrengen, mein lahmes Bein richtig rannehmen, ihm etwas zumuten, die Bauch-Übelkeit damit überlisten, denn für die gibt es doch gar keinen Grund, die kommt einfach so. Und vielleicht, wenn dieses dusselige Bein schon wieder nicht mitmacht, gibt es Haue – was hältst Du davon? War doch früher auch ein probates Mittel – nein, von Dir natürlich nicht, Du warst die Liebe. Mein Bein könnte ich schlagen heute, könnte ich. Die Übelkeit damit in den Hintergrund zwingen.

Liebste Mama! Dieses Vergangene fällt mich an. In aller Ungeordnetheit hängt es sich an mich wie ein ungebärdiges Krallentier. Vorsichtig hatte ich es abgenommen, ihm gut zugeredet, *ist ja alles gut heute*, es gefüttert, um Dir in Ruhe von ihm zu berichten, es Dir zu beschreiben, weil Du leider nichts von ihm weißt. Nur es lässt mich nicht schlafen! Es legt sich mit in mein Bett, drückt mich an die Wand und krallt. Ich weiß nicht, was es will. Nächte voller Krallen.

Kannst Du mir nicht helfen? Ich brauche Dich – Dich und Deine Wörter, die aneinandergereihten, banalen, inhaltsleeren, geschwätzigen. Ich sollte die tief in mir verborgenen Gefühle zeigen, batest Du mich, inständig. Ich und Gefühle! Was denn für Gefühle? Dieses ganze falsche Gedöns? Wer bin ich? Bin ich überhaupt jemand? Irgendwann beliebte es Dir, mich mit über dreißig aus dem Niemand-Status – oder besser: aus dem Stör-Status? – in die Einzigartigkeit zu katapultieren, Du beherztest mich mit i-Punkten. Aus einer Null oder einer leider lästigen körperlichen und seelischen Deformierung war mit einem Schlag die großartige Tochter hervorgegangen – womit hatte ich das verdient? Sophia war jetzt ein geheilter Defekt?

Ich wollte es gar nicht wissen – war vielleicht auch gut so, denn meine Großartigkeit hielt nur so lange, wie Dein Anfall von Bewörterunglust währte. Beziehungsweise meine Lust auf unser gemeinsames Wörtergehopse.

Wie groß Du mich machen musstest, Mama! Rücktest mich in göttliche Nähe, hinein in Deine Einmaligkeit, hochtrabend und albern, schienst zu wissen, das ich auf Deiner Schmierseife Dir entgegensausen würde.

Wie bedürftig, wie gierig Du warst nach den Bekundungen meiner Liebe zu Dir! Du warst mindestens so süchtig danach wie ich nach den Deinen. *Du musst mich wissen lassen, dass du meine Liebe brauchst ... Geborgenheit, Wärme, Vertrauen* wolltest Du mir schenken – hattest doch gar nichts von all dem! Dort, wo Du Dich erfolgreich herausmogeltest, musstest Du den *Himmel* bemühen, der uns eine *Chance* zu geben bereit schien. Der Himmel war stets für alles gut, immer bereit zur vielseitigen Verwendung. Und von *Grenzen* sprichst Du, die *Gott* uns auferlegt hat! Das ist wieder so herrlich ungreifbar. Nur verletzt werden sollten sie nicht, die Grenzen – das sagst Du im gleichen Atemzug. Warum hatten *meine* Grenzen für Dich nie eine Gültigkeit? Warum durften sie ständig missachtet, überrannt werden – wie sagst Du – *übertreten und aufgebraucht ...*? Weil nicht Gott es war, der die Grenzlinie gezogen hatte? Weil es demnach gar keine gab? Deine Männer kannten keine, und für Dich war sie nie überschritten worden, weil das, was von mir kam, nichts anderes als Lug und Trug sein konnte.

Wie dem auch sei, der Himmel und sein Gott haben sich rausgehalten.

Schon lange wieder die alte Null, erinnere ich mich aber an diese Zeit durchaus gut und mit Wehmut – nein, mit Irritation, denn Wehmut kann nicht sein, weil das ein Gefühl ist, und das kann nur falsch sein bei mir.

Stimmt: Ich sollte die *falschen Gefühle abschütteln*! Das rietst Du mir, Du beschworst mich regelrecht. Als ob Gefühle falsch sein könnten! Ja, ja, ja, ich wollte sie auch alle abschütteln, wollte alle Falschheit loswerden. Aber was bleibt denn – falls das überhaupt gelingen kann –, wenn Falsches sich verflüchtigt und gar nichts anderes vorhanden ist? Wolltest Du es ersetzen: mein Falsches durch Dein Richtiges? Führtest Du Krieg gegen mich? Das Vorhandene musste erst einmal vernichtet werden, kaputtgeschlagen, um es alsdann, endlich in Deinem Besitz, wieder aufzubauen, nach Deinen Plänen? Machen doch sonst nur Männer so, Staatenlenker: alles kaputt-schießen und kaputtbomben, um es danach wieder zu errichten und sich dabei großartig und wichtig zu fühlen. Schutt und Asche sind ein vorzüg-liches Baumaterial, ja? Mein kleines Haus war Dir nicht gut genug – Dein Palast musste her, prunkvoll und angemessen – wem? Mir? Dein Palast aus Gott Jehova, Astrologie, Numerologie und Horoskopen? Der Palast Deiner phänomenalen Menschenkenntnis? Meine liebste Mama als Ge-fühlsarchitektin!

Meine Gefühle sollte ich *ohne Scham* kundtun? Und danach? Wolltest Du sie endlich auslöschen, liquidieren diese ganzen Ungereimtheiten? War doch früher schon unmöglich gewesen. Scham! Meine liebste Mama als Witzbold! Woher hätte ich Scham kennen sollen? Falls ich sie je hatte, war sie doch niemals und nirgends vonnöten, sie war so unnötig wie – ich weiß nicht –, wie eine kleine Krankheit, vielleicht, dagegen gibt es doch Mittel-chen! Kleine Krankheiten können auch einfach ignoriert werden, vergehen wieder. Hast Deine Männer zu mir geschickt, die kurierten mich schon. Hast sie nicht geschickt? Hast sie zumindest niemals aufgehalten, niemals ihnen eine Frage gestellt. Oder doch? Und dann ihnen gesagt: *Du weißt aber schon, dass das nicht in Ordnung ist?* Mit dem gleichen nicht ernst gemeinten Drohfinger und dem tückischen Grinsen, das jedes Verbrechen erlaubt?

Hat Dir schließlich auch nicht geschadet, sagst Du? Aus Dir ist eine wunderbare allseits geachtete und bewunderte Persönlichkeit geworden? Dafür musstest Du mich in den Dreck treten? Um Dein eigenes Opferda-sein zu beenden? Für Dein Freiheitsbestreben musstest Du mich in die Knie zwingen? Musstest Dich an Deiner Erstgeborenen rächen? Für Dein eigenes mieses Erleben in Kindheit und Jugend? Bist selbst von Deinem Stiefvater missbraucht worden, erzähltest Du mir einmal. Wozu musste diese Toch-ter es besser haben als Du? Ich musste das büßen, was man Dir angetan hatte? Man hatte eine Hülle aus Dir gemacht, man hat Dich ausgehöhlt, ausgeweidet, leergefressen in den frühen Jahren. Auch bei Dir waren Männer am Werk gewesen, Fresser. Später hast Du es in Ermangelung von Füllmaterial verstanden, Deine verbliebene Hülle auszustaffieren, so dass bis heute niemand Dein Hohlsein vermutet. Deshalb starbst Du wahrscheinlich so oft, denn Deine Hülle verhüllte gar nichts, konnte nicht immer Stabilität vorgaukeln, brach dann und wann in sich zusammen, wenn zu heftig an ihr gezogen wurde. Und ich war frech und ausdauernd: Ich zog, ich rüttelte, ich zerrte, ich suchte nach einem Innen, wo doch gar keines war. Oder ist die Erinnerung an Dein eigenes Heranwachsen verschüttet? Weißt gar nichts mehr davon, und vielleicht, vielleicht kam so ein blasses Erinnerungsbild vor Dein inneres Auge, während Du Dir Dein dickes Mädchen, mit Deinen Männern spielend, vorstelltest? Ein farbloses, verhangen-gelbfleckiges Bild aus einer zum Glück vergangenen Ära? Heute nicht mehr der Rede wert? Aber nein – da wird gar nichts verschüttet sein. Schließlich warst Du als Erwachsene selbst einmal kurzzeitig in einer ambulanten Therapie. Du erzähltest mir davon, dass die Psychologin durch Deine Geschichten derart *fix und fertig* gewesen sei, dass die Therapie gar nicht habe fortgesetzt werden können, auf Grund der Tränen der Therapeutin. Was ich heute so nicht mehr glaube. Vielleicht hatte die Dame erkannt, dass Du für eine Therapie nicht geeignet bist, weil Du an Dir gar nichts ändern wolltest, weil Du stets nur darum bemüht warst, die anderen zu ändern? Das Verhalten meines damaligen Mannes missfiel Dir, weil er sich einsilbig zeigte, Dich skeptisch ansah und weit entfernt davon war, in Dir die personifizierte Liebe zu erkennen. Und mir versuchtest Du, mein ganzes Falsch auszutreiben, vielleicht suchtest Du dafür Unterstützung. Menschen wie Du benötigen doch keine Therapie! Das wird die Psychologin schnell kapiert und Dich abgewimmelt haben. Und Du wirst stolz gewesen sein, als stark wahrgenommen zu werden.

Nie habe ich aufgehört, nach Gründen zu suchen für Dein Verhalten mir gegenüber. Kann sein, sogar nach Entschuldigungen wie der, dass Du gar nicht hast wissen können, wie Du Deine Tochter hättest bewahren können vor einer Wiederholung Deiner eigenen elenden Geschichte. Meine naive, ahnungslose Mama? So fern von einer anderen Idee des Zusammenlebens in einer Familie als dem selbst erfahrenen? Ohne eine Vorstellung davon, dass es auch anders funktionieren könnte? Mir scheint, Du hast es, völlig befreit von jeglichen Idealen, nie anders machen wollen als diejenigen, unter denen Du selbst Dich ins Erwachsenenalter hineinmanövriert hast. Habe ich eine beschränkte, törichte Mama? Wenn Du gestattest, diese Frage kann ich bei allem versuchten Wohlwollen nicht bejahen.

Du begannst zu schreiben, weißt Du noch? Ich bemühte mich für Dich vergeblich um eine Veröffentlichung bei Verlagen, so dass Du zu guter Letzt selbst Verlegerin wurdest in Deinem von Dir gegründeten Verlag, den die Familie und Deine Freundinnen unterstützten und in dem nur Du schreibberechtigt warst. Warum hast Du zu schreiben aufgehört? Erschien es Dir vielleicht ein wenig albern?

Ich schweife schon wieder ab. Ich war beim Überlegen Deiner Handlungsmotivation hinsichtlich meiner Person, während meiner Kindheit und Jugend.

War es am Ende Deine Klugheit, die mich leiden ließ zum Zwecke der Läuterung? Muss man die diversen Höllen durchwandern, um die Anwartschaft aufs Himmelreich zu erwerben? Sieh mal: Ein kleines Himmelreich, mühsam erarbeitet, erfuhrst Du schließlich bereits auf Erden – seit etlichen Jahren. Und möglicherweise noch immer. Wolltest Deine große Tochter zu Deiner Nachfolgerin heranbilden? Zur verdienten Erbin Deiner Weisheit, Deines segensreichen Könnens, Deiner glückspendenden Fähigkeiten? Meine liebste Mama als gestrenge herrlich Empathie-befreite Lehrerin! Glaub ich nicht, so etwas hattest Du mit mir nicht vor. Eine Königin, die aus Alters- oder anderen Gründen und ohne vom Thron geschubst zu werden, von allein abdankt, das Zepter freiwillig übergibt? Oder dachtest Du vorsorglich bereits an die Zeit nach Deinem Ableben? Nein, nein, ich vermute mal, dass ich Dein Hindernis war, Dauerstachel in Deinem Fleisch, spätestens seit meinem Grundschulalter. Dein schlummerndes und kaum berechenbares Weh- und Angstmoment. So erfandst Du die Liebe. Als Schmerzmittel für Dich.

Dass ich Dich erst anbeten lernte mit über dreißig! Hör mal, was ich hier an Geist auf Deinen Acker versprühte. In der Landwirtschaft spricht man heute von *Übergüllung*.

... Ich möchte es doch richtigmachen! Dann das Gespräch mit Dir – es macht mich noch trauriger ... Wir haben das Beste gewollt und haben doch unsere Fehler gemacht und versuchen auch wieder, sie auszubügeln ... Ich habe Angst vor dem Zusammensitzen, vor den Kritiken. Ich möchte sie annehmen, ohne

verletzt zu sein, doch wenn es um die Kinder geht, habe ich Schwierigkeiten. Es gibt leider keine perfekten Eltern und keine perfekten Kinder. Ich möchte versuchen, alles in Ordnung zu bringen. Ich gebe mir die größte Mühe, alles gut zu machen ... Leider kann ich nicht oder noch nicht ... voll aus dem Gefühl schreiben, irgendwie habe ich noch Ladehemmungen. Verzeih, wenn ich nicht so schnell wachsen kann, aber der Schmerz ist bei mir bestimmt genauso groß wie bei Dir, und ich hoffe, dass er immer kleiner wird, denn ich arbeite wirklich dran. Wie ich schon mal sagte, wenn es etwas brächte, würde ich Dir mein Leben opfern, um alles ungeschehen zu machen.

Danke / daß Du mich geboren hast / Danke / daß Du mit mir den Weg durch Freude und Leid gegangen bist / Danke / daß Du so ein großes Herz besitzt / Danke / daß Du uns verziehen hast / Danke / daß Du uns die Möglichkeit gibst zu lernen und anzunehmen / Danke / daß Du uns eine Aufgabe gibst und wir Dir helfen dürfen, wo wir können / Danke / daß Du Dich für uns aufopferst / Danke / daß Du uns zeigst, was Lichtarbeit ist / Danke / auch für Deine Kritik in allen Lebenslagen und in der Kindererziehung / Ich danke Gott Jehova, daß Du da bist und auch der Rest des Kreises ...

Ich betete zu Dir wie zu einem Gott.

Was wollte ich denn *ungeschehen machen*? Und überhaupt: Was ist der *Kreis*, und was die *Lichtarbeit*? Wohin gehört *unser Gott Jehova*?

Ja, ja, das muss ich noch erklären für diejenigen, denen Du meinen Brief geben könntest für den Fall Deines eigenen Überdrusses daran. Ich meine diejenigen, die nicht wissen können, was es mit solchen Begriffen auf sich hat – wobei ich wiederum denke, dass es derartige Menschen in Deinem Umkreis nicht mehr geben wird, da Du sie alle verbannt hast mit der Zeit. Wer nicht für Dich ist, ist gegen Dich – richtig? Habe ich einmal etwas richtig vermutet?

Sofern Dich jemand kennenlernt, wird er sich rasch entscheiden müssen: für Dich oder gegen Dich. Ein Schwanken, eine Unentschlossenheit kannst Du nicht dulden, trüge es doch deutlich die Gefahr künftiger Zweifel an Deinem Gedankengut, vielleicht gar an Deiner Person in sich, was Deine zerbrechliche Hülle gefährden würde, und Du müsstest wieder sterben. Wer lange überlegt, zu viele Fragen oder Einwände vorbringt, muss mit Deiner Härte rechnen, mit *Deiner* klaren Entscheidung: gegen ihn. Die Drohung meinem damaligen Mann gegenüber stand lange im Raum. Du kannst Dir Kritiker in den eigenen Reihen nicht leisten – Krafträuber alle-samt, und heute musst Du mit Deinen Kräften haushalten mehr denn je. Machst längst schon kurzen Prozess mit ihnen. Wer Deine Sichtweise nicht teilt, soll Dich bitte nicht weiter belästigen. Ich vermute, Neulinge hast Du Dir inzwischen abgewimmelt – oder klopfen sie noch immer an Deine Tür, Einlass begehrend? Gewiss hast Du die unbequemen Menschen, die mit den Fragen, ruhigen Gewissens mit sicherem Griff vor die Tür gesetzt. Der Mister Trump vor kurzem noch in Amerika machte das auch so. Von ihm träumte ich irgendwann während seiner Amtszeit. Ich war eine seiner Mitarbeiterinnen, meinen Aufgabenbereich weiß ich nicht mehr. Er hatte noch nie mit mir geredet, aber er schien mir in den Kopf schauen zu kön-nen, in meine Gedanken. Ich wollte die ganze Zeit von ihm etwas wissen; was es war, weiß ich nicht mehr. Er stolzierte durch die Reihen, ich hatte Herzklopfen, denn ich wusste, was gleich kommen würde – und es kam. Er sah einen jeden durchdringend an, zeigte mit seinem Stechfinger auf etliche von uns: Du und du und du und du – Ihr seid gefeuert.

Du selbst hast es folgendermaßen formuliert und mit lauter bunt-gestreiften Herzen gespickt – dem Drang, Deine Sätze zu korrigieren, liebste Mama, will ich widerstehen, weil sie doch Dein Wesen widerspiegeln und viel von Dir preisgeben. Die Frage nach einem Sinn oder Gehalt ist dabei zu unterlassen. Die nach einem Zweck nicht.

Es ist ein schwieriger Prozeß, Menschen wegzuschicken, die sich einfach keine Mühe geben, unserer Gesinnung entsprechend zu leben. Meine Seele weint. Aber Reisende soll man nicht aufhalten, natürlich eingehüllt in Liebe muß man sie aber fortschicken. Die Lücke, die sie hinterlassen, wird sich rasch füllen mit anderen Menschen. Lichtarbeit fordert Kraft.

(Lichtarbeit: für alle, die noch nicht dahinter gestiegen sind: Licht ist gleich Gott, Gott ist das Licht, Lichtarbeit ist Arbeit für Gott, Gott zu gefallen, dem Licht zuzustreben ...)

Manchmal überfordert sie uns, und dann weinen wir vor Schmerz. Aber wie herrlich ist ihre Rückkehr! Gewiss werden wir sie wieder aufnehmen in unsere Gemeinschaft, wenn sie erkannt haben, wieviel Schmerz sie außerhalb von uns erleben mußten, was sie auch oft in Selbstverursachung verschuldet haben. Das Gute und Richtige haben sie dann aber erkannt. Alles muss lang-sam geschehen. Nie dürfen wir etwas zu schnell und zu viel davon von ihnen verlangen. Nur langsame Lernprozesse sind von Erfolg gekrönt und an unserer geistigen Hand geführt, weil sie die geistige Hand brauchen von uns, um uns nicht wieder verlassen zu müssen. Halten wir die an uns wachsenden Menschen fest, danach, wenn sie wertvoll geworden und gereift sind, können wir sie wieder aufnehmen in unseren Kreis als stolze Mitglieder. Vielleicht erst nach längerer Zeit, wir müssen geduldig sein.

Denke nur an die Begegnung mit Herbert! Aller Schmerz von neulich erfüllte mich sogleich wieder. Wie es mir gedanklich gelang, ihn zum Umdrehen zu zwingen, nachdem er mich angelogen hatte. Aber auch das hatte ich erst zugelassen. Was für eine Kraft in mir war! Und daß ich die Ehre mir zukam, sie zu anzuwenden! Ich mußte handeln. Das war meine Liebe zu Dir und den Kindern und Theo. Ich sah ihm nach und dachte, dreh dich jetzt um. Und er drehte sich um und kam zurück zu mir. Und dann, sehr behutsam, ohne daß er etwas spürte, öffnete ich unter der Farbe Grün sein Herzchakra. Was dann passierte, hast Du erleben dürfen.

Ich habe nun den Grundstein gelegt, daß wir alle Freunde sein können. Nun bete ich für deren Fortbestand. Und Dein Theo, mein liebes Kind, glaub mir, er kann sich auch noch wandeln und wird es müssen. Wie Du weißt, liebe ich ihn wie einen Sohn, und ich weiß, was es bedeutet, mit allzu viel Emotionen und dieser überhohen Empfindsamkeit auf die Welt zu kommen. Wir sind beide so sensibel. Wenn uns sehr Schlimmes widerfährt, möchten wir dann am liebsten alles kaputtschlagen. Weil die Emotionen so stark sind. Die Emotionen der anderen nicht so, die können sich beherrschen, alles mit sich ausmachen, haben es besser. Aber wir haben so heftige innere Kämpfe auszufechten. Cornelia ist auch für Euch zu Euch gekommen, damit Ihr Euch weiterentwickeln könnt. Damit Du Deine Gefühle verlassen kannst und Deine Diplomatie aufbauen kannst. Theo ist das Schloss, Cornelia kann ihn nun aufschließen, damit er alles ablegen kann, seine Emotionen und seinen ganzen ich-bezogenen Egoismus, damit er wieder ein Mensch wird, mit dem man leben kann, denn seine Fustationen sind alles andere als schön. Cornelia hat so viel gelitten, sie sucht nach dem Licht und kann es hier bei uns finden, aber durch sie kommen wir alle wieder zum Licht, zur Liebe – ist das nicht phantastisch? Wir alle können voneinander lernen, aneinander wachsen. Viele Menschen sehen nicht ihre Möglichkeiten und stehen nur so völlig verunsichert und ratlos herum und sehen kein Licht und wissen gar nicht, wo sie Licht finden können. Gott Jehova und Jesus Christus leiten, lenken, zeigen uns ihre Liebe, und wir zeigen ihnen die unsere, in dem wir zu ihnen beten. So entscheiden wir uns für die

Zuversicht. Weil Liebe ohne Konsequenz keine Liebe ist, will ich immer wieder viel dafür tun, Gott Jehova und Jesus Christus gerecht zu werden, um zu ihm zu kommen eines Tages, geläutert und frei vor seine Pforte. Cornelia hat schon etwas geschafft, sie hat sich beruhigt, so wie Du auch, und sehr bald, da bin ich ganz sicher, wird sie sie selbst werden, wird der lebendige Wassermann durchkommen. Wie schön wird das werden!

Ja, nun zu Dir, mein Kind. Ich bin so glücklich, daß Du wirst wie ich immer war und noch bin: jedem Menschen Gutes mitbringen! So kann man sein, wenn man mit geöffnetem Herzen durch die Welt geht. Wir können uns glücklich schätzen. Was wird sich der Himmel über uns freuen! Ich liebe Dich, mein Kind

(Zur Erklärung für alle Fremden: Herbert ist ein ehemaliger Kumpel von meinem damaligen Mann Theo – gemeinsam waren wir auf Dein Geheiß hin auf *Menschenfischfang* gegangen – ich komme später darauf zurück. Herbert war kurzzeitig sozusagen auf Schnupperkurs in unserer Familie. Cornelia ist eine Nichte von Theo, die eine Zeitlang bei uns wohnte, als sie in Schwierigkeiten mit ihrer Mutter geraten war. Du warst – natürlich – die bessere Mutter für sie. Da Du in Windeseile, je nach Bedarf, die zuvor gepriesene mütterliche ersatzlose Einzigartigkeit für null und nichtig erklären konntest.)

Also mal ehrlich: Deine Briefe, liebste Mama, so was tut schon weh – oder? Entschuldige, ich darf es so nicht formulieren, selbst hier herumstümpernd, ohne Ahnung vom Schreiben schöner Briefe. Gestattest Du mir ein paar Anmerkungen?

Unsere Gesinnung nanntest Du es. Bei Dir, in Deinem Verein, waren wir also in der richtigen Partei. Du hattest sie gegründet. Und ans Parteistatut hatten wir uns zu halten. *Meine Gefühle verlassen* sollte ich und *meine Diplomatie aufbauen.* Das Bestreben war demnach, das Private endlich zurückzulassen, um eine politische Ebene zu erreichen oder eine göttliche, ist ja dasselbe – nur erst mal raus aus den falschen Gefühlen und hin zu den richtigen *Gesinnungsgenossen.* Auf jeden Fall zu Dir, die anderen waren vielleicht noch gar keine Genossen, aber auf dem Weg dahin. Was haben wohl Gott Jehova und Jesus Christus mit Deiner Partei zu tun?

Bringe ich gerade wieder viel durcheinander? Bestimmt nur, weil ich so bösartig bin, nenne ich schnöderweise Partei, was Dir aus tiefster Seele, aus einem Herzensbedürfnis erwachsen war. Du nanntest es *Kreis,* später *Verein.* Und Gott und Jesus sind immer brauchbare Vehikel für allerlei Zeug. Du hattest tatsächlich auch Kämpfe mit Dir selbst? Hattest mir davon nie erzählt. Wann war das? War das in der Zeit Deines eigenen erduldeten sexuellen Missbrauchs, Deiner zahlreichen Vergewaltigungen? Als Du noch nicht so ausgehöhlt und noch nicht ausschließlich um den Erhalt Deiner äußeren Hülle bemüht warst? Als sich noch etwas in Dir zur Wehr setzte? Oder war es erst später, als ich bereits auf der Welt war? Als Du selbst längst *Deine Gefühle verlassen hattest* und danach strebtest, sie zu verklausulieren, sie in *Diplomatie* und *Gesinnung* unterzubringen? Und dann kam da Dein kleines Mädchen und *hatte* sie noch: diese ganzen schauderhaft überflüssigen und nichtsnutzigen Gefühlchen! Was konntest Du *da*gegen unternehmen? Zu einer Zeit, in der es Dir mittlerweile entschieden besser ging ohne den ständigen Druck einer zum Bersten zugestopften Binnenwelt. Weil Deine Gefühle über Bord gegangen, sie Dir zertrampelt worden waren, wolltest Du nie wieder etwas mit ihnen zu tun haben – kann das sein? Und weil Du in meiner Kinderseele erschrocken und zweifelnd Dein eigenes Vernichtetes wiederfandst, unausgerottet-lebendig und ohne Argwohn, war Dein Blick darauf ratlos, und dann voller Abscheu: nicht schon wieder der alte Störenfried, der Feind Deiner geretteten Hülle?

Ich denke zu viel, und ich sollte nicht ein Verstehen versuchen, das nicht gelingen kann. Ich krame in unseren alten Schriften und mache mir heute Gedanken, die ich früher nicht hatte – geblendet von Deiner damals so unerwarteten Liebesüberschüttung. Woher nahmst Du sie nur, diese Liebe? Du machtest aus ihr ein Parteiprogramm, eine Lehrmeinung. Oder nein, anders: Du suchtest nach einem neuen Inhalt Deines Seins, nach einer Art Lebenssinn. Deine vakuumierte Hülle missfiel Dir, sie machte nichts her. Du wolltest aber gesehen werden. Was war zu tun? Gott ist immer gut für alles. Gott wehrt sich nicht. Ist flexibel verwendbar. Licht hört sich auch gut an – sofern es nicht dazu dienen muss, sichtbar zu machen, was das Dunkel verbirgt. Die Sterne und ihre Konstellationen sind ebenso interessant – nichts kann bewiesen werden, aber auch widerlegt werden kann nichts. Also ist derjenige der Sieger, der es lernt, geschickt mit Gott und Licht und Sternen und Chakren umzugehen. Kann nichts schiefgehen.

Und, um dem Irdischen nicht völlig zu entsagen, damit Deine Leute vor Deiner komprimierten Klugheit nicht kapitulieren, gabst Du dem Ganzen eine gigantische Überschrift: LIEBE. Wenn DAS nicht fruchtet! Es fruchtete. Bei mir fruchtete es.

Dein Bestreben nach *Läuterung*! Jedem etwas *mitbringen, Gutes tun* – dann werde *der Himmel sich freuen*! Weißt Du, was ich denke? Es ist sehr viel leichter, sich den Himmel heranzuholen, fortan alles nur noch im Hinblick auf einen guten Platz im Paradies zu tun, als Verantwortung denen gegenüber zu zeigen, die einem anvertraut sind – oder später: die man auf Erden im Stich gelassen hat. Gott ist der große Tausendsassa. Indem er nichts macht, macht er alles. Gott ist das Fass ohne Boden. Gott ist der unempfindliche Müllschlucker mit einem Riesenschlund. Kannst alles in ihn schütten, ihn benutzen, kannst ihn ebenso anbeten wie Du ihm was vormachen kannst. Mit Gott ist es wie mit der Zeit. Ich weiß nur gerade nicht, was mich eben noch davon abhält, ihn auch eine Hure zu nennen. Gott ist immer bereit, für jeden. Und dafür, dass wir zu ihm beten, dem Imaginären einen imaginären Preis zahlen, dürfen wir uns mit ihm alles erlauben, in jeder Religion. Wie oft haben wir ihn schon geschändet. Wir dürfen das. Wir beten schließlich. Er reagiert niemals böse. Er reagiert – niemals. Und sein Niemals-Reagieren kannst Du als sein großes Verzeihen deklarieren. Du zeigst Gott Jehova und Jesus Christus Deine Liebe zum Null-Tarif, zum Zwecke des beruhigten Vor-ihn-Hintreten-Könnens eines Tages, damit er ei-ei macht und *braves Mädchen* sagt. Willst nicht schuldig sein. Warst ja auch nie schuldig. Aber für den Fall, immerhin, dass Gott eine winzige Schuld bei Dir finden *könnte* – und davor scheinst Du Angst zu haben –, willst Du alles wiedergutgemacht haben, denn Du kannst nie wissen, was Gott alles so sieht. Dein Gutes-Tun, Deine Liebe, die Du erfunden hast, wird gewiss Wohlgefallen erzeugen bei Gott – in der Erwartung, dass er schon auch recht vergesslich sein werde, ein wenig dement in Anbetracht seiner unvorstellbar langen Existenzzeit. Oder Du schufst ihn Dir als Tilger der frühen Jahre, als Ausradierer, als gütigen Richter: Hast dereinst Deine Zeit schon abgesessen auf Erden, Schwamm drüber. Hast Dich nun auf ihn besonnen, Buße getan, Dich in Liebe geübt – das wird er honorieren. Und das bisschen Schummeln wird er nicht merken. Oder beide Augen zudrücken, er kennt doch seine Menschen. Und Humor hat er gewiss auch. Sonst wären wir nicht Teil seiner Schöpfung geworden.

Liebste Mama, ich verliere mich im Allgemeinen. Und ich bin heute aufmüpfiger als sonst, äußere lauter ungehörige Gedanken. Das kommt daher, dass es mir heute einmal recht gut und das Schreiben mir leicht von der Hand geht.

Schnell zurück zu Deiner allumfassenden Liebe. Freilich, zu dieser Deiner praktizierten Liebe gehört auch *Konsequenz*, wie Du sagst. Da lässt Du Dir von Gott nicht hineinpfuschen – aber das macht er ja auch nicht, Gott ist artig. Deine von Dir festgelegte Konsequenz innerhalb Deiner Liebesdoktrin: Wer gewisse Fragen hat, vielleicht sogar Zweifel, fliegt raus, Ausschluss, kalte Schulter. Es ist Dein Spiel, und Du hast nicht die Absicht zu verlieren.

Warum habt Ihr mich nicht geschlachtet, damals, als ich so fett war? Pfui, macht man nicht, Kinder schlachten. Alles andere darf man mit Kindern machen. In Pakistan werden neu geborene Mädchen ziemlich oft auf den Müll geworfen, gar nicht schön. Aber wir leben nicht in Pakistan, und meine liebste Mama wollte mich doch so dringend mit ihrer Liebe überziehen.

Gott war erst später an der Reihe, war Dir noch nicht eingefallen, während ich mich zum Vielfraß entwickelte. Sonst hättet Ihr mich ihm angeboten? Hättet Ihr machen können, Gott nimmt auch noch nicht schlachtreife Kinder. Gott ist männlich. Ich hätte ihm zeigen können, was *schön* ist.

Sophia ist wieder ein böses Kind heute. Und Sophia läuft Gefahr, in ein *Ihr* abzudriften, was Dich nebst Deinen Männern meint und von Deiner Person ablenkt, was wiederum einer Liebes-Aufteilung gleichkäme und Dich eines Gutteils Deiner Verantwortung enthöbe. Aber Deine Männer sind das eine – vielleicht komme ich später noch einmal auf sie zu sprechen, da Du sie gewiss nicht nur für Dich aussuchtest, sollten sie doch schließlich auch *mir in Liebe zugetan* sein, weil gute Mütter das so machen: Sie suchen sich keinen Mann, der die schon vorhandenen Mutter-Kinder nicht mag. Ich will weiter ganz bei Dir bleiben und das naheliegende, mir oft in den Sinn kommende *Ihr* vermeiden. Hinter *Ihr* kannst Du Dich so gut verstecken, kannst Deine Männer vor Dich stellen. Aber Deine große Tochter hat Dich trotz Deines raffinierten Verstecks gefunden – liebste Mama, ich hab Dich! Freust Du Dich?

Du liegst hier vor mir in Gestalt Deiner Wörter von vor etlichen Jahren – hör mal, lies mal!

So viele Seiten möchte ich füllen mit dem Thema Kindererziehung! Einfach zu unerschöpflich. Zu diesem Thema kann ich wegen mehrere Kinder wirklich viel sagen. Wie viele Eltern wissen gar nicht, was ein Kind alles braucht. Wie soll ein Mensch seine Persönlichkeit entwickeln, wenn er von den Eltern nichts Gutes mitbekommt, wenn er nur einfach so dahinlebt ohne wachsen zu dürfen. Alle Eltern machen Fehler, viele Fehler, obwohl sie sich so bemühen. Auch wenn wir alles richtig machen, so viel Liebe hineingeben in die Kinder, entwickeln sich die Kinder so anders, als Eltern es sich vorgestellt haben, weil wir gerade in der Liebe so viele Fehler machen, und die Enttäuschung ist dann groß nach der allergrößten Fürsorglichkeit. Es ist eine wirklich abenteuerliche Reise, auf die wir uns mit den eigenen Kindern begeben. Den besten Eltern bleibt manchmal nichts erspart. Immer wieder überraschen sie uns, und mitunter erschrecken wir vor ihnen. Du hast in letzter Zeit schon so viel verstanden, hast Dein Bewusstsein erweitert, mein Kind, näherst Dich allmählich der All-Liebe. Aber habe Geduld, baue langsam weiter an Deiner Entwicklung, kläre alles auf, lasse alle Ungereimtheiten hinter Dir, fege Unrichtiges und alle Lügen aus Deinem Leben, damit es rein wird um Dich und Du nur noch Positives sehen kannst. Mein Kind, ich liebe Dich

Unterbrechung. Verzeih, Mama, Positives sehe ich gerade gar nicht, nach dieser kleinen Abschrift. Ich hatte das unbedingte Bedürfnis, kotzen zu gehen. Komisch, das wächst manchmal so, kommt mir so hoch, verstehst Du, vorzugsweise dann, wenn ich nur schlicht abschreibe, wenn ich ganz bei Dir bin. Und entwickelt sich sehr schnell, nicht mal Zeit für eine Tablette rechtzeitig. Was das nur ist. Ich habe doch heute noch gar nichts gegessen. Da steigt etwas aus dem Nacken herauf, zielsicher Richtung Kopf, bis hinter die Augen, so eine dumpfe Bosheit ist das, und aus den Bauchtiefen würgt es und will sich ausstülpen. Gerade wollte ich Deine Zeilen, diese abgeschriebenen, ein wenig näher betrachten, allerdings ohne die erinnerten Glücksmomente von vor Jahren beim Lesen, aber erst rebellierte mein Magen, und nun bin ich matt, leer, leergewürgt, abwesend. Von hinten klopft der Hirnhammer gegen die Augäpfel. Der innere Ort, an den ich mich zurückziehen möchte, ist mir nicht bekannt. Und der äußere in Gestalt von Bett oder Couch widert mich an, dort würde ich mich auch hassen.

Ich sollte mich drei Stunden ohne Jacke in den Regen stellen, nass werden und frieren, dann hätte der Kopf einen Grund, sich so zu benehmen. Oder ich sollte meine Haare anzünden, meinen Skalp etwas sengen, muss doch bestraft werden so ein Blödkopf, wäre mal was Neues. Aber ich zittere, bin schlapp wie ein alter Lappen, jede Bewegung ist mir zu viel. Nicht einmal schlagen will ich mich. Die Finger auf die Tasten zu setzen, will eben noch gelingen. Gedanken scheinen jedoch mit in die Kanalisation gespült. Würgt schon wieder, ich stelle einen Eimer neben mich.

Weiß ich noch irgend etwas? Überlegungen zu Deinen Zeilen – Fehlanzeige, vielleicht später. Ich will versuchen, ein paar Fakten hier aufzuschreiben, die ich hersagen kann, für die ich mein Hirn nicht anstrengen muss – kleiner Ausflug in die Chronologie Deiner Männer, für alle diejenigen, die vielleicht eines Überblickes bedürfen.

Was Du mir aus Deinem Leben erzählt hast: Fünfzehnjährig erklärtest Du Deinen Eltern, schwanger zu sein. Ein schwuler Mann hatte Mitleid mit Dir, heiratete Dich pro forma (Frage am Rande: Das war möglich? Allein mit der Unterschrift Deiner Eltern?), damit Du Dein Elternhaus verlassen konntest. Du gingst arbeiten, in eine Fabrik, danach auf ein Schiff. Die Ehe ist etwas später annulliert worden, erklärtest Du mir, nachdem Du die Schwangerschaft für erfunden deklariert hattest. Achtzehnjährig, inzwischen Schweißerin, lerntest Du auf dem Schiff in Rotterdam meinen späteren Vater kennen, wurdest schwanger, aber er fühlte sich zu jung zum Heiraten, wollte noch nicht, was Dir zu lange dauerte. Heirat musste sein für Dich. Alain, ein Belgier, erledigte das, um damit in seinem streng katholischen Elternhaus seiner Schwester die Heirat endlich zu ermöglichen – verzwickte Geschichte. Meine Adoption durch Alain war bereits eingeleitet, als Du in Deutschland Alwin kennen lerntest, über den ich schon schrieb. Also so richtig treu warst Du auch nicht. Mit Alwin warst Du sechs Jahre verheiratet. Zeugungsunfähig war er, dennoch wollte er gern einen Jungen – schade. Als Mädchen war ich aber auch ganz brauchbar für ihn. Nach seinem Tod kam Claus ins Spiel, der Epileptiker, mit Heirat, schlief aber bereits in der Hochzeitsnacht mit Deiner Freundin, schaffte dann noch meinen Hund weg und sich selbst mit meinem Sparbuch – ich erwähnte das bereits. Annulierung dieser – Deiner mittlerweile vierten – Ehe. In der Disco tauchte Rainer auf, zum Heiraten war er ungeeignet, wohl aber zum Schwängern, wurde Tobias' Vater – siehe oben.

Oh pardon: Fehler in der Personenauflistung! Was hattest Du an Richtigstellung zu bieten? Ganz ernsthaft: Nicht Rainer sei Tobias' Vater – vielmehr sei Tobias ein Kind des Himmels! Ja, genau: Du hattest ihn durch den Himmel bekommen! Leider warst Du keine Jungfrau mehr wie einst Maria es gewesen sein soll. Sogar eine DNA-Untersuchung, so sagtest Du, hattest Du anstellen lassen als Beweis für Rainers Nicht-Vaterschaft. Wie es wohl kommt, dass er Rainer doch ähnelt? Bis auf die weiße Mundwinkelspucke, die hat er nicht. (Frage am Rande: Hattest Du vom Himmel Unterhaltszahlungen eingefordert?)

Wie dem auch sei, erschien sodann Mann Nummer 7 auf der Bildfläche: Rudi, der Schausteller oder Zirkustechniker – von ihm und Dir und mir wird noch eine Episode zu berichten sein, die dank meines Betragens für Dich und ihn nicht gut ausging. Zunächst wurde er Vater von Marek. Als Rudi gegangen war, betrat ein neuer Mann Dein Spielfeld: Karl, der Fotograf, dickbäuchig und kleiner als Du. Kennen gelernt hattest Du ihn durch Deinen (ernsthaften!) Versuch als Paartherapeutin Karl / Barbara, was sich zu Deinen Gunsten entwickelte – will sagen: Barbara war bald aus dem Rennen, Du konntest Karl heiraten, Barbara zu Deiner Freundin machen, beider Tochter adoptieren und wurdest schwanger mit Dennis. (Frage am Rande: War Dir selbst denn klar, dass Du Dein Leben zu einer Schmierenkomödie hast verkommen lassen? Würde man das jemandem erzählen, könnte man nicht mal ein Lachen ernten!) Karl wiederum war später Trauzeuge bei Dir und Reinhold, dem Mann, mit dem Du heute noch zusammenlebst – wie kommt das? Reinhold bewirkte Deine Heiratsmüdigkeit? Als Dauerglücklichmacher?

Sag, wie geht es Dir, liebste Mama, wenn Du das so liest? Wenn Dein bewegtes Leben so in rascher Männerabfolge an Dir vorbeizieht? Schmunzelst Du? Ich hatte einmal behauptet, Du seiest in neunter Ehe verheiratet – Du siehst: eine meiner maßlosen Übertreibungen. Wenn ich es nun korrekt überblicke, lebst Du erst in Deiner sechsten Ehe. Die anderen Männer erwiesen sich in der Reihenfolge als unwillig, unerquicklich und zu pflegeaufwendig, deshalb überflüssig.

Ach, irgendwie verlässt mich die Übelkeit gar nicht wieder.

Du siehst, ich habe mir Deine Männer gemerkt, auch mit Erbrechen und

Hirnleere kann ich sie aufsagen, sind mir alle geläufig, auch diejenigen, die kein Interesse an mir bekundeten, was ich gut fand – einerseits. Andererseits mochten sie mich dann eben nicht, beachteten mich nicht – ich wollte doch aber gemocht werden.

Vielleicht eine kleine Zusammenfassung und noch ein paar Ergänzungen. Mein Vater, Bert, in Holland zeugte nach mir mit seiner neuen Frau, Anne, einer früheren Freundin von Dir, drei Kinder (Jonathan, Anika und Benjamin) – die damals eine eher untergeordnete Rolle spielten – wobei Anika, schwer krank und mit einem sie misshandelnden Mann verheiratet, heute quasi in meiner Nachbarschaft lebt und wir guten Kontakt haben. Von den sechs Kindern, die Dich *Mama* nannten oder nennen, entschlüpften nach mir drei als meine Halbbrüder Deinem Leib, und zwar von Deinen Männern Nummer 6 (Tobias), 7 (Marek) und verehelicht 8 (Dennis). Meine Stiefschwester (Jessica) wurde fünfjährig in Deine fünfte Ehe, die mit Karl, mitgebracht und sogleich adoptiert. Lucy wurde von Dir und Deinem Ehemann Nummer 6 (Reinhold) als erwachsene Frau nach intensiver Freundschaft adoptiert. Dazu komme ich später noch.

Mama, ehrlich, ich langweile mich. Muss andauernd gähnen. Diese ganzen Männer, diese ganzen Kinder. Wie eintönig das ist. Wäre ihre Anzahl noch größer, müsste ich sie hier alle aufzählen, weil ich es doch noch immer richtig machen will und ich Menschen nicht einfach aussparen, weglassen könnte. Würde doch so schon kein Mensch glauben. Sind auch alle so farblos, diese Gestalten, ohne Kontur, ohne Wiedererkennungseffekt. Austauschbare, beliebige Nulpen. Die Kinder traurige Ergebnisse Deiner blödsinnigen Fruchtbarkeit wie Deiner Unersättlichkeit. Aber Gähnen, hab ich mal gehört, kann ein Zeichen von Wut sein. Interessanter Gedanke.

Weder für Dich noch für mich habe ich das Bestreben, mich in Listenführung zu üben, in der Verwaltung Deiner personellen Liegenschaften. Auch gehört Genealogie nicht zu meinem Steckenpferd. Ich war nie ohne Kenntnis Deines turbulenten Lebens. Aber weißt Du, wenn ein aufregender Schlingerkurs über Jahrzehnte nicht verlassen wird, gewöhnt man sich, der Magen dreht sich einem nur noch gelegentlich um. Und so trudelt man und trudelt, oben und unten werden egal, irgendwohin geht's immer,

Haltepunkte kann man sich sparen. Die bloße Nennung von Namen und samentechnischer Zugehörigkeiten ist eben leider das langweilige Ergebnis Deiner überbordenden Verzweigungsbereitschaft, verbunden mit Verschleiß an Männern und Kindervätern.

Wenn ich davon ausgehe, dass Du meinen Brief längst weitergegeben hast, sind diese Fakten der Vollständigkeit halber für einen lesenden Fremden sicher hilfreich, um dem sich rasch einstellenden Verlust eines Überblicks vorzubeugen.

Ich weiß, ich weiß: Eine böse Tochter bin ich, wenn ich so formuliere wie soeben! Aber Bösesein ist schließlich mein Markenzeichen, von Dir eingebrannt, dem ich heute endlich gerecht werde. Dein Leben lang kriegst du gesagt, dass und wie böse du bist – so lange, bis du es glaubst. Oder bis zumindest deine eigenen Zweifel daran schwinden: Wird schon so sein, dann bist du eben böse. Aber *gern böse* bist du dennoch nicht. Macht nicht so richtig Spaß. Du musst dich gewissermaßen mit diesem Makel abfinden. Aber weißt Du, was mich mit wachsender Briefseitenzahl beruhigt? Mich mit meinem Bösesein quasi ein wenig aussöhnt? Was meiner schwärenden Böse-Wunde Balsam ist? Es ist mir zum ersten Mal möglich zu sprechen. Hier auf dem Papier zu sprechen, ohne dass Du mich verbannst, vertreibst, der Lüge bezichtigst, verhöhnst, zum Teufel jagst. Ich kann, ich darf sprechen, ohne dass Du mir dazwischenfunkst mit Deinen Himmels- oder Liebeswahrheiten, ohne dass Du mir den Mund verbietest mit Deinen Guru-Scharlatanerien, gegen die kein Kraut gewachsen ist, denen ich immer nur erliegen konnte. Vor denen ich schließlich flüchten musste, irgendwann, um darüber nicht verrückt zu werden.

Ach, mag die Saat aufgehen, die Du gesät hast!

Apropos Saat. Da fällt mir ein einzelnes Blatt auf den Boden, heraus aus einem unserer *Liebesbücher.*

Liebe Sophia
Die Liebe ist göttlich. Und Gott ist die Liebe. Und das Licht.
Wenn ich mit Dir über die Liebe reden will, ist es das Wasser.
Fließend und lichtgleich sich verteilend, strömend in alle Richtungen.
Sogar in die kleinsten Ritzen.
Du sollst zu mir kommen und erfahren.
Nichts will ich Dir beibringen, Dich nicht lehren. Nur kein Zwang.

Es bedarf kein Studium für die Erkenntnis.
Nur wissen sollst Du. Das Fließen verstehen.
Selbst im Fließen Dich üben.
Und damit Großes vollbringen für Dich selbst.
Und für die Menschen, denen Du schenken lernst.
Ein winziges Saatkorn, verteilt durch den Wind.
Ich säe seit langem schon.
Mag auch mein Korn auf Stein fallen oder in die Wüste.
Wasser, lebendiges Quellwasser,
von Menschen kommend, zu Menschen hinfließend,
wird es zum Keimen bringen.
Ich säe die Liebe, die aufgehen wird, die Saat Gottes.
Sein Geschenk an uns.
Sie wird sie auf fruchtbaren Boden fallen.
So wie bei Dir, mein Freund,

Gutschein
über eine Stunde mit mir
zusammen zu sein.
In Liebe
Deine Thekla
die große Maluna

Das steht so geschrieben, auf dunkelpinkfarbenem Briefbogen, genauso zentriert ausgerichtet, am Ende mit den dicken Buchstaben und alles zusammen verziert mit symmetrisch angeordneten Sternchen sowie Yin-und Yang-Zeichen. Ein Datum steht nicht dabei.

... so wie bei Dir mein Freund ... – Gutscheine stelltest Du aus, für alle, nicht wahr? Warum sonst redetest Du mich mit *mein Freund* an? Gutscheine für eine Stunde Zeit mit der Göttin. Gott duldet doch keinen Gott neben sich. Aber gut, Du bist ja eine Frau, das ist was anderes. Gutscheine für eine Audienz mit der personifizierten Liebe, mit der *großen Maluna* – wer immer das auch sein mochte – auf jeden Fall DU! Klingt einfach großartig. Phänomenal. Ich hielt etwas Kostbares in Händen, das ich einlösen durfte. Einlösen! Und offenbar wir alle. Die Formulierung ... *mein Freund* ...

springt mir heute erst ins Auge. Und heute erst vermute ich Deine damaligen Wahnvorstellungen.

Aber so ist das: Wenn Menschen hauptsächlich Suchende geworden sind, meist in großer Verzweiflung, und wenn sie dann meinen, einem ehrlichen Wegweiser gefolgt, Fündige geworden zu sein, dann sind sie offen für billigstes Geschwafel, hängen sich an Liebessaatkörner und an Größenwahnsinnige. Meine kleine Intelligenz konntest Du über den Haufen rennen wie die aller Dir hörig Gewordenen. Überall dieser Hirnschwund, diese freiwillige Absage an den Verstand. Mit derartigen Zetteln, bedruckt mit werbewirksamen Versprechungen, Deine dummen Schafe in Kontakt mit dem Leben zu bringen, für das allein Du das Medium warst und dessen niemand zuvor je ansichtig geworden war. Ich schäme mich heute so. Für mein einfältiges Gemüt. Wie empfänglich ich war für Deine Pappnasenclownerien.

Ist das alles noch Esoterik? Die sanft und harmlos, anziehend daherkommt? Die spirituelle Welt hinter der eigentlichen, und die nur diejenigen entdecken können, die sich davon berühren lassen, die feinsinnig, sensibel genug sind, sie wahrzunehmen – da möchte man doch dazugehören und nicht als grobmotoriger tumber Klotz gelten! Die Welt erklären können! Mama, Du hattest Dir den Welterklärungsschlüssel von Gott aushändigen lassen! Und botst uns an, das Himmelreich für uns aufzuschließen. Da kann man doch nicht nein sagen. Wenn man selbst längst die Kontrolle verloren hat und sehr, sehr anfällig geworden ist für das, was so verheißungsvoll in güldenem Gewand daherkommt. *Maluna*!

*

Jetzt aber zu Deinem Text da weiter vorn, da ich wieder klarer bin im Kopf. Migräne vorbei. Fällt mich relativ oft an.

Als sorgende Mutter widmetest Du Dich wiederholt dem Thema Kindererziehung. Deine besonderen Bemühungen galten Deinen Söhnen. Zwar war ich kein gewolltes Kind, zumal ich kein Junge war, dennoch liebtest Du mich nach Kräften. Deine *abenteuerliche Reise durchs Leben mit Kindern* nahm mit mir ihren Anfang. Das älteste Kind stellt immer eine Art Versuchsballon dar; man weiß noch nicht so recht, wie man's handhaben soll. Es wird Dir nicht gut gegangen sein mit meinem leiblichen Vater, dem Hafenarbeiter in Rotterdam. Was machte er falsch? Zumindest hatte er vorläufig nicht die Absicht, Dich zu ehelichen. Du warst neunzehn, er wäre Dein zweiter Ehemann geworden. Ich stelle mir vor, dass Du ihn mit mir an Dich binden wolltest. Der Trauschein hätte Dir Sicherheit bedeutet. Oder was noch? Er hatte zumindest nicht die Absicht, vorm fünfundzwanzigsten Lebensjahr zu heiraten. Aber Deine Angst, ihn zu verlieren ohne Ehebündnis, war sehr groß. Wobei Du Dir von einem Mann nichts gefallen lassen musstest, hattest eine moderne Lebenseinstellung. Unanständige Gedanken fallen mich schon wieder an – hör nur meine schmutzige Phantasie! War mein Vater am Ende nicht *so lieb* zu mir, wie Du es Dir gewünscht hattest? Oder war er *zu lieb*, und er hatte noch nicht Dein Einverständnis, so wie seine Nachfolger?

Wenn Dich einer nicht heiraten wollte, gingst Du, nahmst das Töchterchen mit, hieltest Ausschau nach einem besseren Mann für uns beide, sahst es fortan nicht gern, wenn mein Vater den Kontakt mit mir wünschte – was wollte der überhaupt von mir!

Ich lernte bald, neben dem Deutschen Rotterdams zu verstehen und zu reden, und der Vater war für mich in Ordnung. Ich verstand ihn gut, und mit den Kindern auf der Straße spielte und sprach ich. Dreißig Jahre später, anlässlich meiner Besuche bei ihm, lähmte etwas mir die Zunge, mit ihm in seiner Sprache zu sprechen, obwohl ich durchaus mit meiner Schwägerin oder der Nichte auf Rotterdams plaudern konnte und kann. War es Scham, ausgerechnet mit ihm nicht gut genug sprechen zu können? War es die unbewusste Erinnerung an früher, als Du es warst, die stets sprach, an meiner Statt antwortete, wenn ich gefragt worden war, und die alles für mich regelte? Schließlich war es für mich kaum nötig gewesen, tatsächlich mit ihm zu sprechen, als ich noch klein war. Du warst die ausschließliche Sprecherin, immer dabei.

Ach, siehst Du: Sobald ich Dein Bild heraufbeschwören will: Du, die wieder Augenlose, mit Deinem großformatigen Mund, den in besonderer Weise schief stehenden mittleren oberen Schneidezähnen, deren innere Kanten eng beieinander weit nach vorn ragen und die gesamte Front nach hinten innen zurückfällt. Mehr erkenne ich nicht. Kein Bild von Dir. Nur Dein Mund mit der Oberzahnreihe.

Zunächst hattest Du bei Nonnen in einem holländischen Kloster Unterschlupf gesucht, da Du vorgabst, Schlimmes durch den Vater Deiner Tochter erlitten zu haben. Deiner Familie und natürlich mir später auch, hattest Du erzählt, dass er Dich körperlich verletzt und die Kleidung seiner Baby-Tochter *mit Motoröl verunreinigt* habe. Nicht mit Hundekot? Und fremdgegangen sei er mit Deiner Freundin. Nach holländischem Recht wurden ihm in dem Fall sämtliche Rechte an seiner Tochter aberkannt – wirklich? War das so? Zumindest dann, wenn üble Machenschaften vorlagen, beziehungsweise wenn eine Mutter üble Verfehlungen väterlicherseits dem Amt glaubhaft machen konnte? Sag, was alles erzähltest Du dem Amt, den Nonnen? Hast ihnen Beweise geliefert, was der elende Mann mit Dir gemacht hat? Der armen, auf einen schlechten Mann hereingefallenen und nun alleinerziehenden Frau versagten wenigstens die Gottesfürchtigen ihre Hilfe nicht.

Du hattest mich, die Zweijährige, durch die Nonnen abholen lassen, während Du im Krankenhaus lagst – weshalb? Den Kontakt zu mir hattest Du dem Vater untersagt und bliebst fünf Jahre mit mir in Holland. Ein Kämpfer war er nicht. Nur ein unter der Trennung von seiner kleinen Tochter Leidender, denn unser Verhältnis war innig gewesen, wie er mir sehr viel später berichtete. War es tatsächlich so? Innig? Konnte es innig sein, wenn der Kontakt doch sehr spärlich blieb? Allerdings liegt mir viel daran, wenigstens etwas Warmherziges, Ehrliches mir gegenüber stehen und ohne Fragezeichen gültig sein zu lassen.

Ich bei den Nonnen. Besser dort als beim Vater. Was Du alles auf Dich nahmst! In der Tat: welch ein Abenteuer!

Erst als längst Erwachsene sah mich mein Vater wieder. Und schilderte mir seine Sicht der Dinge, als ich 40jährig erstmalig mit ihm allein sprechen konnte.

Und sieh mal, was Du mir so warm ans Herz legtest: *Ungereimtheiten und Lügen aus meinem Leben zu fegen* – welch eine Forderung in jener Zeit! In der Zeit unserer *Liebesdudelbücher* war das vollkommen ausgeschlossen! Dein warmer Wörter-Regen umfloss mich, Du lobtest meine Entwicklung, mein (ganz ohne Drogen!) *erweitertes Bewusstsein*. Einzig Dein Lob war mir wichtig. Deine Ermahnungen überlas ich. Die Vergangenheit war doch nun vergangen, was ging sie uns noch an! Dass Deine Appelle Ausdruck allein Deiner Angst vor der ernsthaften Offenlegung zurückliegender

Schandtaten sein mochten – auf diese Idee kam ich gar nicht. Jetzt war Gegenwart, Deine Liebe trug mich doch, kurzsichtig und rosarot. Warum hätte ich etwas verbessern, aufklären, entfernen sollen? Und was? Im Alltag meiner aktuellen kleinen familiären Verwerfungen war ich gefangen – die galt es zu begradigen, passend zu machen, immer mit Dir gemeinsam jetzt, unter Deinen Fittichen, fernab der Verstörungen früherer Jahre, die keine Gültigkeit mehr hatten. Und ich glättete, strich aus, hatte reichlich zu tun an meiner Gegenwart, sie immer wieder zu berichtigen, hangelnd am endlich dargebotenen Gerüst Deiner Liebe.

Wie recht Du hast, Du sagst es selbst: ... *weil wir gerade in der Liebe so viele Fehler machen* ... Stimmt: hohe Fehlerquote in der Liebe. Nie erzähltest Du mir von Deinen Fehlern, nie etwas Konkretes – so bleibt mir heute nur das Spekulieren, das Fragenstellen. Vor Jahren, innerhalb unserer gemeinsamen Tagebücher, war es für Dich ein Leichtes, mich mit Allgemeinem, irgendwie pauschal Gültigem, nicht Fassbarem, Abstraktem zu faszinieren, zu vernebeln, zu narkotisieren, niederzustrecken. *Wir machen im Leben alle Fehler* – gegen Binsenweisheiten kann niemand einen Einwand haben. Für mich war solches Geplapper der Beweis Deiner Größe, dieses globale Eingeständnis von Fehlern – es schloss alles ein, alles, das atmosphärisch jemals den Weg verstellend zwischen uns getreten war. Für Dich konnte es unnötig bleiben, einzelne Fehler eingehend zu betrachten, Dich einem speziellen Fehlverhalten zu stellen, gemeinsam darüber nachzudenken, vielleicht etwas zu klären, zu bereinigen, zu berichtigen. Deine Verfehlungen innerhalb Deiner Liebe bedurften keinerlei Konkretisierung – waren sie doch von verschwindender Geringfügigkeit! Das Verallgemeinernde schließt das Besondere ein und kommt bedeutend, spektakulärer daher als das Einzelne, das Kleinklein der Vergangenheit – und so bewirkte Dein Wörter-Singsang in Deinen Episteln mein endlich beseligtes Einschlafen in Deinen Armen, die Krönung alles jemals von mir Erhofften. Ich konnte – selbst inzwischen Mutter, immer wieder grandios verunsichert und nach Trost oder Bestätigung suchend – einstimmen in das Hohelied auf die Mutterliebe. Auf *Deine* Mutterliebe. Die schließlich eine *All-Liebe* geworden war, das Kleinkarierte der gemeinen Mutterliebe weit zurücklassend, nicht mehr messbar jetzt, weil im Unendlichen sich verströmend.

Was ich heute denke: Schon wieder war ich verdammt, Dir hinterher zu kriechen. Ich blieb im Außen, Deine Nähe blieb trügerisch, Du warst längst fort, weil: Nicht auszuhalten für Dich die Niederungen irdischer Dunkelheiten, strebtest Du Höherem entgegen – nun ja, wir wissen es: dem Licht, den Sternen, Gott Jehova. Offenbar hattest Du keine Wahl, warst gezwungen, Dich zu entfernen von menschlichem Schmutz und von allem, was wiederholt aus der Ferne winkte, Dich erinnerte, an Dir zog.

Du warst immer schon fort von mir. Im Fortsein zeigtest Du mir Deine einzige Möglichkeit von Nähe – oder anders gesagt: Deine Nähe-Unmöglichkeit. Nach den Jahren meines Stumpf-Gewordenseins, der ausgelöschten Gefühle, war es Dir gelungen, mich zu wecken, aus der Asche zu sammeln, meine Bestandteile neu zu ordnen, mich wieder zusammenzusetzen, aus dem Standby-Modus zu reanimieren – was weiß ich denn – und mein freudiges Erschrecken darüber zu registrieren. Sieh an, wie das funktionierte bei der Einunddreißigjährigen! Dazu ein wenig Blendwerk von irgendwoher, ein paar Seiten Zaubergemurmel in einem pinkfarbenen Buch oder in Extra-Briefen – und schon streckt die kleine Sophia wieder ihre Ärmchen der liebsten Mama entgegen und fängt an zu rennen, Mama, fang mich auf, halt mich fest! Aber immer bist Du vor mir, eilst vor mir her, forderst mich auf zum Arbeiten, zum An-mir-Arbeiten, damit ich Deiner würdig werde. Mit großen Gesten und alarmierenden Botschaften hältst Du den Abstand, passt Dich meinem Tempo an, belächelst gnädig mein Stolpern, ich erreiche Dich nicht – Du taugst nicht zum Auffangen, zum Festhalten.

Was rede ich da, Mama, ich lüge schon wieder. Natürlich warst Du gut im Festhalten – meine Erinnerung wird die Deine sein. Oder auch nicht, sofern sie Dir erfolgreich entglitten ist und Du sie meinen Lügen zuordnen musst. Weil Unangenehmes, Peinliches, Bizarres kurz Lüge genannt, dann eben schlicht nicht mehr wahr ist. Die Begebenheit war Anlass für meinen anschließenden Auszug von Zuhause. Deinem sich rar machenden Partner, Rudi, dem vom Zirkus, beliebte gerade einmal wieder ein Aufenthalt bei uns.

Aber ich muss doch noch etwas einfügen, bevor ich Dich an jene denkwürdige Episode erinnere. An die Du (unter welcher Androhung eigentlich?) nie wieder erinnert werden wolltest ...

Bereits als Dreizehnjährige hatte ich begonnen zu flirten, den jungen

Männern den Kopf zu verdrehen, ganz bewusst, aber nur, um ihre Reaktionen zu beobachten, testen wollte ich sie – und wie die darauf abfuhren! Aber sobald es für mich gefährlich wurde, haute ich ab. Irgendwie brauchte ich jenen Adrenalin-Kick, wie ich ihn auch beim Tanzen verspürte – schon als kleines Mädchen war es mir so ergangen. Und jetzt, als Teenagerin, wurde der Tanz zunehmend lasziv. Ich mochte das sehr, wurde rundherum für meine Bewegungen beneidet. Auch Dir gefiel das, und Du hattest wohl etwas Besonderes mit mir vor, indem Du mich der Männerwelt regelrecht anbotst in der Disco. Erinnerst Du Dich? Wir waren unterwegs mit Nachbarn, zum alljährlich begangenen Stadtfest, gingen zu der Bar, in der Du arbeitetest. Auf die Bühne sollte ich gehen und *eine Runde vortanzen*, schlugst Du mir vor – nichts lieber als das! Ich tanzte mit Freude. Die Männerblicke waren mir sicher. Dem begeisterten Bar-Chef erklärtest Du, wenn ich achtzehn sei, könne ich ja für ihn tanzen – leider, leider mussten bis dahin noch Jahre vergehen. Am Abend dieses Tages ohrfeigte mich die Nachbarin, die Angst um ihren Mann hatte, weil der so blau und so spitz war, dass er mich hatte küssen wollen und ich ihn abwehren musste. Bis zu diesem Abend zählte das Ehepaar noch zu Deinen Freunden. Das hatte sich dann erledigt.

Wer stand mir zur Seite an jenem Abend? Meine liebende Mutter? Die hatte nur wieder einmal den Beweis der Verderbtheit ihrer Vierzehnjährigen. Auf der Bühne – ja, da durfte ich mich zeigen, gern auch verführerisch, kleine Vorabsprachen mit dem geilen Bar-Chef eingeschlossen, aber wenn der nette Nachbar drauf abfährt, hab ich nicht nur seine Frau, sondern auch Dich zur Feindin. Sollte ich mich da schon wieder auskennen?

Ach ja, das war die Zeit meiner zahlreichen Besäufnisse, die im Krankenhaus mit einer Alkoholvergiftung endeten drei Jahre später – aber ich schweife ab zu den Randerscheinungen. Ich wollte doch Deiner verleugneten Erinnerung auf die Beine helfen. Dazu muss ich wieder ein wenig dissoziieren, wenn Du verstehst, was ich meine.

Später Nachmittag. Ich komme von der Schule nach Hause. Stecke meinen Kopf durch die mattglasige Wohnzimmertür, hin zu Euch beiden, zu Dir und Rudi auf dem Sofa. »Hallo«, und will wieder gehen. »Nein, nein«, sagst Du, »komm mal eben zu uns, wir möchten was mit dir besprechen. Neulich erzähltest du doch, dass du vor den Jungs Angst hast, wenn du mit denen rumknutschst. Sicher gehst du ja auch bald mit denen ins Bett.« »Nein«, sage ich, »das will ich nicht, höchstens ein bisschen küssen und streicheln. Mit dem anderen würden sie mir wehtun.« Ernst und wissend seht Ihr mich an.

Und dann rückst Du raus mit Deiner fabelhaften Idee, mir diese Angst zu nehmen, »damit du nicht an den Flaschen gerätst«, sagst Du. Und weiter: »Weißt du, Rudi hat viel Erfahrung in Liebesdingen. Niemals würde er einer Frau oder einem Mädchen wehtun. Er wird dir jetzt helfen, und ich werde bei dir bleiben, damit du keine Angst haben musst – okay? Und du musst auch keine Angst vor einer Schwangerschaft haben. Rudi hat das alles absolut unter Kontrolle. Es wird also gar nichts passieren. Aber, hör zu: Wir werden nie wieder darüber reden, es wird nie gewesen sein! Einverstanden?«

Was soll das werden? Verunsichert murmele ich mein Einverstanden. Solange gar nichts passiert.

Ihr schickt mich zum »Frischmachen«. Ich gehe duschen.

Habt Ihr Tobias und Marek zu diesem Zweck außer Haus gegeben? Oder sind sie in der Wohnung, und es wäre auch völlig in Ordnung, wenn sie plötzlich das Zimmer beträten? Deiner Liebe traue ich zu, dass Du sie zum Bleiben auffordern würdest – Anschauungsunterricht.

Wieder im Wohnzimmer, ist alles vorbereitet: eine Decke ausgebreitet auf dem Fußboden. Und Rudi liegt da, nackt. Du machst Dich ans Werk, zeigst mir, wie man einen Mann stimuliert. Und er zeigt mir dann, wie man eine Frau stimuliert, und wie wichtig die Feuchtigkeit dabei ist. Beim nächsten Mal möge ich doch in dieser Region keine Seife beim Waschen benutzen, sagt er, das würde nicht so lecker schmecken. Mehrfach testet er den Status meiner Bereitschaft für ihn mit dem Finger.

Und Du sitzt neben mir und streichelst mein Knie. Dann dringt er in mich ein, langsam, ohne Schmerz.

Und Du sitzt neben mir und streichelst mein Knie. Und fragst verzückt: »Ist das nicht schön?«

Kurz danach ist das mit mir erledigt, und Du besteigst ihn und führst den Akt zu Ende.

Ich gehe mich waschen und danach an die Luft, ans Wasser.

Ans Wasser gehen, ja, an den Fluss, der hier sehr breit ist. Die Stille suchen. Ein Wind geht. Die Abwesenheit suchen. Hier ist nichts abwesend. Nichts wahrnehmen müssen. Den Sonnenstrahl nicht, und nicht die Schattenwolke.

Auf die Erstarrung warten. Mir wird schlecht, die Szene wiederholt sich. Will mich sträuben dagegen, reiße den Mund auf, will schreien, wie im Traum, Schreien geht nicht, ich höre nichts, außer den gesagten Worten, es wird nie gewesen sein, ist das nicht schön, es wird nie gewesen sein, hämmern gegen die Schläfen. Will nicht sehen, was ich sehe. Und spüren nicht, was sich ereignet hat und was tief innen noch groß und ungehörig Platz beansprucht, den ich verweigere – und doch … Hilf mir, Fluss, du majestätisches Ziehen, ahnungsloses, uninteressiertes, hast mich oft beruhigt in einsamen Stunden, siehst heute fremd aus und finster, nimm endlich alles weg von mir, umspüle mich, spüle alles fort, was um mich und in mir falsch ist, denn richtig ist nichts, kann nicht richtig sein – dieser Gedanke dröhnt in mir. Es wird nie gewesen sein, das dunkle Wasser fließt kalt vorbei, nickt mir zu, schwer und behäbig wie immer. Nimm mich mit, erlöse mich, Fluss du, elender. Vorm Erlösen steht das Ertrinken. Ich glaube, ich weiß das, gehe keinen Schritt nach vorn, mich in dir zu ertränken.

Lange stehe ich dort, bis in die Dämmerung hinein, kleine verlorene Gestalt vorm mitleidlosen Fluss, gerade so bedeutend wie ein Kieselsteinchen zu meinen Füßen. Hätte ich nein sagen können – hätte ich? Ja, ich hätte. Aber ich wusste nicht, wie man das macht, nein sagen. Und lautlos rinnen die Tränen, die ich nicht habe. Bis es still wird, ganz still.

Du bist entsetzt? Nennst die kleine Situationsschilderung eine infame Unterstellung, eine meiner abstoßenden verlogenen Geschichten? Oder nein, nur dass ich sie heute noch einmal aus der Kiste hole, das ist eine meiner Gemeinheiten, damit gegen Dein Schweigegebot verstoßend. Wozu war das überhaupt nötig, wenn Du, was ich viel eher für wahrscheinlich halte, heute noch dazu stehst und die Angelegenheit für die natürlichste der Welt hältst, dass Du sie rechtfertigst bei der Riesenportion töchterlicher *Männerfeindlichkeit*, die ich Deiner Meinung nach an den Tag legte. Der musste doch begegnet werden, weil sie dermaßen inakzeptabel war. Wie kamst Du darauf? Weil ich wegrannte, sobald mir die Jungs an die Wäsche wollten? Weil ich mich von dem Nachbarn *nicht* hatte küssen lassen? Vor Deinen Männern habe ich mich nie versteckt. Ihnen stand ich ganz ohne Feindschaft zur Verfügung.

Jedenfalls bin ich Deiner Order nachgekommen: Ich habe die Situation Dir gegenüber nie wieder erwähnt. Aber *es wird nie gewesen sein* – doch, liebste Mama, Du hast es geschehen lassen. In die Wege geleitet hast Du es. Deine Idee, Dein Werk war es. Und wenigstens etwas mulmig war Dir wohl dabei, wozu sonst wäre Deine Anweisung so strikt ausgefallen?

*

Besser wurde es nicht mit mir. Einige Tage nach dieser Episode benahm ich mich wirklich unausstehlich. Worum es ging in der Auseinandersetzung mit Dir, weiß ich nicht mehr, Du tratst mir in den Weg, verstelltest die Tür, durch die ich hinaus wollte, weg von Dir, etwas Glühendes war plötzlich groß in mir, und mein zupackender Handgriff in Deine Haare führte dazu, dass ich ein ganzes Büschel davon zwischen den Fingern hatte.

Kurz danach kam es zur Trennung zwischen Dir und Rudi – gabst Du mir die Schuld daran? Weil ich mich, meinen Angriff auf Dich betreffend, so widerwärtig benommen hatte? Nein, Du sprachst wohl keine Schuldzuweisung aus. Aber Schuld lastete bereits zentnerschwer auf mir. An jeder Deiner Trennungen trug ich Schuld: Nie war ich gut genug gewesen: Der Erste war gestorben, denn bis zum Schluss war ich böse gewesen. Von den beiden Nachfolgern hatte ich nicht viel mitbekommen, sah nur Deine Unruhe, Dein Unglück an ihnen und wollte etwas dazu beitragen, dass Deine Beziehung länger haltbar bleiben konnte – ich vermochte es nicht – mein Versagen als Tochter.

Warum sehe ich Dich jetzt lachen? Weil ich Dumme noch immer nicht über diese unwichtigen Details Deiner *Abenteuerreise mit Kindern* hinweggekommen bin? Weil Du Deine Abenteuer lustig fandst? Weil ich für Dich eine der willkommenen *Überraschungen* war, mit denen Du nicht gerechnet hattest? Weil ich mich mit sechzehn noch immer begriffsstutzig anstellte, obwohl ich doch bereits ausgiebige Erfahrungen mit Männern gemacht hatte? Weil ich so lange Zeit brauchte zu erkennen, was *schön* war zwischen Mann und Frau? Bot ich Dir ein Possenspiel in meiner gedanklichen Schwerfälligkeit, zusammen mit meiner körperlichen Plumpheit? Sahst Dich gezwungen, ein wenig nachzuhelfen, mich zu zwingen zu meinem Glück? War ich für Dich leicht blöde? Lächerlich? Krank?

Mein Leben war doch, wenigstens in Deinen Augen, ziemlich lustig. So leicht, so unbeschwert, mit Menschen, die mich *liebhatten*. Alles hast Du mir ermöglicht. In der Schule war ich der Pausenclown. Mitschüler mochten mich, Lehrer mochten mich, obwohl ich nie hübsch und von enormer Körperfülle war. Die anderen zum Lachen zu bringen, darin war ich gut. Heute denke ich, vielleicht lachten sie sogar über mich – ich spürte es bloß nicht. Kränkendes, Verletzendes zu spüren, hatte ich mir erfolgreich abtrainiert. Lachen war großartig, lachen, bis die Tränen liefen. Lachen war möglich, tat körperlich nicht weh.

Und Essen. Verschlingen. Fressenfressenfressen. Welch eine Wohltat, sich derart vollzustopfen! *Diese* Art des Vollstopfens hatte *ich* unter Kontrolle! Konnte es tun, wann immer *ich* es wollte! Derart gestärkt war ich bereit für den nächsten Snack, bei dem Mann, der mich *lieb*hatte. Und danach wieder ein Fressfest, eine Belohnung für meine Leistung, bis mir schlecht wurde, mein Spiegelbild mich anekelte, ich mich schlug, mir die Haare ausriss, für blutende Nagelbetten sorgte. Lustig – oder? Nein, Du wirst gestöhnt und den Kopf geschüttelt haben, damals. Zufrieden sein konntest Du nicht mit mir. Musst recht unglücklich gewesen sein, weil alle Welt in Augenschein nehmen konnte, welch unmögliche Entwicklung ich nahm, mit einer unsagbar schauderhaften Optik – Du arme Frau fühltest Dich gewiss bestraft mit einem Kugelkind, das alle Blicke auf sich zog – wofür nur diese schlimme Strafe. Ich fraß mich hässlich. Du schämtest Dich für mich, was trieb mich zu solcher Körper-Verunstaltung? Rechtfertigen musstest Du Dich vor Deinen Freundinnen – Deine Tochter hatte sicher einfach nur einen Knall, denn eine vernünftige Erklärung fandst Du für mein abartiges Verhalten nicht. Warum fanden Deine Männer meine Fettleibigkeit nicht so abstoßend, dass sie mich in Ruhe gelassen hätten? War vielleicht auch das mein mir unbewusstes Ziel, alles an mir dermaßen anzufüllen durch mein eigenes Zutun, durch meine eigene Substanz, dass nichts anderes mehr Platz finden mochte zwischen all den Wülsten und Beulen und Bergen? Aber es gelang nicht, Deine Männer fanden immer Eingang mit all ihren männerkörpereigenen Fremdkörpern – und manchmal, wenn sie so spürbare Mühe hatten, half ich ihnen dabei, die Löcher zu finden. War es doch jedes Mal *schön* – für sie. Und ich wollte doch geliebt werden dafür, dass ich meine Sache gut machte. Eine gute Tochter tut Gutes. Heute meine ich, dass Deine Männer mich verachtet haben: Sie konnten mich benutzen, *weil* sie mich verachteten. Und sie verachteten mich, weil ich ihnen zur Verfügung stand.

Wo hätte dieser Teufelskreis durchbrochen werden können? Oder war es gar kein Teufelskreis – war es bereits ein Gotteskreis, ein Gott-Jehova-Kreis? Den Teufel kann man vielleicht austreiben, aber wenn man dem Teufel den Namen Gott gibt – und Du warst doch erfinderisch im Namenverteilen, Eberhard hieß er doch auch schon –, ist da rein gar nichts zu machen, muss man gar nicht aktiv werden, kann man sowieso nichts ändern. Gott richtet alles, und Gottes Wege sind so verschlungen, so labyrinthisch wie meine Speckwülste es waren. Gott ließ die Männer ihre vor nichts Halt machende Lust an mir anstacheln und befriedigen. Gott ließ Dich dabei wegsehen, mitmachen, gedanklich und emotional vollkommen innehalten, ausgestattet mit einer Riesenportion Indolenz, vielleicht sogar mittlerweile Hass, denn mein Anblick musste in Dir den letzten Rest Wohlwollen auslöschen – ich schadete Dir, und damit geschah mir ganz recht mit dem, was mir geschah.

Wie recht Du hattest mit Deinem Satz, dass Kinder sich oftmals so anders entwickeln, als wir uns das vorgestellt haben! Was hattest Du Dir denn vorgestellt mit mir? *Hattest* Du Dir etwas vorgestellt? Wolltest bestimmt kein kleines Fettschwein haben. Wolltest ein wunderhübsches zierliches Mädchen, das strahlend und quicklebendig und voller Freude Deine Männer mit Dir teilte, das Du voller Stolz hättest herzeigen können für den Neid Deiner Freundinnen. In der Art jedoch, wie ich mich gebärdete und wie ich nach und nach zum Schandfleck Deiner Familie mutierte, konntest Du nur unsagbar traurig den Kopf schütteln: *Seht her, ein rechtes Monster entwickelt sich hier unter meinen liebenden Fittichen! Kämpfe ich nicht wie eine Löwin für meine Kinder, und besonders für meine Tochter – das ist nun der Dank, wodurch habe ich das verdient.* Ich sehe Dich noch sehr genau vor mir, und ich höre noch sehr genau Deine ständig wiederholten tränenreichen Argumente vom Kämpfen für Deine Kinder, und ich sehe auch noch die Dir nacheifernden Kopfschüttel-Freundinnen, die es nicht wagten oder vielleicht auch nicht auf die Idee kamen, eine Frage zu stellen oder gar zu widersprechen. Hattest sie längst alle eingewickelt, *eingewörtert*, wahrscheinlich hatten längst alle Angst vor Dir. Vor der Löwenmutter, die ihr Junges tapfer verteidigte und die von ihrer unbedingten Mutterliebe mindestens so überzeugt war wie ein Schizophrener von seinem Wahn. Und wie Du Dich für mich einsetztest! Für meine einwandfreie Entwicklung!

Welchen Wert Du auf meine Ehrlichkeit legtest! Sobald ich frech und hemmungslos Deinen Mitmenschen – Du hattest immer wieder andere Freundinnen – von den stattgefundenen geschlechtlichen Handlungen (wie das klingt: geschlechtliche Handlungen, polizeilich oder forensisch ziemlich korrekt, finde ich) – also von dem widerlichen Scheiß zwischen Alwin und mir erzählt hatte – und deren aufgerissene Augen spornten mich zu noch detaillierterer Schilderung an –, rannten sie zu Dir oder riefen Dich aufgeregt an, gewiss mit der dringenden Bitte einzugreifen, was Du umgehend tatst. Aber weißt Du, was ich mir manchmal vorzustellen versuche? Was wäre mit mir geschehen, hätte ich brav geschwiegen und ganz in Deinem Interesse gute Miene zum bösen Spiel gemacht? Vielleicht hätte ich mich zur billigen, emotional betäubten Babynutte entwickelt. Vielleicht hätte ich das Zeug zur deftigen Straßenhure entwickelt, mit einem feinen brutalen Zuhälter an meiner Seite, für den ich das Geld rangeschafft hätte. Hätte dann für Dich immer noch heimlich was beiseitelegen können. Überhaupt: Du als Puffmutter ...

Ich sehe Dich grinsen, den Kopf wiegen und die Lippen lecken – kein schlechter Gedanke, was?

Meine Schwatzhaftigkeit hat mir vielleicht das Leben gerettet. Die mich umgebende Verkommenheit, meine Mutter eingeschlossen, hat zwar von mir Besitz ergriffen, lange Jahre, aber meine Wahrheit, mein Wissen um das Geschehene – ist alles noch immer präsent, dank Plappermäulchen.

Nein, ich will nicht übertreiben: Die Angelegenheit zu dritt, die ich scham- und schuldbeladen gern ungeschehen gemacht hätte, erzählte ich niemandem, erst sehr viel später meinen beiden Ehemännern. Lediglich Alwin war immer wieder Dein wunder Punkt, sobald ich sein Tun an mir thematisierte. Du hießest mich, vor Deine Freundinnen hinzutreten und meine ungeheuerlichen Behauptungen auf der Stelle und ein für allemal zurückzunehmen. Unter Tränen wiederholte ich das Erlebte; niemand glaubte mir. »Ich habe gelogen, ich habe gelogen, ich habe gelogen«, musste ich irgendwann reumütig gestehen. Und wenn ich es nicht getan hätte? Was wäre die Strafe für meinen Nicht-Widerruf gewesen? Welchen Galgen, welchen Scheiterhaufen hattest Du für mich parat? Du meine liebende Inquisition! »Ich habe gelogen«, und Wilma und Dagmar (und wer noch?) nickten beifällig, mit milder Nachsicht gegenüber dem außergewöhnlich schamlosen, aufdringlich mitteilsamen Mädchen, das ständig Realität und Phantasie durcheinanderbrachte. »Schon gut, geh spielen«, lautete Dein gnädiges Gebot nach wieder einmal vollendetem Lügenbekenntnis. »Woher nimmt das Kind nur diesen ganzen Schmutz?«, wunderten sich Trudchen und Gitte und Jutta. »Ich weiß es wirklich nicht«, stöhntest Du, ein paar Tränen trocknend, sahst resigniert-ratlos zu Boden und hofftest inständig auf mein endliches Ehrlichwerden.

Einmal, weißt Du noch, erzähltest Du selbst Alwins Schwester, was Alwin mit mir machte. Die Schwester weinte. Du wusstest von ALLEM! IMMER! Nur sobald ICH es erzählte, war es gelogen. Hast Du Dir jemals Gedanken gemacht, wie das auf mich wirken musste? War ich möglicherweise im Kopf noch ganz richtig bis zu diesem Zeitpunkt, spätestens jetzt begann ein merkwürdiger Prozess der Zerlegung meiner inneren Bestandteile, ich kann das nicht gut beschreiben. Zerlegung oder Aufsplitterung ist wohl nicht richtig. Mein Wunsch nach Einordnung meiner Lebensfragmente schien völlig blödsinnig. Was ich erlebte, sagte, empfand, geriet in einen Strudel, in eine feindselige Durchmischung mit dem, was mir gespiegelt wurde, geheimnisvoll und in die Irre führend, die aber normal zu sein schien, allgemein üblich. Wo es keinerlei Klarheit mehr gab, nichts Eindeutiges, keine Richtung und kein Ziel, wo Stattgefundenes eben doch nicht stattgefunden hatte, wo das sogar meine liebste Mama sehr deutlich propagierte, gerieten mir meine Tage, meine Wochen aus dem Gleichgewicht, mein Wissen oder meine Gedanken trieben klumpenbildend in einer trüben Brühe, in der ich völlig orientierungslos herumeierte, war doch alles egal, in der wachsenden Gewissheit absoluter Belanglosigkeit dessen, was mein kleines Leben ausmachte.

Den späteren Missbrauch durch Rudi behielt ich für mich. Etwas hatte ich gelernt: Es hatte keinen Sinn, jemanden davon in Kenntnis zu setzen.

Liebste Mama, ich habe wieder einmal pausieren müssen. Mir war nicht übel, ich hatte keine Kopfschmerzen und kein Bedürfnis, gewaltsam gegen mich vorgehen zu müssen. Ich war spazieren, den krummen langen Weg bis zur Mühle, Du kennst ihn. Mein Bein tat mir weh, und ich ging in dem Tempo, das mein Bein mir erlaubte, ich war heute nicht böse auf es. Die Bank ist noch immer nicht erneuert oder wenigstens neu gestrichen, ich saß da schon, als ich zehn war und mir überlegte, wie lange es dauern würde, bis ich mit den Füßen den Boden berühren könnte. Da saß nun eine zehnjährige alte Frau mit allerhand Symptomen, baumelte wieder mit den Beinen und tat sich mit einem Mal leid. Und überlegte, wie viele ihrer Sorte es wohl geben mag auf der Welt, oder in ihrem Bundesland, oder in ihrer Straße.

Weißt Du, Mama, ich hoffe für alle nach mir und aktuell endlos weiter fort misshandelten und missbrauchten Kinder, dass Kinder- und Jugendtherapeuten in ihren Ausbildungen klüger geworden sind, beherzter handeln, dass Erzieher und Lehrer genauer hinsehen, hellhöriger reagieren, Jugendämter sich schneller einschalten. Ich wünsche mir sogar, dass das Thema Missbrauch Eingang finden möge in jeden Schulunterricht, dass zur sogenannten Aufklärung der Kinder im Biologie- oder auch im Deutsch-Unterricht über die Abartigkeiten aufgeklärt wird, denen Kinder ausgesetzt sein können, meist sogar in der eigenen Familie, und dass Telefonnummern oder Adressen ausgegeben werden, wohin betroffene Kinder sich wenden können. Ich habe den Eindruck, wir sind heute mehr als in früheren Jahren mit den drängenden Themen befasst, mit Zeitenwenden und Klimakrise und Krieg in Europa, mit wahnsinnigen Politikern, mit faschistoiden Autokraten, mit Energiekrise und Inflation. Die großen zu erwartenden Katastrophen beschäftigen uns, während die kleinen Dramen hinter den verschlossenen Haustüren fröhliche Urständ feiern und lediglich verstörte Kinder hervorbringen, sonst weiter nichts. Sonst weiter nichts. Und wenn sie groß werden, die verstörten Kinder, wer weiß, vielleicht heißen sie später Trump oder Putin ... Und manchmal auch nur Thekla.

*

Liebe wirkt heilend – sagt man so. Sagst Du. Nun bin ich aber unheilbar krank. Und meine damit nicht meinen lahmen Fuß und meinen Diabetes und meine operierte Halswirbelsäule und die Gicht und die Niereninsuffizienz und die ganzen anderen überstandenen Erkrankungen und Operationen. Ich wiederhole mich: Du warst die personifizierte Liebe. Alles, was Du jemals tatst, geschah aus Liebe – so betontest Du es wieder und wieder. Der Hass als ein ebenso starkes Gefühl war Dir fremd, dazu warst Du nicht in der Lage – sagtest Du. Verblüffende Logik, die mich heute die Stirn runzeln lässt. Alle Familienmitglieder wie auch Deine

Freundinnen kamen stets aufs Neue in den Genuss Deines Geliebtwerdens, Deiner außergewöhnlichen Liebesfähigkeit, die den Hass nicht kannte. Alles schloss Deine Liebe ein, allumfassend war sie – kam daher Dein gern verwendeter Begriff der *All-Liebe*? Wegsehen aus Liebe. Tochter im Stich lassen aus Liebe. Wider besseres Wissen die Tochter Deinen kinderschänderischen Männern überlassen – aus Liebe natürlich. Abstreiten aus Liebe. Tochter als Lügnerin hinstellen aus Liebe. Ihre Widerrufe erzwingen aus Liebe. Mit Liebe begründetest Du jedwede bewusste Ignoranz ebenso wie die Hilfestellung bei den Manipulationen Deines Lovers an mir. Wie soll ich geheilt werden von Dir, Mama, Du meine persönlichste Katastrophe? Es scheint eine Art von Liebe zu geben, deren Resultat eine Heilung für alle Zeiten ausschließt. Sagen wir: Ich bin liebeskrank geworden. Prognose: infaust.

Ich scheine zu scheitern in dem Versuch, Dir etwas erklären zu wollen. Die Fakten sind Dir allesamt bekannt. Die Fakten, die Du stets leugnen musstest – aus Selbstschutz, oder warum? Missverständnisse gab es keine. Oder doch, natürlich: Ich hatte alles ganz von Grund auf und immer missverstanden.

Einer meiner wiederkehrenden Alpträume noch heute, mit fast vierundfünfzig Jahren: Ich bin nackt, zumindest mein Unterkörper ist nackt, und Du kommst, oft mit jemand anderem im Schlepptau. »Wir müssen dir jetzt deine Kinder wegnehmen, damit es ihnen besser geht, denn du bist nicht in der Lage, Kinder zu erziehen.«

Ach Mama, ich bin müde, von einer schwergewichtigen, niederdrückenden Müdigkeit. Schlafen möchte ich und nicht wieder aufwachen müssen. Manchmal. Und jetzt gerade. Dabei kann ich nicht schlafen, sobald ich mich ins Bett lege. Mein Leben strengt mich an. Immer noch will ich gut sein – warum eigentlich. Ich schaffe es nur sehr ungenügend, andere sind unzufrieden mit mir, ich selbst bin mein heftigster Kritiker. In meinen Träumen, sofern ich denn schlafe, bin ich nicht gut, bin ich eher von monströser Bosheit – das will ich nicht sein, das bin nicht ich. Deswegen habe ich Angst einzuschlafen. Sehne mich nach nichts so sehr wie nach Schlaf, und gleichzeitig ängstigt er mich. Aber was genau geschieht eigentlich in meinen Träumen? Ich laufe eine Straße entlang, und alles um mich herum stürzt ein. Oder da ist ein Tümpel, Brackwasser, ein trübbrauner See, dem ich nicht entkomme, in dem ich ertrinken muss. Oder es herrscht Krieg, und ich renne ziellos umher, bin auf der Flucht, will mich in Sicherheit bringen und zerre andere mit mir. Oder ich schreie Dich an, schreie und schreie, aber kein Ton verlässt meine Kehle, und folglich kommt nichts von meinen Vorwürfen bei Dir an. Aber bei Tageslicht will ich Dir doch gar keine Vorwürfe machen. Nein, will ich nicht? Nachts schlagen die Geschlagenen um sich. Sagte ich soeben, ich sei von monströser Bosheit in meinen Träumen? Stimmt ja gar nicht! Um mich herum sind Schrecken und Verderben, und ich bin machtlos – nichts anderes also als meine Bild gewordene, Jahrzehnte während Angst-Realität. Manchmal will ich mich im Traum verletzen, schneide oder schlage mich – auch nichts anderes als meine Gegenwart. Weder bin ich monströs noch böse. Warum schreibe ich mir diese Eigenschaften zu? Vielleicht wäre ich gern einmal ein gemeines Monster. Aber selbst im Traum gelingt mir das nicht, bin ich doch nur die Leidende, Erduldende, die nach Rettung Suchende, allenfalls die sich selbst Schmerz Zufügende. Traumlos will ich schlafen, aber das ist mir nicht vergönnt. Meine Ärztin schlug mir Schlaftabletten vor, für ausnahmsweise einmal, wenn ich mehrere Nächte hintereinander keinen Schlaf gefunden habe. Dann sah sie mich an und ich sie, und wir wussten beide, dass das kein guter Gedanke war.

*

Unterbrechung, schon wieder. Wie Du siehst, gab es keine Schlaftabletten – ich lebe noch. Ich will den Brief weiterschreiben. Vielleicht nur deshalb.

Ich muss noch bleiben bei dem Wort *Liebe*, das aus Deinem Mund kam, Dir aus dem Stift floss: groß, vielfach, pathetisch und, wie ich heute meine, bar jeglicher Bedeutung.

Auch Du schliefst schlecht. Suchtest Du in den schlaflosen Stunden Deiner Nächte selbst nach Heilung? Nach Schmerzstillung? Taten sie Dir weh, die alten Wunden, die man Dir zugefügt hatte vor Zeiten, ebenso wie die Wunden, die Du selber schlugst? Fügtest Du mir Wunden zu, weil Du selbst Wunde warst? Weil Dir Wundlosigkeit gar nicht bekannt war? Und *Liebe* war so ein wunderbares Wort, nicht wahr? Wobei im Wunderbaren das Wort *Wunde* enthalten ist, bemerke ich soeben – basiert vielleicht ein *Wunder* auf einer *Wunde*? Wo heute ein Wunder spürbar ist, war vordem eine Wunde? (Wie damals vor zweitausend Jahren bei Deinem Kumpel Jesus …) Aber das ist nur so ein Nebenbei-Gedanke, über den ich einmal nachdenken sollte.

Die Liebe also als ein wunderbares Wort – aber eben nur ein Wort, von dem Du in Märchen gehört hattest, das Du in Deiner Entwicklung in seiner lebendigen Tiefe nie erfahren hattest. Liebe zu spüren, musste einfach heilsam sein – dachtest Du so? Woher aber sollte sie kommen, die Liebe? Niemand gab sie Dir. Keiner Deiner vielen Männer, bei denen Du gewiss Sexualität mit Liebe verwechselt hast – soll ja vorkommen. Und bevor die alle aufgetaucht waren, hattest Du sie auch nicht erfahren können. Konnte man sie nicht selbst erschaffen, die Liebe? Wundpflaster gegen den vielen Schmerz. Und was war das nur alles obendrein mit Deiner Tochter – da gab es auch nur noch Wunden, körperliche wie seelische. Hilfsmittel wie Dein früher einmal auf mir zerdroschener Kochlöffel, nachdem ich als Sechsjährige unerlaubt zum Rummel geschlichen war – ja, ich will Dich an die kleine Rand-Episode nur mal eben kurz erinnern, Du schlugst mich sonst nicht –, konnten des Rätsels Lösung nicht sein; wie viele Kochlöffel hättest Du besorgen müssen, um mich zu einem anständigen Menschen zu erziehen! Und überhaupt war das ja unschön. Und einfach zu grob. Und es tat *Dir* weh. Immer wieder hattest Du diese trockene aufgesprungene Haut an den Handflächen – weißt Du noch? Liefst manchmal mit verbundenen Händen herum. Und nach der einmalig praktizierten Kochlöffel-Attacke blutete Deine Hand, die Haut war einfach aufgeplatzt, ich sah es, denn Du hattest unvorsichtigerweise nach dem zu Bruch gegangenen Holzlöffel weiter Deine Hand benutzt, um Dein Werk zu vollenden, weil ich gelacht hatte über das umherspringende Löffelteilchen und Du nur noch den kümmerlichen Rest in der Hand hieltest … Warst Du etwa wütend damals?

Liebe – wie herrlich würde das funktionieren, wenn man nur ein bisschen davon besäße! Wie konnte man Liebe *herstellen*, sich Liebe zunutze machen? Und wenn man erst ein Quäntchen davon hätte, müsste es einfach sein, es zu vermehren, damit man bald genug davon besäße für den Eigenbedarf wie auch für die Familie, deren Mitgliederwunden alsdann auch bepflastert werden könnten. Wenn es Dir gelänge, Liebe zu züchten, zu vervielfachen, ähnlich dem Kefir-Pilz, den wir früher in die Milch legten, sollte es doch möglich sein, zumindest die Wunden all derer zu heilen, die

Dir nahestanden. War es das? War es so ähnlich? War es Deine Angst vor immer mehr Schmerz, die Dich im nächtlichen Schlaflos-Labor Deine Liebesretorte bestücken ließ? Oder warst Du mitnichten derart schmerzgeplagt, sondern vielmehr in Panik vorm Erkanntwerden Deines eigenen letztlich verlogenen Wesens? Warum weintest Du so angsterfüllt, sobald ich gegenüber Deinen Freundinnen das, was Du meine lügnerischen Phantasien nanntest, zurückzunehmen hatte? Gleichgültig war ich Dir wohl nicht. Hattest Du Angst vor Deiner kleinen Sophia? Sonst hättest Du nicht derart viel Mühe darauf verwenden müssen, die Liebe herbeizuschaffen, die dann, Wunden bedeckend oder verklebend, als Allheilmittel zu Deiner Wunderwaffe werden konnte. Interessant, was man alles aus diesem Wortstamm *wund* basteln kann, findest Du nicht?

Gegen jede Heilmethode, gegen jedes Medikament, gegen jede Art einer Symptombekämpfung oder Genesungsbeschleunigung kann man etwas einwenden. Ein jedes, das wirkt, hat auch Nebenwirkungen, unerwünschte Wirkungen. Alles ist zudem eine Frage der Dosierung. Bei der *Liebe* ist das anders, viel einfacher: Nebenwirkungen existieren nicht. Die Dosis kann nicht hoch genug sein. Liebe hat noch keinem geschadet. Und niemand, kein Mensch der Welt, wird diesen Grundsatz in Frage stellen.

Liebe musste her, koste es, was es wolle! Wie aber konntest Du der Zutaten für dieses Gebräu habhaft werden? Sie mussten einer Schatzkiste entnommen werden, die nur Du öffnen konntest, zu der niemand sonst Zutritt hatte. In der Art der Kräuterhexen gingst Du ans Werk, Die seltsamsten Ingredienzien zusammenzutragen in den Nächten auf den geheimen Äckern nicht kontrollierbaren Google-Wildwuchses. Dort konntest Du zupfen und verwerfen und neu aussuchen und kombinieren und testen, um es am Ende für gut wirksam zu befinden und an die Behandlung zunächst Deiner Familie zu gehen, die Du fortan den *Inneren Kreis* nanntest.

*

Was hast Du allen, die es ganz so genau nicht wissen wollten, stets erzählt? Du habest Psychologie studiert während Deiner fünf Jahre in Holland?

Warst damals auch schon schlaflos? Nein, wohl nicht, aber was in Holland passiert war, war heute längst Vergangenheit, kaum überprüfbar und, falls jemand nachgefragt hätte: Holländische Staatsexamina würden in

Deutschland leider keine Anerkennung gefunden haben – so hättest Du es jederzeit plausibel oder nicht erklären können –, daher wären sie beizeiten Deiner raschen Entsorgung anheimgefallen, die alten Schriftstücklein, die Beweise Deines Psychologie-Studiums. Einleuchtendes Argument. Und wer hätte sich schon die Mühe einer Überprüfung des Sachverhalts gemacht! Zweifler existierten nicht. Waren wir doch allesamt der Verwunderung und der Bewunderung voll! Diese erfundene Studienzeit war hinreichende Begründung für das häufige Überwältigungserleben Deiner Familie hinsichtlich Deiner Menschenkenntnis, die Du Dir erst erworben hattest in den Nächten Deines Vollmonds und die Du fortan über Deinem inneren und bald auch über einem erweiterten *Kreis* ausschütten konntest, wie einst Gott oder Jesus den Heiligen Geist über die Menschheit ausgegossen hatte. Ehrfürchtig staunend empfingen wir alle Deine geistigen Gaben – verblüfft, fasziniert, überfordert, gelähmt. Aber *geliebt* von Dir. Von *Dir* geliebt!

So mutierte die Schweißerin beziehungsweise die Hilfsköchin, die Du warst – von Dir selbst immer als *Stewardess* bezeichnet – die Hilfsköchin auf einem mittelgroßen Frachtschiff – wie mir mein holländischer Vater einmal erklärt hatte –, zur bescheidenen, weil lange verborgen gehaltenen und darum jetzt umso bedeutsamer auftretenden psychologischen Koryphäe. Wie eine Erscheinung tratst Du aus dem Dämmergrau ins Licht, geheimnisvoll, wissend, großmütig, genährt von den Geistern Deiner Schlaflosigkeit, mit denen Du Dich heimlich vermählt hattest, während Deine Familie in unschuldig-dümmlichem Nachtschlaf dem jeweils neuen Tag entgegenschnarchte. Machtvoll, nahezu omnipotent offenbartest Du in einberufenen Sitzungen allen die Früchte Deiner Walpurgisnächte, in denen Du die Liebe gelernt hattest und noch immer allnächtlich lerntest, die Anwendungen des Wortes *Liebe*, damit Du auf Deiner Bühne damit wirksam werden konntest.

Deine Schatzkisten oder Kräutertöpfe waren ein paar Bücher ebenso wie die Untiefen der Suchmaschinen im Internet, als diese so langsam bekannt wurden und sich Dir als überaus nützliche und unerschöpfliche Fundgruben zur Verfügung stellten. Der Schlaf floh Dich, wach lagst Du Nacht für Nacht, wach und mit einem unbestimmten Seelenschmerz – ein Wink des Schicksals und schließlich hochwillkommen, um in diesen stillen Stunden ohne familiäre und sonstige Störfaktoren Dich zu versenken: tief, tief hinein in astrologische Konstellationen, in numerologische Raffinessen und Kombinationen – kurzum: in eine außermenschliche Phänomenologie, zu der niemand außer Dir Zugang hatte, die Du Dir aneignetest – hochkomplizierte Zusammenhänge, nicht durchschaubar für Deine Familie, nur zu verstehen von Deinem findigen Kopf. Pseudofakten, die Du zu einem undefinierbaren Mischmasch verklumpen konntest, woran Du vielleicht gar glauben lerntest und damit – ach, überhaupt den christlichen Glauben damit neu beleben, begreiflicher machen, festigen, beweisen und ihn damit endlich wirklich zugänglich machen konntest Deinem *Kreis*. Und das Beste daran: keinerlei Risiko für Dich. Spekulation ohne Ende, skrupellos möglich mit den harmlosesten Aktien der Welt. Irrtum, Fehlkalkulation unmöglich. Weil Nachprüfbarkeit nicht gegeben. Verluste ausgeschlossen. Garantierte Gewinnmaximierung. Welch geniale Eingebung! Meine liebste Mama als Liebessuppen-Hilfsköchin. Gewinnerin warst *Du*. Niemand sonst. Heute weiß ich das. Damals meinte ich mich emporgehoben durch Dich, sah mich als stolze Teilhaberin Deiner Erkenntnisse, die Du ebenso selbstverständlich freigiebig wie selbstverständlich kategorisch über uns verteiltest, wirksam wie eine chemische Waffe, der nicht zu entkommen war und der zunächst auch niemand entkommen wollte, weil der Waffencharakter nicht wahrnehmbar war. Uns allen hing der Unterkiefer, stand der Mund weit offen, Du musstest bloß füttern, füttern, hineinstopfen, mästen. Wir hatten lediglich zu schlucken und zu verdauen.

Astrologischer Firlefanz im Gewand christlichen Glaubens! Gott Jehova und Jesus Christus als nimmermüde Lastenträger, als endlos zu befüllende Gefäße mit Deinen nächtlich vollzogenen Abschriften astrologischer Google-Weisheiten, die Du uns darreichtest als Resultate Deiner – wie Du es nanntest – *nächtlichen Schulungen!*

Meditative Schulungen, wie Du verkündetest, die Dir *zuteilwurden*, Du Auserwählte! Du inmitten Deines Reigens unseliger Geister! Und die Weitergabe Deiner empfangenen geisterkundlichen Leckerbissen war Dir auferlegt worden für die freitäglichen *Schulungen* Deines *Kreises*, auf dass ein jeder Nutznießer Deiner Außergewöhnlichkeit sein sollte. *Maluna* – oder wie Du Dich nanntest.

Alles hatte klein begonnen, nur um Glauben und Familie war es Dir gegangen. Deine Familie bezeichnetest Du überaus ernsthaft als *aufgehenden*

Stern im Norden. Die Familie sollte – in Anlehnung an die biblische For-
mulierung – *als Menschenfischer* unterwegs sein. Ziel war die Erweiterung
Deines *Kreises,* unseres Kreises, dem anfangs Deine Kinder, meine Stiefschwestern, deren Partner und Deine jeweiligen Freundinnen angehörten,
die sich untereinander *Schwester* oder *Bruder* nannten. Damit alles den
Anschein des Legalen und Rechtschaffenen bekam, gründetest Du den
Verein zur kritischen Kommunikation, mit allem, was dazu gehört, vom
Stellvertreter über den Kassenwart bis zur Protokollführung. Sicher hattest Du etwas gehört oder gelesen von der *gewaltfreien Kommunikation,*
die ihren Ursprung in der amerikanischen Bürgerrechtsbewegung und mit
Rassentrennung zu tun hat. Eine plumpe Begriffsübernahme lag Dir fern.
Kommunikation war aber gut. Das geht um Verständigung. Dem fehlte
nun aber noch ein Attribut. Und *kritisch* klingt gut und ist sehr passend. Es
sollte schließlich um Kritik gehen in Deinem Verein. Kritik, die Du ausüben
wolltest bzw. die jeder, außer Dir, mit dem Bestimmungswort Selbst- vorzüglich würde anwenden sollen. Damals waren wir alle etwas erstaunt, da
Du auf eine Erklärung Deiner Vereinsbenennung verzichtetest. Heute gehe
ich davon aus, dass Du auch bei dieser Namensgebung bereits mich im Vi-
sier hattest: Würde es doch endlich, so nebenbei, ganz und gar absichtslos,
um mich gehen können.

Nun, gläubig waren wir alle. Vielleicht stammt der von Dir stets im Munde
geführte Name *Gott Jehova* aus Deinen früheren Zeiten bei den Zeugen Jehovas, denen Du tapfer die Freundschaft kündigtest, weil Du fortan kein
Blut mehr spenden durftest, falls jemand in Lebensgefahr war – da lagen
sie einfach falsch, die Jehova-Zeugen. Oder war das nur ein vorgeschobener
Grund? Du hättest Dich fügen, einfügen, unterordnen, gehorchen müssen
den Formen, den Gepflogenheiten, den Ritualen – was jedoch Deinem
eigenen Streben nach Dominanz zuwiderlief. Kein Sex vor oder außerhalb einer Ehe, um Gott Jehovas Willen, wer von denen hatte sich diese
bescheuerte Forderung ausgedacht? Keine Geburtstage mehr, kein Weihnachten – och, wie langweilig. Und: Du wolltest kein Mitmacher sein, kein
Aufgaben-Erlediger, kein Erfüllungsgehilfe fremder Autoritäten, kein braves
graues Mäuslein, unterwürfig mit nur gering ausgeprägtem Sendungsbewusst-
sein. Du wolltest selber Chefin sein – nicht realisierbar innerhalb einer schon
lange etablierten Sekte. Mitten unter ihnen wäre Dein eigener Aufstieg kaum
möglich gewesen. Es blieb Dir nichts anders übrig, als die Jehova-Zeugen zu

verscheuchen – das Blutspendeverbot kam Dir da gerade recht. Und selbst etwas ins Leben zu rufen, dem Du vorstehen konntest.

Deine beiden Männer, Nummer 4 und Nummer 7, die sich an mir verlustierten, hatten mit dem Glauben nichts weiter am Hut, hielten sich außerhalb, ließen Dich kopfschüttelnd gewähren, interessierten sich nicht für Deine Nebenher-Sachen. Als Alwin, Nummer 4, starb, erklärte er Dir, dass Du auf mich aufpassen müsstest, *die wird dich nur belügen*, hatte er gesagt. Noch auf dem Sterbebett hatte er offenbar Angst vor Entdeckung seiner Veranstaltungen mit mir. Die Dir nicht unbekannt waren. Vielleicht wäre er weniger angstvoll gestorben, hätte er gewusst, dass Du alles daransetzen würdest, ihn und damit Dich selbst reinzuwaschen, alle Verantwortung abzuweisen, auf dem infamen Lügenmärchen Deiner Tochter zu bestehen. Alwins Weissagung war und blieb ein mahnender Stachel in Deinem glattgescheuerten Lebensrund, zumal ich, mit wiederkehrender Hartnäckigkeit und niemals endgültig geglückter Einschüchterung, allen erzwungenen Widerrufen zum Trotz, doch nicht ablassen wollte von meinem Erlebten. Irgendwann war Dein Handeln erforderlich.

In Glaubensdingen waren wir Kinder durch Dich beizeiten unterwiesen worden; fremd waren uns die Ausflüge zu Gott Jehova und Jesus Christus keineswegs. Während der letzten Jahre meiner ersten Ehe, das heißt kurz nach Deiner Vereinsgründung, kam Theo, mein damaliger Mann, noch mit zu den neu ins Leben gerufenen *Schulungen* – weil er mich liebte? Oder weil Du ihn längst eingewickelt hattest mit den klebrigen Fäden Deiner Geistergespinste? Ihn irritierten die Morgengebete, die wir selbst erstellen mussten und die bewertet wurden durch Dich. Kontakt zu meinen damaligen Schwiegereltern hattest Du zu keiner Zeit gewollt – hattest Du Bedenken, sie könnten Dir auf die Schliche kommen, weil sie weniger verblendet waren, weniger manipulierbar und anfällig als Deine Kinder und deren Partner oder Partnerinnen und zeitweise Deine jeweiligen Männer, deren psychisches Immunsystem bereits am Boden lag?

Was Du alles getan hast – wenn ich es einmal so sehen will: für mich, liebste Mama! Dir selbst wolltest Du entkommen, und in mir sahst Du Dich wieder. Ich war die nicht auszumerzende leibhaftige Erinnerung an Deine Vergangenheit, und gleichsam deren Wiederholung in meiner Person. Mit

Hilfe Deiner Nachtgeister sahst Du endlich Mittel und Wege für eine Auslöschung all dessen, was für Dich ebenso unerträglich wie unerklärlich von frecher und langlebiger Existenz war. Wieviel Kraft investiertest Du, nicht mehr hinsehen zu müssen, Deine Tochter als immerwährenden lebendigen Vorwurf zu tilgen, in Deiner Tochter etwas anderes zu sehen als Dich selbst, sie vom stur-verstockten Biest zu verwandeln in ein zahmes Rehlein, lenkbar, einsichtig und ein bisschen dämlich – wie endlich schön und leicht wäre dann Dein Leben! Dein ganzes Dasein galt es umzustrukturieren für das Ziel des Vergessens, für das Ziel des Ungeschehenmachens, des Ausradierens, des Austauschs einer konstant-bösen Realität gegen undefinierbare und ungreifbar dahinschwimmende Visionen, jederzeit anpassbar für den guten Zweck, nach Deinem Gutdünken.

Liebste Mama! Spinne Du! Unermüdliche Arbeiterin in den Nächten! Weberin an Deinem Fangnetz, um später, bei Sonnenschein, nichts weiter als den Faden unter Kontrolle halten zu müssen!

Was war Deine Maxime? *Menschenfischer* – klingt so schön biblisch, besser als Spinne.

*

Den ganzen Sonntag habe ich heute damit verbracht, in einem der alten vollgestopften Ordner herumzulesen. Ich möchte hier in diesem Brief an Dich einiges daraus unterbringen, herausschreiben, weil ich vermute, dass es wichtig ist, für mich, nur für mich, um Deine Nähe zu mir noch einmal zu spüren, die Nähe von damals, heute aus der Ferne, mit dem Abstand, um diese Nähe neu auszuloten, gewissenhafter, sorgfältiger als vor über zwanzig Jahren. Ich möchte einige Deiner Sätze entkleiden, und, wo das vielleicht nicht möglich ist, Dich, in Deiner Verkleidung, hinter Deinen Sätzen, hervorholen. Dich für mich sichtbar machen.

Dieses Unterfangen mit zunächst nicht ganz klarem Ziel wurde mir erst langsam, während des Lesens und während einiger Schwindelattacken, deutlich.

Also ging ich auf die Suche nach für diesen Brief Brauchbarem. Deine Erinnerung an Deine verfassten Texte ist dabei für mich zweitrangig, wenngleich ich sie begrüßen würde.

Weißt Du, ich frage mich heute, wie es vor über zwanzig Jahren möglich sein konnte, eine ganze Familie und deren Freunde zu infizieren – ich muss diesen Begriff wieder verwenden, es gibt keinen besseren –, ohne dass auch nur einer von ihnen den heimtückischen Ansteckungsmechanismus durchschaut hätte. Wir alle waren Dir auf eine mir heute unverständliche Weise verfallen, hörig, abhängig von Dir, offenbar von einer tiefsitzenden Blödheit durchdrungen, die uns das, was Du uns botst, willenlos, widerstandslos annehmen, aufsaugen ließ, schmerzerfüllt teilweise, sprachlos, erschüttert, immer aber im Bewusstsein zu trinken von Deiner Weisheit und dadurch selbst zu innerer Reife heranzuwachsen. Hängend an Deinen Lippen, anerkennend jedes Deiner Worte, kaum je zaghaft zweifelnd an Deinen für uns logisch klingenden Darstellungen und Argumenten – ein jeder war überzeugt von Deiner Klugheit. Kein Gebiet, kein Thema, in welchem Du nicht vorzüglich bewandert schienst!

Sogar als Prophetin betätigtest Du Dich. Tratst als Wahrsagerin in Erscheinung. Stelltest in den Raum, die Lottozahlen vorhersagen zu können. Ganz schön riskant, liebste Mama. Aber hattest Deinen Ehemann Nummer 5, Karl, überzeugt davon, diese Fähigkeit zu besitzen – sag, wie hast Du das gemacht? Wie konntest Du jemanden von einer Fähigkeit überzeugen, ohne sie unter Beweis zu stellen? Konntest die Leute ordentlich dusselig quatschen – stimmt's? Niemand hat je einen Lottogewinn gemacht dank Deiner Kunst. Mich hast Du dann als Medium herangezogen, die Lottozahlen sollten *erpendelt* werden. Klappte auch nicht. Wie erging es Dir bei derartigen Reinfällen? Immerhin hütetest Du Dich vor Wiederholungen, wolltest Dich nicht einer Lächerlichkeit preisgeben, die Dir insgesamt geschadet hätte. Handlesen fand *ich* immer schon spannend; Du mochtest es nicht besonders. Ich machte mich damals ein bisschen schlau und übte an Familienangehörigen. Als Du mitbekamst, dass ich dafür offenbar eine Begabung hatte, sollte ich im Beisein Deiner *Kunden* mein Können zeigen und Enthüllungen präsentieren. Ich sah tatsächlich an Alex' Hand, dass er Rheuma hatte, was bis dahin noch nicht bekannt war, er auch keine Beschwerden hatte. Er ging daraufhin zum Arzt, und die Diagnose wurde gestellt. Bald danach gab ich das Handlesen auf, war mir nicht geheuer, ich bekam Angst. Außerdem missfiel mir das Benutztwerden durch Dich.

Über Deine Wahrsagungen steht nichts geschrieben in den dicken Ordnern. Aber wenn ich an alle Deine Fähigkeiten denke, an Deine Vielfalt, darf das nicht verschwiegen werden.

Apropos Deine Fähigkeiten. Ich konnte immer schon ganz gut zeichnen, hatte in der Schule eine Mappe über Albrecht Dürer zusammengestellt, darin mein Versuch, die bekannten betenden Hände abzuzeichnen. Das fand Deine Anerkennung, auch ein von mir mit Bleistift abgezeichnetes Passbild von Karl. Das sei so gut, sagtest Du, wolltest es ihm schenken, setztest unverzüglich Deinen Namen darunter – und schwups, hattest Du ein hübsches Geschenk für ihn. Karl hat nie etwas über die Urheberschaft erfahren.

Lese ich Deine schriftlichen Ergüsse heute, Deine astrologisch-christlich-psychologisch-buddhistischen und wieder astrologischen Vermengungen, die so seltsam spitzfindig anmuten, dieses Sammelsurium von Halbwissen und Unfug, womit Du uns alle regelmäßig erschlagen konntest, muss ich schamhaft bekennen, dass ich nicht weniger als alle anderen – und gewiss sogar mehr noch als die anderen – Dich anhimmelte, Dir gefallen wollte, besonders gut die von Dir gestellten Aufgaben zu lösen wünschte, Deine Bewertungen herbeisehnte, viele Punkte anstrebte und gute Zensuren, die besten Referate ausarbeitete und hielt, mit großem Ernst Deine Rotstift-Beurteilungen unter umständlichen Numerologie- und Astrologie-Tests oder seitenlangen Hausaufgaben empfing, stolz auf jedes Lob von Dir, auf jede Eins plus und, Lernen gelobend, mein großes Ungenügen beklagend, sofern Deine Kritik harsch ausfiel.

Was sehe ich heute, was ich damals nicht sah? Las ich über Wesentliches hinweg, wenn ich Deine weitschweifigen Episteln inhalierte? Überflog ich sie lediglich, immer nur ahnend, was Du wohl meinen könntest? Faszinierte mich lediglich die Quantität Deiner überbordenden Gelehrsamkeit? Warum sah ich nicht genauer hin? Ich war wohl ein Schwamm damals, der vor allem voll sein wollte, voll der mütterlichen Zuwendung, die plötzlich so wissend daherkam, sinnstiftend und Familien beglückend, so sehr Sophia beglückend, dass ich das gigantische Desaster dahinter nicht ansatzweise ahnen konnte. Ein Desaster inhaltlich wie satzbaulich oder von der Wortbedeutung her. Ein kleines Beispiel will ich hier abschreiben. Es ist Teil einer Deiner astropsychologischen Tochtereinschätzungen:

Aus Angst vor Ablehnung, provozierte sie verbal ihr eigenes Versagen auf jemand anderen, sprichwörtlich ihre Mutter oder Partner, abzuwälzen. Wenn Sophia die Schwierigkeiten dieser Konstellation irgendwann überwinden kann, werden noch sehr vielfache emotionale Blockaden im partnerschaftlichen Bereich aufzeigen.

Liebste Mama! Könntest Du mir übersetzen, was Du damit meintest? Ich kann es nur ahnen, im Zusammenhang mit den anderen unsäglichen Formulierungen. Wahrscheinlich ahnte ich es damals ebenso – und es genügte mir. Fremdwörter waren vielleicht nie wirklich Dein Fall, vor allem die ähnlich klingenden brachtest Du dann schon mal durcheinander. Ist ja nicht weiter schlimm, vor allem, wenn der Geist überfloss und Du so schnell gar nicht schreiben konntest wie Du dachtest. Wenn die Nachtgeistwesen Dich überschwemmten. Wenn Du unter Geist-Überflutung littest. Da sind *Provokation* und *Projektion* schon mal ein und dasselbe. Oder – was mir soeben einfällt: Liegt die inhaltliche Fehldeutung schlicht an dem Komma, das in Deinem Satz an jener Stelle so überflüssig ist wie nur etwas, das aber, zwei Wörtchen weiter gesetzt, sehr wohl einen Sinn ergäbe: *Aus Angst vor Ablehnung provozierte sie, verbal ihr eigenes Versagen … abzuwälzen.* Eine ordentliche Komma-Verstreuung ist eben doch wichtig.

Aber egal: Ja, es genügte mir. Ich war genügsam. Ja, ich überflog begierig Dein Geschriebenes, verstand, was Du mir sagen wolltest, Details waren nicht nötig – was heute für mich fürchterlich und gleichermaßen lächerlich klingt, wenn ich mir Satz für Satz vornehme, Absatz für Absatz. Wäre ich damals geduldiger gewesen, aufmerksamer, weniger geblendet, hätte mir auch mit einunddreißig nicht entgehen dürfen, was Deine Nachtgespenster Dir beibrachten beziehungsweise was Du aus den Google-Abschriften machtest, wie Du sie weitergabst nach dem Prinzip der *stillen Post*: Die nächtlichen Einflüsterungen aus dem Äther konntest Du nur zum Teil erfassen, sie wiederzugeben fiel Dir schwer, sie verwischten sprachlich wie auch inhaltlich, hier mal ein Begriff, da mal eine Wendung, eine Kombination, ein Sachverhalt – hörte sich alles irgendwie plausibel an, passend in Deinen Plan umfassender Ablenkung vom Eigentlichen, bis hin zu Deiner Durchmischung aller Sachgebiete und aller Wörter und der schließlichen Weiterreichung in Gestalt Deiner selbstgerechten Darstellungen und hinterhältiger Begutachtungen anderer, besonders meiner Person.

Heute scheint es mir zu gelingen, ein bisschen zu sezieren, freizulegen, was sich da so gefällig vermengt hatte zu einem allseits gut schluckbaren Brei. Dass ich so brei-gierig war, hing bestimmt mit meiner Fresssucht zusammen,

Hauptsache rein, war ja mitunter auch sehr süß. Gestopftwerden war mir zudem nicht fremd. Und siehst Du, das steckt ja alles noch in mir. Wozu ich jetzt erst in der Lage bin, hoffentlich, ist, die Verdauung in Gang zu setzen.

So großartig, so grandios konntest Du die ganze Gruppe hinters Licht führen – niemand merkte etwas. Alle erstarben in grenzenloser Anerkennung und Ehrfurcht vor der *Meisterin*, als die Du Dich längst ausgabst und so gesehen werden wolltest. Und mit welcher Ernsthaftigkeit, mit welchem Selbstverständnis auch ich Dich so betrachtete: als *Meisterin*! Ohne jegliches In-Frage-Stellen, befreit von jeder Skepsis, jedem Zweifelchen! Sag, glaubtest Du selbst an alle Deine Eingebungen? Hattest sie lange genug vor Dich hingebetet, hingemurmelt, gleich einem Mantra in unaufhörlicher Wiederholung, so dass sie Teil von Dir geworden waren, verwachsen mit Dir in unauflöslicher Einheit? War es Deine Flucht vor der Wirklichkeit in einen wohlig-warmen Wahn, in den Du uns einbeziehen konntest dank Deines charismatischen Auftretens?

Ich glaube eher nicht, dass Du wahnhaft geworden bist. Ich vermute, Du gingst lediglich mit mehr Überlegung und Berechnung vor als in den Jahren Deines häufigen Männerwechsels. Was man klug abwägt, woran man geduldig baut in der Gewissheit eines zu erreichenden Ziels, das wird stabil werden, belastbar sein, das hat Format.

Nun, Du konntest bald schon die Früchte Deiner frühen *Schulungen* ernten: Es wurde alles angenommen. Wie einfach. Konntest bald mutiger werden, uns mit immer mehr füttern – eine symptomarme Magenverstimmung wurde schon mal in Kauf genommen. Wer Fragen hatte – freilich nicht grundsätzlicher Art, denn die hatte niemand, und wer sie später hatte, flog raus –, wer Wort-Erklärungen benötigte, der bekam sie von der geduldigen großen *Meisterin*. Wem zum Beispiel die Begriffe *Intuition* oder *Analyse* nicht bekannt waren, der wusste sie alsbald, denn entweder Du selbst oder Alex, der irgendwann zum *Meisterschüler* avanciert war, hatte sie dem Unwissenden verständlich gemacht.

Wer sich bereits in den Niederungen Deiner *Wissenschaften* verirrte, wer von den simpelsten Begriffen keine Ahnung hatte, dem konntest Du alles vorsetzen, den konntest Du mit Deiner haushohen Überlegenheit schwer beeindrucken, der brauchte nichts zu verstehen, der küsste Dir die Füße, kniete vor Dir im Staub. Du musstest Dir nicht einmal die Mühe machen, Deine Pamphlete noch einmal durchzulesen oder gar zu korrigieren. Um

Richtigkeit, um Nachvollziehbarkeit ging es Dir nicht, weil das nicht notwendig war bei dieser Horde von Dummlingen – um Überraschung ging es Dir, um Verblüffung, um begeistertes sprachloses Hochschauen Deiner kleinen Lehrlinge zu Dir, der Mutter der Weisheit. So einfach waren sie alle zu kriegen! Du musstest lediglich fleißig sein in den Nächten, das Computer-Gesäusel abschreiben und ausschmücken, es *Geistwesenschulung* nennen – und schon waren sie alle still, lauschten gebannt den unnachahmlichen Ausführungen aus berufenem Munde.

Schnell konntest Du mit diesen Erfahrungen sicherer werden im Umgang mit uns, da Du aus den Fragen nach bestimmten Begriffen ohne Weiteres von der Unwissenheit oder Ungebildetheit Deiner Leute ausgehen konntest – die würden alles fressen! Und wir fraßen. Ich fraß. Und das Ungenießbare, das Bittere war eben recht, denn es bewirkte gewiss Heilung und durfte geschmacklich gar nicht hochwertig sein. Ich war derart heilungsbedürftig, weil meine Krankheit gefährlicher war als die der anderen. Die Pillen, von Dir verabfolgt, konnten mir gar nicht bitter genug sein. Um mich bei der Stange zu halten, spartest Du schlauerweise nicht mit Lob, gabst mir mitunter Einsen bei nur der halben erreichten Punktzahl. Ja, Du zensiertest ständig, warst Punkteverteilerin, Lehrerin und Richterin in einem. Ich fragte nicht nach. Glück durchströmte mich. Meine Mutter war meine *Meisterin* geworden! Unsere *Meisterin* war meine Mutter! Wie stolz ich war!

Mein liebes Kind, ich liege wie jede Nacht sehr wach in meinem Bett, und es ist zwei Uhr vorbei, Schlaf schickt mir Gott nicht, damit meine Gedanken in Liebe bei Dir verweilen können. Bei Deiner Lebensgeschichte, die auch ein Stück weit die meine ist. Aber ich muß mich einstimmen, konzentrieren auf das Kommende.

In knapp eineinhalb Stunden beginnt meine Meditation und danach meine Schulung durch unsere Geistwesen.

Wir existieren ja schon sehr lange in einem energetischen Zustand, lange bevor wir geboren werden als etwas Unkörperliches. In diesem Zustand entscheiden wir uns, materiell zu werden. Wir wählen Zeitpunkt, Ort und den Menschen aus, wann, wo und von wem wir geboren werden wollen. Wir wählen aus, was wir erleben, welche Erfahrungen wir machen möchten.

Es ist kein Zufall und auch keine Erbangelegenheit, welche Kinder wir zur

Welt bringen. Es sind die Kinder, die sich ihre Eltern auswählen. Daß Du mich als Mutter ausgewählt hast und daß ich durch Dich sehr viel lernen konnte, sowohl im positiven, wie im negativen Sinne, macht mich froh, und ich bin Gott Jehova dankbar, daß er dafür sorgte, daß Du mich gewählt hast. Dass ich die Ehre zuteil habe, Deine Mutter zu sein.

Durch Dich konnte ich wachsen, die spirituelle Großmeisterin werden und bin somit in der Lage, mein Wissen und Können weiterhin noch vielen Menschen zu ihrer Reifung helfen zu können.

Meine Liebe zu Dir ist tief und innig und ohne Ende, mein Vertrauen in Deine gute Entwicklung wächst unmerklich und unaufhörlich. Ich liebe Dich Deine Mama

Interessant, dass ich mir mein Kindsein selbst so ausgesucht habe, dass ich mir bereits als vormenschliches Geistmolekül meinen jahrelangen Missbrauch wünschte! Also muss doch schon mein energetischer Zustand lange vor meiner Zeugung ziemlich dämlich gewesen sein, oder doch recht qualsüchtig, masochistisch, später sadistisch im Hinblick auf Deine Person. Oh weia, meine vorembryonale Schuftigkeit war immens.

Wäre eine ähnliche Gedankenfolge durch Dein Hirn gewabert, während Du Dich in Deine spirituellen Höhen hinaufschraubtest, um hernach mit Deinen unumstößlichen Sachverhalten aufwarten zu können, wäre eine kleine Vorsicht vonnöten gewesen hinsichtlich derart waghalsig und wenig klug zusammengereimter Erklärungsversuche. Aber was sage ich – in der Zeit Deiner kombinatorischen Wunderlichkeiten musstest Du nicht um deren Aufdeckung fürchten.

Wenn ich heute überlege, wie Du vorgingst bei der geistigen Ernährung Deiner infantilen Allesfresser, und was alles Du ihnen zum Fraße vorwarfst! Ich kann es nur schwer beschreiben, dieses Phänomen, was es bedeutet, Mitglied einer Sekte und einem Guru verfallen zu sein, ihm zu dienen und nahezu alles anzunehmen mit Ehrerbietung, es für wahrhaftig zu halten und schlimmer noch: selbst sofort von den Absonderungen des Guru überzeugt zu sein. Heute weiß ich nicht einmal, ob Deine Veranstaltungen mit uns tatsächlich für jeden dieses Ausmaß an geistiger Umnachtung bereits voraussetzten oder erst bewirkten – manchmal denke ich, ein jeder wollte lediglich zum erlauchten Kreis dazugehören, keiner wollte missachtet oder verstoßen werden. Deshalb gaben wir uns fügsam, biegsam, bedenkenlos, während Du Spaß haben mochtest an Deiner Scharlatanerie – oder wie ist es zu erklären, dass wir uns vereint ängstigten bei Deinen inszenierten Spukereien, wenn Du ein Feuerzeug oder einen Stift oder einen Becher in den Raum schmissest, und jeder plötzlich etwas im Spiegel gesehen haben wollte?

Oder wie war das mit Deinen *Inkarnationen*? Ich zeichnete wieder einmal etwas ab, von Fotos: Du und Reinhold in jungen Jahren, ich setzte Euch nebeneinander – diesmal vorsichtshalber gleich mit meinem Namen darunter – und was sagtest Du? Das sei *die Inkarnation schlechthin*! Wie bitte?

Wir alle waren ja in Deinen Augen Inkarnationen der Jünger Jesu: Theo, mein erster Mann, war Johannes der Täufer, Alex war Petrus, Jessica war Judas. Ich war übrigens aus ebenso unerfindlichen Gründen Maria Magdalena, Du warst *Chris*, nanntest Dich selbst nicht so, aber man sprach von Dir als *Chris*, während Chris – also Du in dieser Rolle *über* Thekla sprachst und das Ganze dann *die hohe Energie* nanntest. *Chris, das Geistwesen, hat gesagt, du musst jetzt singen* ... oder *du musst jetzt tanzen* ... So sprachen die anderen von Dir ... Und Lucy sang. Und Sophia tanzte. Nach der Order aus göttlichen Sphären.

Und überhaupt: Wer warst Du nicht alles bereits! *Sissi* warst Du ebenso wie *Siddharta*! Und niemand lachte Dich aus. Lucy war die Inkarnation der *Mutter der Mütter* und musste deshalb ihr Kind im Hängen zur Welt bringen ...

Liebste Mama, sagte ich vorhin, dass ich *nicht* von paranoiden Vorstellungen bei Dir ausgehe? Wie weit wolltest Du es denn treiben mit uns?

Du scheutest keine Mühe, seitenlange Texte zu verfassen, mir darin Deine Liebe zu offerieren, nebenbei mir auch die Faktenlage im Hinblick auf meinen leiblichen Vater klarzumachen: Deine Rückblicke, immer *wie durch ein Fernglas* – so von Dir jeweils überschrieben, hast Du ganz geschickt gemacht für den schlüssig daherkommenden Vergleich zwischen gestern und heute. Wie – Du erinnerst Dich nicht? Ich gebe hier ohne Veränderungen Teile aus Deinem achtseitigen Brief, geschrieben im Jahr 2000, wieder:

Wie durch ein Fernglas schiebt sich sehr langsam so ein Schatten, den ich wachsen lasse und am Ende den Menschen sehe, den ich so liebe und den mein Herz jubeln läßt vor Freude.

In dieser Nacht, den 8ten Dezember 1968 verschmelzen sich unsere Körper und ich flehe Gott an: Lieber Gott, schenke mir ein Kind, damit ich meine Liebe ihm weiterschenken kann, den davon habe ich soviel!

Was ich sehe wie durch ein Fernglas, es ist das Krankenhaus, in dem ich schon seit Beginn der Schwangerschaft verweile und warte auf meinen lieben Mann, der mich kein einziges Mal besucht hatte. Er wollte sich lieber mit einer anderen Frau abgeben, die er sich kaufen konnte. Ich bin nun sehr enttäuscht, weil er, den ich so liebe, lieber seinen geschlechtlichen Bedürfnissen immer so unbedingt nach kommen muß.

Was ich sehe wie durch ein Fernglas: Ich bin Mutter geworden, Gott hat innerlich zu mir gesprochen wegen meinem dringenden Wunsch nach einem Kind um mir die Verantwortung dieser Seele zu übertragen. Ich bin nicht mehr allein, dann wird mein kleines Mädchen in meinem Arm liegen und mich brauchen und mich an meine Aufgaben, die ich mir in diesem Leben gestellt habe erinnert werden. Heute ist Sonntag, der 14. September 1969. Ich habe Dich geboren. Ich spüre Dich kaum. Und doch wiegst Du kleine Sophia so viel wie das Weltall und noch mehr. Dein Händchen umfaßt meinen Finger, Du suchst jetzt schon Halt und Schutz, nicht wahr? Du hast ganz bestimmt Angst, allein zu sein. Aber ich bin da, um Dich zu schützen. Und ich blicke zu Dir herab, zu dem kleinen Köpfchen, in inniger Liebe. Du siehst aus wie ein Engel, der gerade vom Himmel gefallen ist, mit Deiner rosigen Haut und dem vollen blond gelockten Haar, von wem Du das nur hast? Ich halte Dich, und fühlst Dich geborgen, wie ein Vogel in seinem Nest. Ja, meine Arme werden Dich tragen. Meine Liebe wird Dich halten. Habe keine Angst, denn Gott und ich, wir sind da ...'

Und in alles hinein schreibst Du von Bäumen und Ästen und Blättern, von Bergen und Seen und Flüssen und Blumen und wie wichtig es ist, dass die Erwachsenen alles erhalten mögen für die Kinder. Ja, meine umweltbesorgte Mama. Warum hat keiner auf Dich gehört.

... Du sollst wissen, das es ein guter Ort ist, unsere Erde, auf der Du nun verweilen darfst!

Ich kann das Fernglas herunternehmen von meinen Augen. Mittlerweile schreiben wir 2000. Du verweilst im Moment im Krankenhaus und ich denke über die Vergänglichkeit des Lebens nach, wie alles vergeht. So wie Wolkenfetzen, helle und dunkle, tauchen wunderschöne und schmerzliche

Erinnerungen in mir auf und berühren mein Herz. Aber ich bin von tiefer Traurigkeit, die in meinen Geist einströmt und den Wolken zuruft: Wo seid ihr geblieben? Die unschuldigen Zärtlichkeiten meines Kindes, die mich in Glückseligkeit einhüllten? Wo seid ihr geblieben? Ihr ausgelassenen Brabbeleien, die meinem Kind aus dem Herzen traten? Und die Zweisamkeit, die aufgefüllt war mit Lebendigkeit.

Wo seid ihr geblieben? Die lieblichen, herzwarmen Melodien, die aus dem Munde meines Kindes herbei eilten, die mein Herz berührten, wie Schmetterlinge Blüten auf einer Wiese.

Wo seid ihr geblieben? Die Stunden mit dem Adventskranz, wo die Kerzen ihr Licht in der Vorweihnachtszeit verströmten, sich in den blauen Augen meines Kindes widerspiegelte, daß mit glühenden Wangen mir beim Vorlesen der Weihnachtsgeschichte aufmerksam zuhörte.

Wo seid ihr geblieben? Ihr tolpatschigen nassen Schmatzer die mein Kind mir Abends beim Gutenachtsagen auf meinen Mund drückte oder die tapsigen kleinen Hände, die liebevoll meine gerade gekämmten Haare zausten.

Wo seid ihr geblieben? Ihr schalkhaften Blitze, die aus den Augen meiner Tochter fuhren, wenn sie den Übermut übermannte und das Lausbubengesicht mir unter die Haut ging, wie ein Unschuldsengel, wenn sie etwas anstellte.

Ist das alles verloren gegangen, nur weil mein Kind erwachsen wurde? Oder weil der nie nachlassende Alltagsstress ihr das wahre Gesicht des Lebens vorhielt? Liegt es wirklich an der Situation in der sich meine große Tochter, jetzt Frau und stolze Mutter zweier lebendiger Kinder, befindet, daß ihre Augen nicht mehr so strahlen, sondern müde geworden sind?

Angst erfüllt mich bei dem Gedanken, dass Sophia sich für Tage von unzähligen Stunden, Stunden, die sie aufzehren und ihr keinen Raum lassen, Raum lassen zu wachsen, um sich selbst lieben zu können und sich zu akzeptieren.

Ich will ihr helfen, ich muß ihr helfen in der Rückführung, das muß ich tun. Sie soll Licht in sich selbst bringen. Damit sie die Vergangenheit in der Reinkarnation besiegen kann durch tiefe Einblicke in ihr Inneres und dadurch Tilgung des vielen Schlechten ermöglicht. Ich nehme gedanklich meine Hände und führe meine Tochter Sophia zurück, zurück zu ihrem Ich, dem höheren Selbst. Ich führe sie geistig in die Welt der Harmonie, in die Zufriedenheit zurück, wo ihr eigentlicher Platz ist in der emotionalen Befreiung.

Ich nehme ihre Hand und rufe: Lasse es nicht zu! Daß sich die Liebe auflöst in dem alltäglichen Stress!

Lasse es nicht zu! Daß Deine Liebe auf der Strecke bleibt, durch die rücksichtslose Zeit, die uns gnadenlos verschlingen will!

Lasse es nicht zu! Kämpfe um ein Platz im Hier und Jetzt! Für Dich, Deine Lieben Deinen Glauben!

Lasse es nicht zu! Daß Deine Zeit verloren geht, kämpfe dafür, damit sich Deine Liebe nicht in den Fluten des Lebens versinkt und langsam erstickt, weil sie keine Luft zum Atmen hat! Gehe mit Dir liebevoll um und lerne Dich selbst zu akzeptieren, dann wird der Himmel darüber jauchzen und ich mit ihm.

Meine Gedanken zu bunten Papier gebracht für meine Tochter Sophia, die ich sehr liebe und Stolz ich stolz bin, die meine Türe wieder öffnete in meinem Herzen und mir die Hoffnung wiederbrachte in dem ich weiß, dass es immer einen Grund gibt verzeihen zu können! Liebe macht alles möglich, ich liebe Dich mein Kind, meine Tochter Sophia.

In inniger Liebe schrieb ich meine Gefühle nieder, für eine junge Frau, die jetzt die nötige Reife besitzt und vieles erst durch Schmerzen erfahren durfte, die sie auch mir zubereitet hat, was auch leichter gegangen wäre, um die Wertigkeit des Lebens und unseren Aufgaben, zu verstehen und anzunehmen. In Liebe Deine Mama

Ja, oh ja: Dein Wörter-Regen. Deine Ausdrucksweise. Deine Schreibweise. Dein Satzbau. Dein Unkorrigiertes – oder Nicht-besser-Gekonntes? War mir nie wichtig. Was ich damals oder ob überhaupt ich darauf antwortete, weiß ich nicht mehr, in den Aufzeichnungen finde ich nichts – ich könnte mir vorstellen, dass ich es tat ganz in Deinem Sinne, vielleicht so: *Deine Gedanken, Dein Gebet, Deine Herwendung zu mir erreichen mich nicht nur tief in meinem Inneren, ich erlebe sie wie eine köstliche kostbare Speise, die nicht nur meinen lange empfundenen Hunger stillt, sondern die mir in ihrer Einzigartigkeit bewusst ist und mich mit unendlicher Dankbarkeit erfüllt ...* Heute? Jeder Deiner Sätze erscheint mir unübertroffen, weniger in seiner Banalität als in seiner bei mir ausgelösten Bitterkeit. Hattest Du 1969 tatsächlich die mich betreffenden guten Vorsätze, die Du 2000 aus Deiner pseudopoetischen Erinnerung holtest? Ich möchte sie glauben – allein: Wo sind sie geblieben (um mit Deinen Worten zu sprechen), die starken Arme, die mich tragen wollten? Ich habe, während ich Deine Zeilen abschrieb, immer singen müssen, weißt Du, das Blumenlied von Marlene-Dietrich, ... wo sind sie geblie-hieben ... Und ja, es hört sich ganz nach Deinem Bedauern an, dass ich kein patschhändiges Baby geblieben bin. Tut mir leid, Mama, ich vermute, Eberhard hieß mich, meinem Stillstand zuwiderzuhandeln.

Gott und ich, wir sind da, schriebst Du – wo wart Ihr denn, Ihr beiden? Du und Gott – Du und Dein Gott, möchte ich sagen, in der Zeit des Benutztwerdens durch Deine Männer, in der Zeit Deiner stillschweigenden Duldung, gar Deiner Befürwortung, Deines Mitmachens bei den an mir vollzogenen Handlungen, die Du als niemals stattgefunden deklariertest. Deinen Männern musst Du danken, ihnen und ihren Pfoten und ihren stinkenden Körperteilen, dass Du über Dich hinauswachsen konntest. Ihnen gebühre Dein Dank – nicht mir. Denn wären sie nicht gewesen, hätte für Dich niemals die Notwendigkeit bestanden, Dich zur menschenführenden Großmeisterin zu stilisieren, denn erst als solche konntest Du mich erfolgreich bekämpfen. Ohne Alwins und Rudis Qualitäten hättest Du eine normale Mutter bleiben müssen, vielleicht, fakultativ, mit ein wenig Liebe für ihre Kinder. Erst dank Deiner Männer bin ich zu dem Ungeheuer mutiert, gegen das Du etwas erfinden musstest. Also, Mama: Heute endlich möchte ich ausdrücklich verzichten auf Deine Danksagung an mich.

Und die Erde – *ein guter Ort zum Leben* für mich? Ein guter Ort kann die Erde nur dann sein, wenn die Menschen, denen ein Kind anvertraut ist, gut sind.

Meine Augen waren nicht mehr so strahlend wie ehedem? Traurig waren sie, und müde? Schobst es mit einem Fragezeichen auf meinen Alltagsstress. Du konntest es wagen, diese Wahrnehmung allein mit einer solchen Vermutung zu verknüpfen, mit nichts anderem, ohne dass sich in mir alles aufbäumte? Ja, Du konntest es. Deine Liebe schloss keine Unverschämtheit aus: Deine Hand wollte mich *führen zurück zu meinem höheren Selbst, in die Welt der Harmonie und Zufriedenheit.* Welches Selbst war denn mein *höheres*? Eine *Welt der Harmonie* hatte ich nie erlebt – wohin *zurück* also? Warst Du bereits derart in Deine Welt aus Gottes- und Astrologie-Unsinn abgetaucht, dass Dir die bittere Ironie solcher Absichten nicht bewusst war? Oder war alles Technik, raffiniertes Kalkül: Sophia wird es nicht bemerken, wie ich sie einlulle – und einlullen muss ich sie, damit sie mir nicht gefährlich wird?

Gleichviel, ich war blind und taub für die Hintergründe, mein Seelenfrieden komplettierte sich unter Deiner mich anlächelnden Liebe.

Und welche Worthülsen Du erfandst! *Die rücksichtslose, uns gnadenlos verschlingende Zeit!* Schon wieder die Zeit, diese alte Hexe. Liebste Mama! Deine von Dir geschaffene Poesie! Mama – Meisterin – Dichterin! Du konntest Dir so verdammt sicher sein, dass Dein Sophia-Schwämmchen alles aufsaugt, nicht dahinter steigen wird, Dich allein als die Verschlingerin zu erkennen.

Doch, Mama, schau nur, ich finde soeben etwas von mir Verfasstes, das Dir eine große Genugtuung verschafft haben dürfte, da ich mich bereits so vollkommen Dir angenähert, Deine Rede-und Schreibweise fast identisch übernommen, mein ganzes Denken in Deine Sphären gelenkt hatte – nein: Offenbar hatte sich mein ganzes Denken – so vorhanden – in dem Deinen bereits aufgelöst, war zu einem Bestandteil von Dir geworden. Die Meisterin unterrichtete mich vortrefflich und ich, die gelehrige Schülerin, erledigte meine Aufgaben – ich kann es nicht anders sagen: meisterlich! Spränge mich nicht gerade eine widerliche Übelkeit an, würde ich mich wohl küssen wollen in Anbetracht einer derart stolzen Leistung. Ich zitiere ein wenig aus meinem vierseitigen Einfallsreichtum (aus dem Krankenhaus, vor einer der vielen Operationen – welche?, ich weiß es nicht mehr –, ich war dreißig, und durchaus in Erwartung des Todes) – genannt: *Referat,* ein Begriff, den Du verlangtest von allen Vereinsmitgliedern:

... Wenn ich nicht wäre, wäre Mama nicht hierher gezogen, wäre den schrecklichen Weg mit Alwin und diversen anderen Menschen nicht gegangen, und es wäre ihr vieles, auch mit meiner Person, erspart geblieben ... Also den Weg ... musste sie gehen, mit all den Menschen, mit denen sie Kontakt hatte, es war alles im Jenseits geplant, und Mama brauchte dies alles, um zu wachsen, geistig, emotional und spirituell ... Gott Jehova, Jesus und die Engel werden wissen, was richtig ist. Ich werde auf jeden Fall bei Euch sein, und vielleicht werde ich durch eine Frau aus unserem Kreis wiedergeboren, um weiter zu wachsen und durch mich andere weiter wachsen zu lassen ... Ich möchte alles, was war und was noch kommt, in Dankbarkeit annehmen und in Demut beten und dienen ... Verzeiht mir, wenn ich Fehler mache, lasst mich nicht fallen, auch Ihr werdet durch meine Fehler lernen, wie wir von Mama, Alex und anderen Mitmenschen auch lernen ... Demut,

Barmherzigkeit, Liebe, Toleranz, Mitgefühl, Dankbarkeit, Hoffnung, Vertrauen, Dienen, Beten, Geduld – das sind alles Dinge unserer Familie. Ich glaube an uns, Gott Jehova, an Jesus, an die Geistwesen oder auch Engel und an den Kosmos. Wir und die Kinder müssen durch alles hindurch und es in Dankbarkeit annehmen, dienen und in Demut beten. Wie es ja auch von Alex und Mama oft gepredigt wurde ... Also lerne, gegen Dein Ego anzugehen, lerne Demut, Toleranz und Dankbarkeit ... Lerne Vertrauen und Glauben, denn Glauben versetzt Berge, lerne vor allem Beten, Geduld und Dienen. Wenn Du es nicht kannst – die Familie bzw. der Kreis fängt Dich auf, dies geht aber nur, wenn Du Dein Ego überwindest und alles dankbar annimmst, vor allem für Dich, aber auch für die Kinder und für Deine Familie, die noch einiges lernen muss ...

Meine Gehirnwäsche war Dir zu jener Zeit bestens geglückt! Ich erging mich in Dankbarkeiten und war bereit für alle künftigen Schleudergänge Deiner Gottes- und Kosmos-Maschinerie. Mein armes kleines Ich war geschrumpft zu einem Mikroteilchen – und auch das war noch zu viel. Es galt, *das Ego zu überwinden!* Erst wenn es gänzlich in Dir aufgegangen sein würde, hättest Du Dich selig zurücklehnen können, tief Erleichterung schnaufend. Wer seinen Guru gefunden hat, braucht kein Ich mehr. Beten, Geduld, Dienen und Demut standen ganz oben auf meiner Agenda. In mir war keinerlei Verwirrung mehr. Ich war todesbereit. War Dir unendlich dankbar für all Deine unterlassene Hilfeleistung, denn alles war ja Gott-gewollt, unser Schicksal war klar, ich hatte verstanden, mit allem ausgesöhnt und niemandem mehr gram, konnte ich diese Welt verlassen. Du hattest Glanzleistungen vollbracht, und das Tolle: Du trugst gar keine Verantwortung. Gott fügte alles so. Gott war immer willkommener Verantwortungsträger.

Mal ehrlich: Warst Du ein wenig enttäuscht, dass ich nicht gestorben bin?

Ach ja – Gegenwart! Sommer ist's. Der Himmel hat gestern *gejauchzt*, ganz so, wie Du es versprochen hattest. Ich dachte an Dich, Du wolltest ja dabei sein, beim großen Gejauchze. Vielleicht hat er auch nur gespuckt. Blitz und Donner gleichzeitig – blendend, ohrenbetäubend und mit enormem Schrecken mir in alle Glieder fahrend.

*

Ich bin am Blättern in den dicken Ordnern aus der Zeit unserer Familienzusammenkünfte. Dabei muss ich auf meinen Kopf aufpassen, dass er mir nicht wieder Übelkeit in den Bauch schickt. Muss viele Pausen machen. Bewusst wegdenken, um mich dann wieder zu konzentrieren – so kann es gehen, vielleicht. Vielleicht nehme ich einmal das Fazit vorweg. Das Rezept, auf dessen Grundlage ein jeder Schulungsinhalt zu unvergessener Bereicherung, zu wertvollem Erkennen oder zu einmaliger Herausforderung werden sollte: Man nehme von allem ein wenig: Astrologie, Psychologie, Gott Jehova und Jesus Christus und, sofern es beliebt, etwas Numerologie, und zum Schluss die Butterstreusel in Gestalt von zarten Buddhismus-Perlen. Die richtigen Zutaten braucht es für Deinen ‚Mutter-Kuchen', den schmackhaften, allseits so bekömmlichen.

Wie – sie waren doch gut und wichtig, diese *Schulungen*? Einige Protokolle sind noch in meinem Besitz, weil ich sie Dir auf Dein Verlangen hin doch nicht wieder ausgehändigt hatte, als ich den *Kreis* später verließ. Wollen wir gemeinsam ein wenig hineinlesen? Uns ein einziges von den vielen vornehmen? Weißt Du noch: Die erste Freundin von Tobias, meinem ersten Bruder, Juliane, war offiziell die Protokollführerin. Tobias war nicht interessiert an unserem Familienclan, war aber zeitweise mit dabei, während Juliane, offen für die spirituelle Gestirnsreligion, gern mit einstieg. Hier, lies mal – und hab keine Sorge, ich schreibe nur dieses eine ab, wortwörtlich, mit allen sonderbaren Zeichen, orthografisch-grammatikalischen Unebenheiten, weil ich immer denke, auch die sagen etwas aus über den Schreibenden beziehungsweise über den Kontext des Geschriebenen:

Schulungsprotokoll vom 18.6.2001
  Beginn: 20:35 Uhr
  Juliane ist nicht anwesend, da sie arbeiten muß.
  Referate haben erarbeitet: Lutz, Trude, Jessica, Robbi, Jutta und Lucy.
Keine Referate haben: Alex, Tobias, Vati und Sophia.

(Für alle, die gerade nicht wissen, wer *Vati* ist: Es ist Reinhold, dein vorerst letzter Ehemann – allerdings bist Du heute bereits fünfundzwanzig Jahre mit ihm verheiratet, und möglicherweise bleibst Du es.)

Top ^ (1) =
Als erstes liest Jutta ihr Referat vor. Ihr fiel es sehr schwer, über Jungfrau/Sophia zu schreiben, da sie feststellen mußte, daß sie Sophia doch nicht genug kennt.

Top ^ (2) =
Alex hat Verständnisfragen und es wird über Juttas Referat gesprochen, Wir stellen fest, daß Sophia angst hat, ihre Inteligenz zu zeigen, da sie nicht möchte, daß ihr Mann dumm da steht.

Top ^ (3) =
Lucy stellt ihr Referat vor und appelliert an Sophia, daß sie endlich erfahrenen Menschen zuhört und nicht erst alles selber ausprobiert, dadurch unnötigen Schmerz erleidet. Sophia hat keine Frage an Lucy.

Top ^ (4) =
Nun ist Lutz an der Reihe. Sophia hat auch an Lutz keine Fragen.

Top ^ (5) =
Trude trägt ihr Referat vor, was für uns teilweise lustig ist. Sie schreibt über einige Jungfrauen die wir nicht kennen. Es war ziemlich witzig.

Top ^ (6) =
Robbi liest sein Referat vor, nach kurzer Zeit werden die Leute unruhig. Thekla und Alex sehen sich vielsagend an. Alle mußten zugeben, daß Robbis Referat diesesmal eindeutig die Schulungslinie verlassen hat.
Man bemerkte in manchen Passagen, daß Worte wie Fremdkörper wirkten. Die Meisterin bittet nochmals Robbi, daß er seine eigenen Bücher im Moment bitte nicht mehr zum Bearbeiten der Referate nehmen möchte, da er sonst nicht mehr bei dem wirklichen Thema bleiben kann.
Sie erklärt uns allen wieder, daß man in 30 Bänden vielleicht 10 Seiten herausfiltern kann, die der Wahrheit entsprechen. Leider wird mit dieser Sache viel Humbug getrieben und nur des Geldes wegen.

Top ^ (7) =
Jessica liest vor und Sophia hat einige Fragen an Jessica.

Top ^ (8) =
Thekla bittet, daß wir alle bei der nächsten Schulung einen zweiten Ordner
mitbringen, wo wir unsere privaten Errechnungen abheften sollen.

Top ^ (9) =
Es werden Kopien von Saturn in der Jungfrau verteilt. Tobias ließt den Text vor.

Top ^ (10) =
Thekla ließt die Saturn - Stellungen vor, zum Beispiel Theo Saturn im 2ten
Haus. Was die materiellen Angelegenheiten betrifft, mußte Thekla einiges er-
klären, denn Theo hatte Fragen. Es ging darum, daß Theo nicht mit Geld
umgehen konnte. Theo gibt zu, daß er viele Sachen kauft, die im Moment
nicht notwendig sind.

Top ^ (11) =
Lutz und Lucy haben den Saturn im 3ten Haus. Jutta fragt, warum man sich
diese Hausstellungen ausgesucht hat. Thekla erklärt.

Top ^ (12) =
Sophia hat ihren Saturn im 6ten Haus. Diese Hausstellung weist auf Sophias
Scheinwelt hin, in der sie sich flüchtet, wenn sie nicht glücklich ist, Man fragt
Sophia ob es der Wahrheit des Hauses entspricht und sie antwortet mit ja! Ja,
ich spiele oft die glückliche Frau, mit Mann und Kindern, aber ich bin es nicht.

Top ^ (13) =
Man merkt, daß Theo sauer ist über die Antwort seiner Frau. Thekla fragt
ihn warum er sauer ist. Theo fand es nicht gut, daß Sophia gefragt worden ist,
warum sie in einer Scheinwelt lebt. Außerdem paßte ihm die Antwort seiner
Frau nicht besonders, was wir alle verstehen konnten, denn keinem Mann ist
es angenehm, wenn er vernimmt, das auch bei Freunden, daß seine Frau nicht
glücklich mit ihm ist. Thekla erklärt ihm, daß jeder hier in dieser Groß – Fa-
milie offen mit seinen Problemen umgeht und er da lernen sollte, dann könnte
er auch seine Probleme besser lösen.

Top ^ (14) =

Juliane kommt um 22:05 von der Arbeit. Es werden die Stellungen vorgelesen, die Juliane und Tobias betreffen, da beide um 23:00 Uhr nochmals weg müssen.

Top ^ (15) =
Juliane erzählt, bevor sie uns verläßt, daß sie die Freundin von Claus, Lucys Bruder, getroffen und mit ihr gesprochen hat. Sie war sehr diplomatisch, darauf war Alex sehr stolz.
Nach diesem Gespräch gehen Juliane und Tobias.

Top ^ (16) =
Wir alle merken, daß Theo ungnädig wird, wir fragen was er hat. Er fragt wie lange die Schulung noch geht. Lucy antwortet, egal wie lange, wir haben uns seelisch darauf eingestellt, daß wir länger machen, morgen ist doch Sonntag. Er wurde ungehalten und antwortete: Elisabeth ist immer früh wach, dann muß er früh aufstehen. Lucy sagt, bei uns ist es nicht anders, aber die Schulung ist uns sehr wichtig. Wir haben nur eine Schulung in der Woche, das ist eben sehr wenig, darum versuchen wir auch, daß wir dann nicht so auf die Uhr sehen. Es wurde sehr laut und es entstand eine heftige Diskusion. Elisabeth wurde wach, kurze Zeit später Simon auch.

Top ^ (17) =
Es wird versucht Theo einige Dinge zu erklären. Das Schlaf zwar wichtig ist, aber je älter man wird, man mit weniger Schlaf auskommen kann. Robbi stimmt Theo zu, daß ihm auch sein Schlaf heilig ist.

Top ^ (18) =
Alex beantragt ein Kreisgespräch. Da man merkte, wie Eberhard Unruhe in unseren Kreis brachte, fragte Thekla Alex, warum wir jetzt nicht das Kreisgespräch halten, dann haben wir es hinter uns. Alex stimmt dem zu.

(Wir erinnern uns: Eberhard ist kein Geringerer als Satan höchstpersönlich!)

Top ^ (19) =
Lucy tut ihre Meinung kund. Sie sagt zu Theo, daß wir im Grunde unwichtig sein, sondern für Gott Jehova leben und für die Zukunft unserer Kinder.

Top ^ (20) =
Alex erinnert an die Gespräche ganz am Anfang unserer Treffen. Da sprach man von Opfern, wo sind sie bei einigen Leuten? Er bemerkte auch, das was wir uns vorgenommen haben, das haben wir nicht erreicht!

Top ^ (21) =
Theo wird angesprochen, ob er als Vorstandsmitglied es gut findet, wenn er vor den Augen von Elisabeth etwas mit Zucker ißt, obwohl sein Kind zuckerallergisch ist, ob er das gut findet. Das es auch unabhängig ob er im Vorstand ist oder nicht, schlimm ist, was er macht und dieses sehr schwerwiegend als Christ ist.

Top ^ (22) =
Thekla erklärt uns, daß wir als Christen und Vorstands – wie Kreismitglieder den Menschen da draußen etwas Vorleben. Sie fordert uns Frauen auf wieder mehr an die Öffentlichkeit zu gehen und Firmen anzuschreiben, da vieles nicht genügend beschrieben ist auf den Produkten oder nur mit Fremdwörtern.

Top ^ (23) =
Alex bittet uns alle nochmals, daß wir lernen gut zu zuhören und uns auch diese Dinge verinnerlichen. Über Probleme sollte man offen im Kreis reden können, damit man nicht mit seinen Problemen alleine dastehen muß.

Top ^ (24) =
Theo man muß perfekt sein und das kann er nicht. Von der Meisterin kommt die Erklärung, daß keiner Perfekt ist, dann wäre er nicht auf diesem Planeten und im Himmel.

Top ^ (25) =
Lutz schießt wieder einmal einen Bolzen ab mit der Aussage, Gott ist seiner Meinung nach auch nicht perfekt, das habe er aus einem Film entnommen. Robbi schließt sich der Meinung von Lutz an und sagt : Das mit der Sintflut war ja auch nicht richtig, und überhaupt hätte Gott wissen müssen, als er Adam und Eva erschuf, daß die schlecht waren. Meisterin erklärt: Gott hat uns als Persönlichkeiten mit einem freien Willen geschaffen und nicht wie Marionetten. Bei Marionetten gibt es immer nur einen Weg in die Zukunft, aber

*bei uns gibt es drei, denn wir können entscheiden welchen Weg wir benutzen
wollen oder nicht. Es wird noch über mehreres diskutiert. Mittlerweile sind
Tobias und Juliane wieder mit im Kreis.*

Top ^ (26) =
*Jeder wird von Alex und Thekla gefragt ob er bei uns im Kreis bleiben möchte
oder im Vorstand. Theo will aussteigen und zwar deshalb, weil er das mit der
Ernährung nicht schafft und zugibt, daß er wieder eine Zigarette geraucht
hat. Er findet sich als unwürdig.*
*Alle beteuern reihum, daß sie Theo als würdig empfinden und erzählen
von ihren Schwächen. Alex sagt, außerdem wußte er und Thekla von seinen
Fehlungen schon seit geraumer Zeit, da ihnen das Chris, unser geistiger Be-
treuer, vermittelt hat. Ja, und daran kann Theo auch nicht glauben. Alex
erzählt ihm einige Erlebnisse mit den Begebenheiten in Bezug der Geistwesen,
bis hin zu der sichtbaren Konfrontation mit Eberhard! Alex bietet Theo 12
Monate Zeit an, um seine Schwächen bekämpfen zu können.*

Top ^ (27) =
*Die Meisterin bittet jeden eine Buddhakette zu bilden, in dem jeder etwas zu
Theo sagt und ihm eine geistige Buddhaperle reicht. Thekla schließt die Kette
mit lieben Worten. Theo fängt an zu weinen. Die Freunde umarmen ihn und
leise singen wir unser Lied für Theo »I am follow him«.*

Schulungs - Ende um 02:05 Uhr
Guten Morgen und Schüß eure Jessica

Wie wir alle Bescheid wussten! Was wir alles gelernt hatten! Womit wir
alle etwas anfangen konnten! Drei Wege in die Zukunft, weil wir keine Marionetten sind – heute mache ich ein Fragezeichen an diese Idee. Auch an
uns Öffentlichkeitsfrauen, an die Firmenanschreiben der Produkte wegen.
Einiges habe ich einfach vergessen. Anderes nicht: Saturn im Quadrat zu
Pluto, Sonne in Opposition zu Saturn, Rückläufiger Saturn im Wassermann
im Haus 8, Sonne in der Jungfrau, Mond in der Jungfrau im 6. Haus, Uranus
im 6. Haus, Merkur in der Jungfrau, Pluto in der Jungfrau und so weiter.
Ich will mir noch ein paar Mühen machen, Dich, die Frau Astropsycho-
login oder Psychoastrologin, zu Wort kommen zu lassen, in erster Linie für

alle Zweifler, die diesen Brief an Dich in die Hände bekommen könnten und ein paar Beweise sehen wollten dafür, was die Inhalte der vielfältigen *Schulungen* waren, in denen Du uns lehrtest – ja, was eigentlich? In den Zeiten, als die Schulungen stattfanden, nannte ich es wohl Leben, Liebe, Kritikfähigkeit. Und Dein Finden-Helfen innerhalb meiner andauernden Suche erlebte ich großartig, wenngleich allmählich schmerzhaft, da Du mir erneut und auf unnachahmliche Weise mein Nicht-richtig-Sein auf dieser Welt signalisiertest und nun sozusagen in aller Öffentlichkeit im großen Kreis von Geschwistern, Freunden und jeweiligen Partnern Dich im Zurechtweisen meiner Person übtest – jetzt sogar im Bewusstsein von allerhand Rückenstärkung durch die *Vereinsmitglieder.*

Ich erinnere mich: Die Bücher, aus denen wir zu lernen hatten, gabst Du vor. Alle anderen waren verpönt. *Dreißig Bände* erwähntest Du – und *nur zehn Seiten Wahrheit darin* – wie Du das so klar herausgefiltert hattest! Für diese Behauptung hattest Du mindestens die dreißig erwähnten Bände studiert, hattest die Spreu vom Weizen getrennt, natürlich, denn nur Du konntest Schwindel und Blendwerk vom Echten unterscheiden, nur Du warst im Wahrheitsbesitz – wie immer schon.

Jeder hatte über jeden zu schreiben in Form dieser sogenannten Referate, die allesamt entweder in astrologische Watte oder in astrologischen Stacheldraht gepackt zu werden hatten – wenn möglich, in beides: zuerst Watte, dann Stacheldraht. Welche Anstrengungen Du unternahmst, ein realistisches Bild von mir zu malen, Dein Bild von mir, damit alle es nachvollziehen konnten, damit allen Anwesenden mein Wesen deutlich werden konnte – natürlich im Zusammenhang mit Dir, denn aus Deinem Leib war ich hervorgegangen, war Deine große Tochter, die Dir lange das Leben schwergemacht hatte, nun aber endlich auf dem richtigen Weg angekommen war: auf dem kathartischen Weg der Erkenntnis, der Liebe, zu Gott hin – vielleicht auch nur hin zum Mond?

Wie immer: Dein Text, unverändert, nur abgeschrieben:

Mond in der Jungfrau
Ich hoffe sehr, dass alle die große Anstrengung würdigen können, ein Mond-Referat zu machen, und besonders dann, wenn die Menschen, um die es geht, sehr eng mit einem verbunden sind. Alles wird emotional noch einmal

sehr schwierig werden, alles geistig noch einmal erleben, das ist wie eine Bestrafung.

Da Sophias Vergangenheit gewissermaßen auch die meine ist und ich sehr lange mit ihr auch körperlich verbunden war, möchte ich erst einmal mit den fachlichen Erläuterungen beginnen.

Es ist hinreichend bekannt und erwiesen, dass wir alle energetische Wesen sind. Weil wir Menschen noch viel komplexer sind als Tiere und Pflanzen, sind unsere Grundenergien von sehr vielem beeinflusst, viel Überschneidungen finden statt. Man kann die unterschiedlichen Energien gut analysieren, die zum Zeitpunkt unserer Geburt wirksam waren, vor allem aber die Planeten, die Zeichen und die Häuser, wie sie genau zu der Zeit standen, d.h. welche Energie genau von woher kommt, und die Aktivität von ihr.

Der Mond in der Jungfrau untersteht dem Motto: Eigenentwicklung durch hirachische Anerkennung, man könnte auch sagen Struktur durch Selbsterkenntnis oder Individualisierung durch Integration.

Wir alle wissen, was es mit den drei Zeichen des Erdelements auf sich hat. Zwischen Stier und Steinbock ist Jungfrau das zweite Zeichen. Alle drei sind die stabilen Schilder. Der zweite Quadrant endet in der Jungfrau, wobei hier die Luft fehlt (Feuer, Wasser, ... Erde), die erst im dritten Quadranten wieder dazu kommt.

Wissenschaftlich betrachtet, symbolisiert die Jungfrau die gesamte gesellschaftliche Hirachie, bezogen auf die sozialen Strukturen. Denn früher betrachtete man alles sehr einfach: Man benutzte den menschlichen Körper als Symbol für das, was man erreichen wollte. Der Kopf stellte die Elite da, also Herrscher in den jeweiligen Ländern, dazu die Vertreter der Religion, aber das entsprach schon den Armen, den Körper bildete die Streitmacht, also das Kriegsheer, und die Beine bildeten den Rest, der übrig blieb, Kaufleute, Straßenhändler, Bauern, Musikanten. Mätressen, Huren und die anderen Frauen waren die Füße. So etwas galt als die Regel. Da war nicht viel Platz für die eigene Verwirklichung. Die einfachen Menschen hielt man an der Kandare. So konnte die Gesellschaft als Ganzes gut funktionieren, ohne das rebelliert wurde. Handel entwickelte sich unter den Ländern. Damit verbunden war ein kultureller Austausch, der auf gleichsam osmotischer (Ausgleich von Lösungskonzentrationen an halbdurchlässigen Strukturen) Weise zur Erweiterung eigener Werte und Erkenntnisse führte.

Mit der Erweiterung des geistig-kulturellen Wissens, gab es mehr Tolleranz, wo schon das eigene System so starr war. Und genau daraus läßt sich das kosmische Prinzip der Mond/Jungfrauen-Geborenen ableiten. Wenn sie nicht lernen, sich rege mit der Umwelt auszutauschen, werden die Geborenen zwanghaft und starr, lassen anderes nicht gelten, drängen sich mit ihrer vermeintlichen intellektuellen Überlegenheit in den Vordergrund, hängen an Kleinigkeiten fest, werden allzu kritisch und nörglerisch, können sich nicht aus dem zweiten Quadranten befreien und werden sich nicht voll und ganz dem, was wir Leben nennen überlassen können. Nur wer froh, kraftvoll und heiter sein Leben betrachtet und lebt, reift für den vierten Quadranten heran und kann die innere Kraft, die jeder in sich trägt spüren und zur Entfaltung bringen. Das ist das Prinzip der «Anpassung» »Der zweite Quadrant ist der vierte Quadrant der anderen« heißt es. Das Nebeneinander ist eigentlich ein Gegeneinander, nämlich von materiellem Zwang und geistiger Freiheit, welches die Geborenen kennzeichnet.

Dieses Prinzip wird in gängigen astrologischen Definitionen mit dem Begriff <Einswerdung> umschrieben, was dem obengeschilderten Tatbestand aber nicht hinreichend entspricht.

Das Schlagwort dieser Konstellation ist <biografische Eigenentwicklung durch Akzeptanz anderer >.

Damit ist gemeint, daß Sophia ihren eigenen Weg erst dann empfindet, wenn sie weiß, wo sie hingehört, wenn sie verstanden hat, wer sie wirklich ist und sich in ein größeres Ganzes einfügen kann.

Noch immer bin ich mit Sophia geistig sehr eng verbunden. Deshalb mußte ich herausfinden, wie alles mit uns zusammenhängt. Aber ich kann das nicht als Ich schreiben, was ich alles erlebt und erarbeitet habe, das wäre zu schmerzhaft. Deshalb schreibe ich in der dritten Person.

Die Schwangerschaft von der Mutter war schon ganz schlimm, als ob sie es geahnt hätte. Denn so viele Fakten sprachen dafür, daß es alles schwierig werden sollte von Beginn an. Die Zeit sprach einfach nicht für die Frau und die Geburt, die aber doch so sehr ihr Kind wollte.

Da war der Mann, der die werdende Mutter nicht heiraten wollte, dieser Hafenarbeiter, der lieber andere Frauen hatte und selber nicht arbeiten wollte. Zu seinen Eltern hatte er keinen Kontakt, die hatten ihn in jungen Jahren abgegeben. Auch in der Wirtschaft seiner Großeltern half er nicht, saß dort bloß rum und hielt Ausschau nach anderen Frauen.

Die Mutter war schließlich verheiratet, das kam dazu, wenn auch mit einem homosexuellen Mann, der ein Ziehsohn ihres Großonkels war, also in einem Alter, welches dem ihres eigenen Vaters ähnlich war. Er war 24 Jahre älter als die Mutter. Aber das war ein Glück, denn er hatte Mitleid mit ihr, als sie jung war und wußte, das sie vor ihrem Vater und später auch vor dem Stiefvater keine Ruhe hatte. Er hat sie beschützt und ihr rausgeholfen aus der eigenen Familie. Es bestand nur eine geistige Beziehung zwischen ihnen. Die Mutter wußte daß er ihr nichts antun würde und empfand das als Befreiung. Er versprach sie freizugeben, wenn sie den Mann ihrer Träume gefunden hätte. Den hatte sie ja nun gefunden und die beiden ließen sich scheiden.

Aber es machte trotzdem keinen guten Eindruck auf die Familie des Hafenarbeiters. Die Mutter war so jung und schon geschieden und Ausländerin und nun schwanger, aber der Mann wollte sie nicht heiraten. Ein uneheliches Kind bedeutete nur Schande. Aber da er nicht von seinen anderen Geliebten Abstand nehmen wollte, empfand die Mutter keine große Zuneigung mehr zu ihm. Aber seine alten Großeltern waren nett und die Mutter liebte sie, arbeitete für sie in der Gaststube und gab ihnen alles verdiente Geld. Nur ein wenig konnte sie zurücklegen für ihr Kind, das sie unter dem Herzen trug und für das sie alles besonders schön machen wollte. Und das schaffte sie auch, obwohl die Schwangerschaft sie so auszehrte mit täglich mehrfachem Erbrechen. Das Zimmer für Sophia wurde sehr hübsch hergerichtet mit allem, was man sich nur wünschen kann. Auch mit wenig oder fast keinem Geld kann man das so machen. Die Mutter verweilte viel im Krankenhaus, aber an dem Zimmer ließ sie nichts aus. Bald war alles fertig mit selbstgemachten Sachen, aus alten Kleidern selbst genähte Babywäsche, die Wände waren voll mit selbst gemalten Bildern und die selbst gebastelte Wiege steht bereit.

Körperlich und seelisch war die Mutter bald ausgelaugt, sehr schwach geworden und hatte von niemand Hilfe, dann der untreue Vater und daß sie immer zum Gespött der Leute rumlief. Gemocht wurde sie nicht. Sie musste immer wieder heimlich für kurze Zeit aus dem Krankenhaus entfliehen, um alles für das Baby fertig zu machen. Im 8. Monat hatte sie noch einmal alle Bilder von den Wänden genommen und doch noch neu tapeziert, weil die Tapeten nicht gut aussahen.

Immer wieder gab es heftigen Streit mit dem Partner, der so faul war und sie nicht unterstützte. Und sie hatte ihre Schwierigkeiten mit der sozialen Schicht, aus der er kam, da sie so etwas nicht gewöhnt war. In der oberen

Gesellschaftsschicht, aus der sie kam, verhielt man sich anders. Aber sie gab sich andauernd Mühe und dachte immer, daß die Liebe, sie sie lange noch empfand, schon alles Gut machen würde.

Und nun kommt Sophia an die Reihe. Sie war ein kluges Kind, allerdings wußte niemand, wie sich alles entwickeln würde. Sie war sehr still in ihrem Leib, bewegte sich kaum. Und das kam, weil Sophia schon sehr viel wusste, vor allem um das Leid ihrer Mutter, das sie gering halten und sich nicht so oft in Erinnerung bringen wollte. Sie wollte der Mutter nicht zur Last fallen. In dem Bewußtsein von Sophia hatten sich von Anfang an enorme Schuldgefühle entwickelt. Sie sah sich als Ursache des Elends ihrer armen Mutter im Krankenhaus, wo sie die ganze Zeit verweilen mußte und wollte ganz im Hintergrund bleiben, möglichst gar nicht wahrgenommen werden. Wenn nicht die Herztöne immer gehört worden wären, hätte man Sophia in ihrem Leib für tot erklärt.

Dass die Mutter eine Geächtete war, erst 19, eine geschiedene Ausländerin, spürte Sophia tief in sich als Mondverletzung, die Mutter und ihr anders sein war die Ursache dafür, weil sie nicht in das soziale Umfeld paßte, indem sie lebte.

Die Mutter hatte fast 20 kg abgenommen in der Schwangerschaft. Nur durch die Vielen Tröpfe wegen dem dauernden Übergeben, die sie bekam, konnte sie überleben.

Darüber hinaus wegen des vorausberechenbaren Termin der Niederkunft, der überschritten wurde, war der Geburtsvorgang selbst lebensgefährlich und die Mutter litt unter der Einsamkeit und seelischen Schmerzen, denn der Vater von Sophia war zum Zeitpunkt der Geburt, es war Sonntag der 14.9.1969 um 16.20 Uhr, am Zusammensein mit einer seiner Geliebten.

Ein Kind so klein es auch war, ist überaus stark mit der Mutter verbunden, wenn es demnach alles miterlebt an Gutem aber mehr noch an dem vielen Komplizierten, wie es bei der Mutter war. Da Sophia sich schuldig fühlte, produzierte sie, Antikörper um die Schwangerschaft zu beenden.

Aber das ihre Mutter obwohl sie nur noch ganz dünn war geistig und seelisch stark gefestigt war, damit hatte das Kind nicht gerechnet. Wie eine Löwin hat die Mutter gekämpft mit einem zu schmalen Becken, was nicht bekannt war und nur eine Trockengeburt möglich war. Es konnte nichts gemacht werden, weil die Mutter Narkoseallergisch war, so war ein Kaiserschnitt nicht drin und Schmerzmittel auch nicht, weil die Lebensgefahr für Mutter und Kind zu groß gewesen wäre. Ausgehend davon, daß Sophia zu groß und zu schwer war mit einem Kopfumfang von fast 40 cm, hatte Sophia gehofft, die Geburt nicht zu überleben oder vielleicht sogar, ihrer Mutter zu helfen, diese Welt zu verlassen. Das es anders kam, haben wir Gott und dem Kosmos zu verdanken. 48 Stunden Quälerei, Sophias Vater anderweitig beschäftigt und dazu die gemeinen Sprüche von Hebammen und Ärzten, «Stellen sie sich nicht so an oder so leicht wie es rein ging, kommt es nicht wieder raus». Auch Sophia, viel zu lange in ihrem Leib bekam das alles mit.

Durch die ganze Not in der Schwangerschaft und durch die komplizierte und langwierige Geburt war Sophias Beziehung zu ihrer Mutter von Anfang an gestört von Sophias Seite aus. Angeborene Schuldgefühle, nun leider doch auf der Welt zu sein und die Mutter zu belasten, machten sie zu einem stillen, lieben Kind. Brav und folgsam war sie, zumindestens was die ersten Lebensjahre anging. Da bekam die Mutter nicht so viel von ihr mit und konnte ihre gute Erziehung durchführen. Später wurde das anders. Sie weiste Verhaltensstörungen auf, von denen die Mutter und das Umfeld immer mehr betroffen waren. Sowohl dadurch das sie in eine Scheinwelt flüchtete und in der realen Welt ihre Mutter massiv verletzte, gab sie sich darin unbewußt viel Mühe in der falschen Reaktion auf ihre Schuldgefühle, was sie aber so nicht verstehen konnte und selbst wegen ihrer Taten zu leiden begann.

Sophia wird sich sehr schnell von ihren Schuldgefühlen der Mutter gegenüber lösen müssen, aber das wird sehr lange dauern, denn sie bestehen von Geburt an bzw. schon vorher. Die Voraussetzung in dem Sinn der Einpassung in die Hirachie ist schadhaft, ihre eigene Entwicklung ist blockiert, sie kann gar nicht weiter hinsichtlich des emotionalen Bezugs zu ihrer Mutter. Eine Lösung eine Befreiung gibt es erst einmal nicht. Möge die Ebnung des geistigen Weges dahin gelingen!

Hier gibt es nun einen Widerspruch, der nur sehr schwer aufzulösen ist und der schon in Sophias ganz jungen Jahren begann und der in der Eignung für ihre Entwicklung liegt, was aber ihre konkrete Lebenssituation widerlegt. Je mehr Liebe und Zuwendung Sophia durch die Mutter erleben konnte, umso mehr verfiel sie in ihre Launenhaftigkeit, widersetzte sich, fing an zu lügen, zerstörte alles Liebevolle um sie herum und behinderte selbst die stetige Entwicklung *hin zu einem guten Menschen. Was ihr natürlich nicht gefiel, denn sie sah ja, was an Liebe ihr entgegen kam, sie bereute ihre Taten und bestrafte sich von nun an selbst, denn von der Mutter kam keine Strafe, weil diese dazu gar nicht in der Lage war. Sophia erzog sich selber, versteckte ihre Gefühle, wollte alles unter Kontrolle haben, wollte die Mutter nicht absichtlich verletzen, um nicht noch mehr Schuld auf sich zu laden. In dieser Spirale wird sie vor sich selber unglaubwürdig und dann auch vor ihrer Mutter und vor allen sie umgebenden Menschen.*

Das alles führt zu einem großen inneren Durcheinander, zu viel Unsicherheit und Hilflosigkeit nach außen hin, was sie so nicht möchte und deshalb ihr intellektuelles Lügennetz immer dichter knüpft, um die eigene Schwäche zu verstecken. Alles mußte kontrolliert werden, damit sie sich hinter allem verstecken konnte. So zerstört sie systematisch die liebevolle Atmosphäre, um die sich die Mutter pausenlos bemüht.

Natürlich lebte sie genau wie ihre Mutter in andauernden Ängsten wegen des Vaters. Verstecken der Gefühle lernte sie schnell, so daß wie die eigene Mutter es machte, man besser damit klar kam, und mit Vernunft und Bescheidenheit war es ein weiter kommen. Alles andere war gefährlich, das erlebte Sophia fast täglich an der starken Mutter. Diese wurde gehaßt, geschlagen, unterdrückt wegen des neidischen Vaters. In so einem Mittelpunkt wollte Sophia nicht stehen, denn das Stark sein ihrer Mutter wurde ständig bestraft. Danach hatte sie kein Verlangen. Sophia, ihr frühzeitig geschädigtes Kind, legte Wert auf geordnete und anständige Verhältnisse. Was nicht leicht herzustellen war, da entweder der Vater die Mutter verprügelte oder andere Menschen verhielten sich schäbig, indem sie sich erst dankbar der Mutter gegenüber zeigten, sie danach aber verleumdeten. Beispiele hierfür gäbe es viele. Dazu kommt, das Sophia von mehreren Personen erzogen wurde, was wegen der vielen Krankenhausaufenthalte der Mutter zustandegekommen mußte.

Eine Zeit lang war Sophia bei einer Tante stiefväterlicherseits. Von dort bekam sie den ganzen Haß ab, der diese Tante gegen die Mutter und deren Familie aufbrachte. Er wurde auf Sophia projiziert, auf das vierjährige Kind, das ständig hören musste, wie schlimm und schlecht die eigene Mutter ist, nur weil sie mehrmals verheiratet war und zu den Huren gerechnet wurde, was besonders die Oma von Sophia gerne so sagte. Was soll ein kleines Kind mit so etwas anfangen. Sophia war oft verwirrt von den Gegensätzen, von der enormen Positivität der Mutter und ihrer großen Liebe, die Sophia gar nicht glauben konnte und ständig am aussten war und dann wieder von den ganzen negativen Aussagen über die Mutter. So wurde sie zu manipulieren durch andere. Ihre Entwicklung stagnierte und ihr Bedürfnis nach Lob wurde weniger, statt dessen wollte sie, daß was sie tat, den Lohn dafür zu bekommen.

Besonders schwierig wurde es, als Sophia in die Schule kam, weil ihre Mutter das Geld für die Familie beschaffen musste, und zwar in mehreren Imbißbetrieben, immer 9 Stunden lang bis früh 4.00 Uhr. Immer war sie dort am arbeiten, wenn Sophia sie gebraucht hätte.

Oft saß eine total erschöpfte wie müde Mutter neben ihr, um ihr bei den Schularbeiten zu helfen. Da die Mutter aus Erfahrungen heraus wußte, den brutalen Vater nicht mit dieser Sache behelligen wollte. Der Vater hatte nämlich schon mehrere Male Sophia verprügelt, aber was passiert dann? Dann machte das Kind aus Angst noch mehr Fehler. Weil er aber meist die Frau gleich mit verprügelte, war das Gift für Sophia, die wieder neue Schuldkomplexe bekam, wenn das so geschah, weil die Mutter sich für sie eingesetzt hatte. Kein Kind will sich schuldig fühlen, also erwirkte sich Sophia für ihre Schuldgefühle, die schon im Mutterleib entstehen, einen Sündenbock. Und der war dann ihre Mutter, das war ja die wichtigste Person für sie.

Sie hetzte ihren Vater auf, bis er wütend wurde und sah dann bei der Bestrafung ihrer Mutter zu, die sich nicht wehren konnte. So entstand für Sophia ein Widerspruch, den sie nicht lösen konnte. Sie fühlte sich schuldig, daß die Mutter verprügelt wurde und mußte sich dafür dann selber bestrafen indirekt.

So viele Menschen gab es, die alle die Mutter von Sophia liebten oder zumindestens annäherungsweise, was aber für Sophia ein Dorn im Auge war und nicht so bleiben durfte, so eifersüchtig war sie. Sophia musste die Freunde der Mutter alle loswerden, egal wie. Und sie schaffte es immer wieder mit sehr viel Intrigation. Irgendwann war es so weit, und die Mutter wurde von allen verachtet oder zumindestens nicht mehr angeguckt.

Die soziale Tragweite von dem, was Sophias Zielstrebigkeit beinhaltet, kommt hier zum Einsatz. Es gab gar keinen Grund mehr, mit der Eifersucht und den Schuldgefühlen aufzuhören. Sophia machte immer weiter mit diesen gemeinen Handlungen der Intriganz.

Für Sophia wird ein schwieriger Lebensabschnitt beginnen, mit sehr viel Kummer, weil sie in den alten Gefühlen beharrt. Der alte Haß auf Männer kommt wieder hoch, wegen der früheren Vergewaltigung ihres Vaters, was leider von der Mutter erst nach seinem Tod erfahren wurde. In ihren Partnerschaften war immer sehr viel Unterschiedliches, was den Reiz bildet für sie. Und jetzt hat sie einen Mann, der sehr auf sie angewiesen ist, sie aber auch auf ihn. Er ist ähnlich wie ich ein hochsensibler Mensch, das freut Sophia, aber er sperrt es sich ein hinter einer geistigen Mauer, die für Sophia unerreichbar ist und ihn nicht ernst nimmt. Nun benötigt aber ihr Innenleben, dem so viel fehlt, diesen Mann in der Gegensätzlichkeit zu sich selbst, denn sie ist oft ganz rational. Er sorgt für den Boden der Tatsachen, und sie attackiert ihn dann verbal. Da sie sich selbst erzogen hat zu dem Realismus, den wir an ihr kennen, findet sie im Partner einen Ausgleich dafür für fehlendes Eigenes.

Für ihre dauerhaft gequälte Seele macht der Zwang in ihr eine verbale Quälerei ihres lieben Partners, was sie aber nicht will wenn sie ihn heftig verbalisiert. Da tut sich eine Paralelwelt auf. Nämlich nach jedem Streit, den Sophia sucht, weil sie siegen liebt, erhält sie dafür eine innere Freude, die aber nur kurz hält, weil dann durch das frühere Kindheitstrauma mit ihrer quälerischen Veranlagung was die liebsten Menschen betrifft. Dafür kann sie dann die alten Schuldgefühle beinhalten. Da ist der alte Sündenbock wieder, weil Sophia niemals schlecht da stehen will, der heute leider ihr lieber Ehemann ist.

Liebste Mama! Du glaubst gar nicht, wie anstrengend es war, dieses inhaltliche Kauderwelsch außerdem Fehler für Fehler zu übernehmen. Ist hier nicht fast jeder Satz eine eigenständige Katastrophe? Würde ein potenzieller Leser neben Dir oder nach Dir es von Anfang bis Ende verkraften? *Gutachten* nanntest Du derartige Pamphlete! Vorgelesen durch Dich in mindestens zehnköpfiger Runde – und ich mittendrin. Und alle Münder standen offen, und manch ein Auge war feucht geworden im Miterleben-Dürfen einer *großmeisterlichen* Vorlesung.

Sechsundvierzigmal steht mein Name allein auf diesen Seiten, sechsundvierzigmal *Sophia*. So wie Du Dich entpersönlichend in die dritte Person setzt und von *der Mutter* sprichst, schreibst Du über mich wie über ein fremdes Wesen, um frei bleiben zu können von Bezogenheit und Nähe, um die Unerträglichkeit unserer realen Vergangenheit für Dein Publikum schmackhaft aufzubereiten, ihm eine Geschichte zu präsentieren, in der Du an der Welt, an Deinem Partner und an mir leidest, schuldlos und stark, dabei ohne jegliche Eigenverantwortung das Leben einer Märtyrerin schilderst, in der ich Dich bereits intrauterin zu schädigen begann mit meinem Drang, Dich zu quälen bis zu Deinem *Referat* hin, in dem Du allen alles erklären und mich mundtot argumentieren konntest mit einer Logik, die zwar nur von Dir verstanden werden konnte, die aber den Anschein eines in sich geschlossenen und schlüssigen Konstrukts erweckt und von allen Anwesenden fraglos anerkannt und gewürdigt wurde als Quintessenz einer so zu unrecht durch die Hölle Gegangenen. Die Raffinesse besteht darin, dass sowohl Deine satzbaulichen Fürchterlichkeiten wie auch Deine zusammengepanschten Teilchen von überall her bei oberflächlichem Mitgehen ein inhaltliches Verstehen nicht ausschließen. Dein Ziel hast Du überzeugend erreicht, gratuliere! Der größte Nonsens wird für gültig befunden, wenn er nur hochtrabend genug und in einem hübschen farbigen Gewand daherkommt, irgendwie stichhaltig klingt. Und wenn man nur halb hinhört oder halb hinliest, bleibst Du, arme Mutter, übrig, vom Leben gebeutelt und von der möglicherweise gutwilligen, aber letztlich doch nur gemeinen Tochter zusätzlich geschunden. Sag, wie soll ein über Jahre praktizierter sexueller Missbrauch an einem Kind vorübergehen, ohne dass es verhaltensauffällig wird? Du verquickst alles mit meinen Schuldgefühlen, die ich bereits in Deinem Bauch entwickelt haben soll, oder vorher schon – da hast Du aber was Feines gefunden bei Sigmund Freud und seiner Psychoanalyse, bei esoterischem Klingklang, konntest es völlig unreflektiert ruckzuck übernehmen und Deiner Guru-Logik dienstbar machen. Hauptsache, ich ergab mich endlich. Immer wieder meine Schuldgefühle! Bis hin zu meinem Wunsch, bereits in Deinem Leib abzusterben wegen der Antikörper gegen mich selbst, die ich emotional schlauer Fötus gebildet haben sollte! Um Dir die Schmach mit meinem künftig verlogenen Dasein zu ersparen.

Aber ich habe Dich doch ausgewählt als meine Mutter, behauptest Du an anderer Stelle! Was bin ich doch für eine schändliche Energie! Erst will ich ungeboren meine Mutter quälen – wofür ich Dich auserwählt habe, und dann bin ich aber schnell doch lieber ganz einsichtig und will, noch immer ungeboren, Suizid begehen, am besten gleich mit Dir zusammen in fötalem erweiterten Suizid …

Wobei ich Dir rechtgebe: Ich wurde tatsächlich von mehreren Personen erzogen, denn Du warst oft in stationärer Behandlung – warum? Als Baby war ich bei den Eltern meines Vaters Bert, danach bei Nonnen in einer holländischen Einrichtung, später bei Alwin und dessen Familie, wo die Alwin-Mutter mich Bastard nannte, bei Freunden und Bekannten von Dir. Irgendwo war ich immer, nur Du warst nicht da. Eine Tante sperrte mich in die Besenkammer; bei einer anderen sah ich zu, wie sie ihren Pflegesohn verprügelte. Du warst in Deinen sogenannten Imbissbuden, in denen mit den seltsamen Öffnungszeiten.

Vielleicht habe ich gar nicht so viel gelernt in meinem Leben, aber eines gewiss: Das, was wir an uns selbst nicht wahrnehmen, sehen wir im anderen. Der Bibelspruch ist richtig: Wir sehen den Splitter im Auge des anderen – den Balken im eigenen Auge sehen wir nicht. Als ich Kind war und später, bis hin zu diesen *Seminaren* unter Deiner Leitung, bis hinein in Deine sogenannten Begutachtungen, bezichtigtest Du mich der Lügen: Nicht erträglich waren für Dich meine unbewussten Appelle an Deine Verantwortung als Mutter, wenn ich Dir berichtete von den Vorfällen mit Alwin oder später Rudi – nicht aushaltbar war es für Dich, weil Du etwas hättest unternehmen müssen, wozu Du nicht in der Lage warst, dank Deiner eigenen Verhaltensstörung. Nanntest es kurzerhand und wahrscheinlich bis zum heutigen Tag Lüge – und beklagtest meine daraus resultierende Verhaltensauffälligkeit. Ich hätte Dir erst nach Alwins Tod etwas von seiner Vergewaltigung erzählt – ja liebste Mama! Du warst ja stets taub! Und blind! Nein, stimmt gar nicht – viel schlimmer: Du logst Dir meine Welt zurecht für Dein Wohlergehen! Weil nicht sein konnte, was nicht sein durfte. Was sich ein bisschen nicht gehörte und was ich Schandkind in die Welt hinausposaunte – ein Pfui über mich!

Solltest Du wider Erwarten diesen Brief bis zu Deinem *Referat* gelesen haben, wird es Dir ein Genuss gewesen sein, eine quasi Neu-Entdeckung Deines Elaborats so ungekürzt und unverfälscht – davon gehe ich aus. Gewiss wirst Du es Dir mehrfach hintereinander zu Gemüte geführt haben, weil es für Dich einfach nur gut und richtig ist – und nichts sonst, denn nur, was von Dir kommt, kann Gültigkeit besitzen. Du stellst in Deinem Text nicht nur einmal die Behauptung auf, *positiv, stark und liebevoll* gewesen zu sein in der Beziehung zu mir.

Insofern ist es heute beim Abschreiben Deiner Ideensammlung spannend für mich, wie ungebrochen Du auch noch in meinem einunddreißigsten Lebensjahr auf meinem kindlichen *intellektuellen Lügennetz* beharrst. Wie schwer musste das alles immer noch in Dir wiegen! Wie enorm Dein Bedürfnis, selbst die Glaubwürdigkeit zu behalten oder zu erlangen, die Du mir absprachst! Deine viel gepriesene *Liebe und Zuwendung* bewirkte oder beschleunigte Deiner Ansicht nach den Prozess meiner kindlichen Zerstörung alles dessen, was mir von Dir entgegengebracht wurde. Du willst es beweisen, indem Du behauptest, ich hätte Deine Liebe mit Füßen getreten, doch Deine Liebe sei geblieben, Fels in der Brandung, unerschütterlich, keinen Schaden nehmend. Dennoch blieb mein Verhalten ungebührlich. Behauptungen sind niemals Beweise. Aber wie Du willst: Dein Gold verschwand unter meinem Dreck. Ich besudelte meine liebende Mutter schon im Kleinkindalter mit meinem Unrat. Und das musste doch jetzt einmal gesagt werden, vor versammelter Mannschaft und jetzt endlich wirksam für mich, nachdem Du mich erfolgreich mit Deiner Pinkbuch-Liebe eingewickelt hattest. Jetzt würde ich der Wahrheit endlich gewachsen sein und reumütig die Klappe halten nach dieser unwiderlegbaren Faktenmenge.

Hättest Du doch die Vergangenheit ruhen lassen! Ich war bereit dazu. Du hattest doch mit großem Erfolg meine Wunden zugeschmiert mit Deinem Liebeskleister. Wie sehr muss Dir die Vergangenheit selbst zugesetzt haben, dass Du noch immer und mit nimmermüder Akribie – wenn auch mit großem Verleugnungsgeschick und kombinatorischer Plumpheit – was man erstmal hinkriegen muss – die frühen Jahre zu rekapitulieren Dich gezwungen sahst! Und niemand wagte während Deines Erzählvortrags ein *Einspruch, Euer Ehren!*

Da jeder ersucht wurde, über einen anderen zu *referieren*, sollte ich irgendwann über Dich schreiben, wogegen ich mich sträubte. Ich tat es einfach nicht, erklärte das für nicht machbar. Was wäre passiert, wenn ich meine heutigen Gedanken vor über zwanzig Jahren bereits gehabt und geäußert hätte in unseren Sitzungen? Du hättest mich eliminieren müssen, auf der Stelle und endgültig. Im Kriegsjargon nennt man das Neutralisation, Unschädlichmachen, Auslöschen. Ich hatte Angst vor Dir, vorm Verlust Deiner Gunst und Güte, vor Deiner Vernichtung. Und ganz wichtig: Deiner übersprudelnden, oberflächlich einleuchtenden verdrehten Vielwörterei war ich nicht gewachsen.

Du siehst, heute kann ich Seiten füllen, über Dich und mich. Nachdem ich Dir lange schon den Rücken kehre. Und es geschieht gar nichts, außer dass ich mich allmählich von Dir befreie. Innerlich. Selbst wenn Du diesen Brief liest – lesen solltest –, wird nichts geschehen. Deine Verachtung wird mich nicht mehr erreichen. Und solltest Du über diesen Zeilen wieder einmal sterben (vielleicht am Ende sogar erfolgreich!) – die Zeit meiner Schuldgefühle lasse ich gerade Stück für Stück hinter mir. Zwar beklagtest Du einerseits, dass ich nicht mehr das greinende, sabbernde Baby geblieben war, aber es gab auch das Andererseits: deinen Wunsch, mich erwachsen werden zu sehen.

Ich werde erwachsen, liebste Mama, endlich – freust Du Dich?

Mir fällt ein *Referat* über Deinen längst verstorbenen Mann ein, Alwin – vor nichts und niemandem machtest Du Halt – Du erinnerst Dich? Um meine Lügen zu entlarven, um mich in Deinem Licht darzustellen, erklärtest Du ihn vor Deinem Anhänger-Gremium kurzerhand für einen Exhibitionisten. War das vor Deinem seitenlangen soeben wiedergegebenen Unfug, worin Du meinen Missbrauch durch ihn sogar zugibst – nein, *eine* Vergewaltigung gibst Du zu! Deine Fans waren gewiss nicht einmal irritiert, neigten so bereitwillig zum Vergessen, zum Darüberhinwegsehen. *Exhibitionisten machen so etwas nicht!* Deine Devise. Womit meine Geschichte mit ihm bitteschön doch ein für allemal dahin gehörte, wohin Du sie platzieren wolltest: auf den Misthaufen. Und wieder einmal hattest Du alle auf Deiner Seite und mich sprachlos gemacht. Alwin, der Entblößer – interessant. Was Dir so alles einfiel. Warst in Deinen besonderen Beweisführungen stets reich an seltsamen Behauptungen. Und nebenbei, mit Verlaub, Frau Menschenkennerin: Was für missratene Typen Du Dir aussuchtest! Wenn ich das jetzt einmal für bare Münze nehme: Mich konntest Du mit dieser Behauptung erfolgreich plattmachen – Dich stellte sie aber auch nicht in ein günstiges Licht. Allerdings, wenn ich es recht bedenke: Dein jahrelanges Zusammensein mit einem angenommen tatsächlichen *Exhibitionisten* hat ihn schließlich gerettet, so stelltest Du das dar, Du führtest ihn mit Geduld und Zielstrebigkeit auf den Pfad der Tugend, weg von seiner Abartigkeit, nämlich hin zu seiner Begierde auf Deine kleine Tochter – und das war ja dann in Ordnung und nicht weiter störend. Hast Du schließlich als Kind selbst auch alles gut überstanden. Und wir wollen mal nicht alles so auf die Goldwaage legen.

Aber clevere Schachzüge jedes Mal. Wie dadurch alles kontrolliert wurde! Wie alle einander kontrollierten! Und ich immer wieder im Fadenkreuz aller, weil ich Fragen stellte, die Dir nicht gefielen. Deine Antwort: Ich würde das gesamte Umfeld vergiften. Ich würde meine Geschwister vergiften. Sagtest Du. Und schon hattest Du wieder Oberwasser, und die vielen Ja-Sager um Dich herum pflichteten Dir bei.

Theo, mein erster Ehemann, kam längere Zeit mit zu den Veranstaltungen, weil er mich liebte. Als Deinen großen Sohn sahst Du ihn, schlangst ihm Deine Liebe um den Hals, bis Deine Liebe und Deine Veranstaltungen ihm allmählich ungemütlich und lästig wurden. Und mit unserer Liebe ging es schließlich auch bergab – aus anderen Gründen. Vier Jahre nach meiner Scheidung von ihm lernte ich Mario kennen, meinen späteren zweiten Ehemann. Auch er kam zunächst mit zu den Schulungen, obwohl er als in sich gekehrter Mensch nicht gern so viele Leute um sich hatte. Er sah sich alles interessiert an, äußerte nichts Negatives, äußerte fast gar nichts. Und Du merktest, Mario war nicht so lenkbar, wie Du es gern gesehen hättest. Einmal – weißt Du noch? – wolltest Du ihn umarmen. Er wollte Dir aber nur die Hand geben. Das war der Auslöser für Dein hysterisches gekränktes Weinen mir gegenüber, Deinen Faustschlag in meinen Brustkorb und Dein *Sieh her, was Mario mit mir gemacht hat!* Was hatte er denn mit Dir gemacht? Weiß ich bis heute nicht. Er wollte Dich nicht umarmen. Was Gründe hatte. Und wie stelltest Du alles kurze Zeit später dar? Dass Mario ein Bus-Unternehmen hatte und selbst den Schulbus fuhr, nahmst Du her für Deine freche Unterstellung, er sei *pädophil*, und was ich denn überhaupt mit so einem wolle.

Wer Dir nicht passt, wird verleumdet, augenblicklich und gründlich. Deine Liebe schreckt – wie immer – vor nichts zurück.

Liebste Mama! Aus Dir hätte was werden können. Wenn Du Deine astrologisch aufgepeppte Küchenpsychologie beizeiten auf tragfähige Füße gestellt hättest. Und wenn Du es weniger nötig gehabt hättest, Deine aberwitzigen Behauptungen Beweise zu nennen. Aber auch ohne das konntest Du nun reiche Ernte einfahren. Die kleinen kaum lästigen innerfamiliären Stubenfliegen landeten ausnahmslos auf Deinem Leim. Und ich, Deine Tochter, war Dir längst auf den gleichen Leim gegangen. Nur in Dir schien ich ein lästiges Schmeißfliegengebrumm zu veranstalten, das zum Schweigen gebracht werden musste für Dein Ruhebedürfnis.

Soll die Wundertüte noch einmal aufspringen? Ein letztes Mal? Für Dich, für Dein Wohlgefallen an Deinem Simsalabim? Was der Computer so alles ausspuckte! Und wie man das verbinden und verknoten konnte miteinander! Bis irgendwann auch Deine Schmeißfliege zu zappeln müde wurde. Lies!

Mond in der Jungfrau im 6ten Haus
Diese Haus-Konstellation beinhaltet Gewissenhaftigkeit, Klugheit und Vorsicht, ebenso Verläßlichkeit, praktischen und kritischen Umgang mit den Lebenssituationen und den Menschen, aber das Emotionale ist nicht so im Vordergrund. Vielmehr wird geprüft, ob eine Wahrnehmung einer kognitiven (auf Erkenntnis beruhend) Tatsache entsprechen kann. Den eigenen und auch den fremden Gefühlen wird zunächst mißtraut. Man läßt sie nicht schnell zu, schiebt sie in den Verstand, und wenn sie nicht der Wahrheitsfindung dienen, werden sie verworfen. Sobald Zutrauen gefaßt wird, sind diese Menschen hilfsbereit und der Welt dienlich.

Das alles sind keine bewußten Entscheidungen, sondern beruhen auf Kindheitserfahrungen.

Die Ursache ist die herrschsüchtige befehlerische Situation im Elternhaus. Der Vater ist davon überzeugt, nur Strenge hilft. Deshalb wird Sophia mit entschlossener Strenge erzogen. Die Erziehungsmaßnahmen waren hart. Die Mutter wurde sofort geschlagen, wenn sie sich einmischte. Angst hatten immer beide, die Mutter und Sophia. Das ist Übertragung auf das Kind. Wenn der Vater nicht da war, ging es gleich beiden gut. Zu einer Trennung fehlte der Mutter der Mut, wenn er sagte, daß er dann beide Tod schlagen würde. Außerdem sprach die Mutter kein deutsch und kannte die Gesetze nicht. Zum Glück starb der Vater an Krebs, als Sophia 10 Jahre alt war, als Erlösung von der Qual.

Jedes Nein sagen, wenn der Vater etwas sagte, wurde hart bestraft. Somit war der Mutter um ihr Kind zu beschützen, nicht ohne Lügen möglich. Somit mußte auch Sophia die eigenen Wünsche und Bedürfnisse verstecken aus Angst vor dem Vater.

Der Alltagsrhythmus geriet völlig aus den Fugen. Und die Gesundheit leidet unter solchen Aspekten mit der Gefahr, krank zu werden. Viele Dinge verschwieg Sophia der Mutter, um diese nicht zu belasten. Somit hat der Vater Sophia und ihre Mutter das Rückrat gebrochen. Sie konnten kaum noch atmen manchmal, wenn sie nur noch beschimpft wurden und sich schwach und ohnmächtig fühlten. Alles was sie wollten wurde nur abgelehnt, weil es für den Vater uninteressant war. Was Sophia wollte, war die unbedingte Liebe ihrer Mutter, und zwar durch extreme Anpassung, aber das duldete der Vater nicht und bestrafte die Mutter mit Schläge oder Schimpfworte oder er ging aus Rache mit den Freundinnen der Mutter ins Bett, was deren Kinder danach Sophia mitteilten.

Nach dem Tod des Vaters veränderte sich Sophia zu betont extrovertiert (der Außenwelt zugewandt) in ihrem Verhalten Menschen gegenüber. Sie wurde eine Angeberin, begann kleine Diebstähle, log um sich wichtig zu machen. Ihre Einordnung durch Selbstfindung in die Realität und die Hirachie klappte nicht. Was sie vom verstorbenen Vater kannte, wollte sie jetzt auch von der Mutter, nämlich Ablehnung für ihr Verhalten und Bestrafung, nur ihre Mutter machte es jetzt ganz einfach im Gegenteil, nämlich mit Liebe. Damit konnte Sophia aber nicht umgehen, und ihr Selbstwertgefühl blieb schwach.

Sophias Anderssein zeigte sich schon als kleines Kind, wenn sie ihre Möglichkeiten Erfahrungen zu machen und Emotionen und Neigungen einsetzte, im erheblichen Unterschied zu ihrer Umwelt sich zurechtfinden mußte. Obwohl Sophia sich als Mitglied einer dann intakt gewordenen Familie sehen konnte, denn sie hatte dann Brüder, sah sich Sophia laufend als Außenseiter. Wollte sie dazu gehören, spürte sie instinktiv, daß sie was sie sagte und wie sie sich verhielt, unter Kontrolle bringen musste. Ansonsten wurde sie nicht gemocht. Somit entwickelten sich ihre zwei Seiten wie ein Doppelleben, in dem sie im sozialen Bereich völlig lieblich, temperamentvoll, wie unabhängig verhielt, aber im häuslichen Bereich mit Opposition und Sturheit reagierte. Sie gab vermehrt Widerworte und benahm sich listig, in dem sie heimlich andere Dinge machte als abgesprochen waren. Gerade auf die Mutter nahm sie keine Rücksicht mehr, war schlampig und vorlaut. Die Mutter fragte sich, wo ihre emotionale Anpassung geblieben war, da sie nur noch machte, was sie wollte. Damit wollte sie Selbstsicherheit gewinnen und ihr moralisches Rückrat, was der verstorbene Vater zerbrach, wiederzugewinnen.

Die Neigung oder Notwendigkeit, Gefühle zu rationalisieren, haben ihre Entsprechungen in psychosomatischen Reaktionen.

Emotionale Spannung, die nicht ausgelebt werden können, oder auch erst doch erst durch die Tarnung der Eigenart entstehen, suchen ihre Lösung im Körperlichen.

Sophia entwickelte dadurch einen unstillbaren Hunger, der ihren Körper strapazierte. Aufgrund ihres molligen Körpers, fühlte sich Sophia schnell zurückgesetzt, benachteiligt, übergangen und unberechtigt behandelt.

Aus Angst vor Ablehnung, provozierte sie verbal ihr eigenes Verhalten auf jemand anderen, sprichwörtlich ihre Mutter oder Partner, abzuwälzen.

Wenn Sophia die Schwierigkeiten dieser Konstellation irgendwann überwinden kann, werden noch sehr vielfache emotionale Blockaden im partnerschaftlichen Bereich aufzeigen.

Daß äußern von Emotionen immer nur zu der Bestrafung von Sophia und ihrer Mutter führte, macht es schwer, davon Abstand zu nehmen. Sophias Schuldgefühle werden nicht verschwinden wegen der Vorprägung in der vorgeburtlichen Zeit. Trotzdem kann Sophia glücklich werden, wenn sie endlich alles Schlechte abschüttelt.

Ja, ja, einen Teil der letzten Zeilen hatte ich bereits einmal übernommen und kommentiert. Hier fandst Du ihn jetzt noch einmal im Kontext Deiner übrigen Gedankengänge.

Einiges an Unverständlichem, Verquastem, nur Deiner eigenen himmelschreienden Logik Zugänglichem würde sich vermutlich auch dann nicht klären lassen, wenn Du tatsächlich der deutschen Sprache mächtig wärst. Früher in Holland warst Du bereits Ausländerin – erinnerst Du Dich? Woher stammst Du denn? Welcher Sprache bist Du denn mächtig, wenn ich fragen darf? Ich stelle fest, nicht einmal den Geburtsort meiner Mutter zu wissen. Ich war immer von einem Dorf nahe Wuppertal ausgegangen.

Deine *Beweisführungen* hinsichtlich meiner Person haben noch kein für Dich eindeutiges Resultat erbracht. Du musst leider noch ein wenig ermitteln. Ich zitiere:

Merkur in der Jungfrau
Meine Rescherschen und Analysen ergeben das Folgende: Sophia ist ein schöpferischer Mensch, auch sehr phantasievoll. Das bezeugt auch die 3er Konstellation in der Kabbala mit ihrer Charakterzahl. Sie ist um Harmonie bestrebt und hat eine lebhafte Vorstellungswelt. Mit Neugier und schneller Auffassungsgabe zeigt sie einen gründlichen Verstand, der aber dazu neigt, übers Ziel hinaus zu schießen in Richtung Besserwisserei. Sie kann logisch und analytisch denken, hat viel Detailkenntnisse, dadurch gehen ihr aber wichtige Dinge des

Lebens verloren. Da der Merkur das Zeichen der Jungfrau regiert, hat er auch bei Sophia starke Auswirkungen. Vernünftiges und praktisches Arbeiten liegt ihr, sie ist um Sorgfalt und Ordentlichkeit bemüht.

Ist Sophia nicht glücklich oder unzufrieden, spiegelt sich dieses in ihrem ungepflegten Äußeren mit fettigen Haaren, so wie an dem unstillbaren Hunger sich alles wieder. In der Kommunikation gibt sie sich genaue Mühe, aber sie hat auch die Neigung Menschen zum Leid zu bringen mit nieder machen und Kritiklust oder mit Intrigen.

Sie wird selbst so lange leiden, bis ihr der Schmerz ihrer eigenen Taten bewusst wird. Ihr Schmerzkörper reagiert schon lange, weil er immer präsenter wird und ihren Leidensdruck verursacht. Sie muss nur einen anderen Weg einschlagen, was ihr so schwer fällt.

Ihre Schwäche ist: mit Schwächeren, dümmeren oder langsameren Menschen ungeduldig zu sein. Außerdem ist sie sehr der Kritik verfallen. Dabei verkündet sie Überzeugungen und meint daß die alle Menschen so hätten. Die eigene Perfektion überwiegt und sie ist dann sehr egoistisch.

Sophias kosmische Aufgabe in dieser Konstellation ist:

Sophia ist durch mich bereits eine starke Persönlichkeit geworden. Somit hat sie eine Chance weiter zu wachsen. Persönliche Denkmuster und Gefühle sind nicht immer richtig, müssen in gesunde Strukturen verankert werden. Die menschliche Vernunft spielt eine untergeordnete Rolle. Sophia muß lernen, daß sie sich von alten egoistischen Verhaltensweisen trennen muß, sie muß Alt hergebrachtes über Bord werfen, um wieder Zugang zum siebenschichtigen Kosmos zu erlangen. Alle Schichten sind doch in unserem Körper bereits enthalten. Alle kosmischen Gesetze sind in uns, regulieren uns. Aber erst, wenn Sophia das verstanden hat, wird sie ihre Vernunft und ihre kühle Verstandeskraft hinzu verwenden können wie eine Marzipanschicht oben auf die Torte. Erst muß sie sich bekehren, erst dann kann sie auch ihre Einfühlungskraft anderen Menschen zur Verfügung gereichen. Die Menschheit wird Dankbarkeit zeigen, wenn erst Sophias Hang zur Kritik und zu übermäßiger Geschwätzigkeit abgegolten ist. Nur so kann ihr Wachsen anderen ohne Schaden zuteil werden.

Merkur im 6ten Haus

Diese Hausstellung die Sophia hat, steht unter dem Motto:

»Wo mache ich mich dienlich?«

Sophia wird belastet sein wegen ständigen kosmischen Prüfungen, die sie bestehen muß. Sie ist zu analytisch und zu versessen im Detail. Wenn sie davon nicht abläßt, wird sie nervlich an ein Ende kommen, was eindeutig ist in der Hausstellung. Die folge ist Überarbeitung und ihre Flucht dann in ihre »heile Scheinwelt«. Dort fühlt sie sich wohl, aber die Realität holt sie immer wieder ein. Und ihre kleinliche Kritiklust schlägt wieder zu. Wenn sie da nicht aufpaßt, wird sie krank mit dem Rücken und dem Verdauungstrakt wegen der großen inneren Unordnung und dem Streß, denn im Kosmos geht keine Energie verloren. Ihre Zuverlässigkeit könnte Schaden nehmen, wenn sie es nicht lernt, zielgerichteter mit ihren guten Kenntnissen umzugehen.

Ich stelle fest, sobald Du etwas von irgendwoher abschreibst, klappt es ganz gut mit den Regeln wenigstens von Rechtschreibung und Grammatik. Die zusammenhanglose Aneinanderreihung eigentümlicher Aussagen oder Parolen ist ein Kapitel für sich.

Was mich mehr und mehr anfällt, ist eine große Scham. Ich schäme mich so sehr, nicht weil Du Dir so grauenhaftes Zeug aus dem Internet zusammengegoogelt hast, und nicht für die Art und Weise von dessen Verquickung mit Deinen persönlichen Wünschen dank Deiner eigenen Angst, auch nicht weil Du versuchtest, mit diesem Blödsinn Menschen zu beeindrucken, sondern weil diese Menschen sich tatsächlich beeindrucken ließen, Dir diesen Blödsinn abkauften, allen voran ich! Wie leer muss man sein, oder wie ausgedehnt der Hirndefekt, dass er bereit ist, aufgefüllt zu werden mit Schmutz, mit Unrat!

Die Beeinflussung Deiner Jünger und Jüngerinnen durch Dich war enorm. Wie wir alle an Dich glaubten! Deine sogenannten Gutachten erstelltest Du durchaus nicht ungeschickt. Immer war Lob dabei, zu Beginn, Du sprachst von ausbaufähigen Stärken, bevor Du zum Wesentlichen, zum Eigentlichen kamst. Das langsame Ausholen zum großen Schlag geschah zwischen lauter lächelnd servierten Sahnehäubchen.

Wie ich mich abstrampelte in jener Zeit, auf zahllosen Seiten handschriftlich die astrologischen *Quadranten* und *Häuser* und *Aspekte* sozusagen durchdeklinierte, mich mit Horoskopen beschäftigte, auch für meine Kinder, weil ich doch wissen wollte, was sie im Leben zu erwarten hätten und wie sie damit umgehen könnten. Und die anderen im Kreis waren nicht minder bemüht um sich und die Ihren. Und um Dich natürlich.

Was für die meisten Mitstreiter im *Verein* vielleicht nicht ganz nachvollziehbar oder rätselhaft blieb innerhalb Deiner *Referate*, sofern sie von meiner Person handelten und was sich für mich immer häufiger wie ein Zur-Strecke-gebracht-Werden anfühlte, wurde stets gelobt von allen. Sie alle lobten das, was sie nicht verstanden, denn was blieb ihnen anderes übrig – kam es doch aus berufenem Munde. Gefangene allesamt und offenbar dauerhaft. Was unverständlich bleibt, muss gelobt werden, da kann man nichts falsch machen. Vielleicht hatte der eine oder andere sogar den einen oder anderen Einwand oder eine interessierte Frage, aber ein Spielverderber wollte niemand sein. Auch zugeben wollte niemand, dass er etwas seltsam oder unlogisch oder absurd fand – das wäre einem Eingeständnis seiner Unfähigkeit oder Dummheit gleichgekommen wie in der bekannten Geschichte vom Kaiser, der nackt war, dessen prachtvolle Kostümierung aber alle Herumstehenden über die Maßen bewunderten. Widerspruch oder gar Widerlegung Deiner vermeintlichen geistigen Winkelzüge wäre ein Wagnis sondergleichen gewesen, denn immer hätte damit die Gefahr des Entferntwerdens aus Deinem elitären Kreis bestanden. Du hattest Macht über uns, und das war Dein Vergnügen. Nur ich war Deine festsitzende Spaßbremse. Gefallen mussten wir Dir, und das bedeutete, dass wir Dir fortwährend – mindestens aber im Anschluss an ein jedes Referat von Dir – in aller Demut erklären mussten, wie sehr *Du uns* gefielst. Dann erhielten wir Deinen Segen. Dann spürten wir, wie sehr *wir Dir* gefielen. Ohne dass wir unsere totale Ergebenheit lieferten, gab es Deine Segensspende nicht. Und Du? Triumphiertest Du heimlich?

Aus Deinem Versuch, Liebe quasi in der Retorte herzustellen, war ein eindeutiges Herrschaftsverhältnis geworden. Wir waren abhängig von Dir, und Du konntest uns verachten dafür.

War ich von Beginn an die von Dir am meisten Verachtete? Oder wurde ich erst mit der Zeit zu der von Dir am meisten Verachteten?

*

Ich wollte Dir etwas aus meinem Leben erzählen – Du erinnerst Dich? Dauernd schweife ich ab. Dauernd stehe ich auf der Bremse. Dauernd rutsche ich aus, verschwindet die Spur. Sind so viele Leben nebenher. Ariadne hat ihren Faden verloren im Labyrinth, war überall schon, kommt überall wieder hin, alles sieht gleich aus. Liebste Mama!

Oder bin ich vielleicht sogar mittendrin? *Ist* das mein Leben? Oder noch schlimmer: *Habe* ich vielleicht gar kein Leben? Erzähle ich nicht pausenlos von *Dir*? Allenfalls von unserem Miteinander oder Gegeneinander? Wo ist *mein* Leben? Mein eigenes Leben?

Vielleicht beginnt *mein Leben* erst unter Deinen schier überbordenden Bemühungen um mich, unter Deinem *Sophia hat den Merkur oder Pluto oder wen auch immer im sechsten Haus – also lügt sie viel.* Vor Deinem Hohen Gericht hießest Du mich, *endlich die Wahrheit zu sagen* – und ich sagte die Wahrheit. Und weinte. Und niemand war unter allen, der mir glaubte oder zu glauben wagte. Und ich wiederholte die Wahrheit. Und weinte. Warum, verdammt nochmal, weinte ich? Machte mich nicht gerade das unglaubwürdig? Und sah überall leichtes Kopfschütteln und Gesichter: betreten, zweifelnd, mit hochgezogenen Brauen, mit heruntergezogenen Mundwinkeln. Vielleicht hatten sie Mitleid mit der Starrköpfigen, die den Merkur im sechsten Haus hatte.

Deine Raffinesse war nicht raffiniert genug, Mama, Dein Gefasel allergrößten Schwachsinns löschte meine Erinnerungen nicht aus. Andauernd verfehltest Du Dein Ziel.

Wolltest Du meinen freiwilligen Vereinsaustritt? Ich meine, Du wolltest nur mein fortwährendes kleinlautes Im-Staub-Kriechen, mein nicht enden wollendes *Mea culpa* vor Deinem Tribunal, dessen Vorsitz Du inne hattest. Dein Prozess mit mir zog sich hin, gestaltete sich zäh. Ich war eine störrische Angeklagte. Die zwar heulte, aber meine Schuldbekenntnisse ließen auf sich warten, und da die Beweislage dünn, die Indizien fragwürdig und die Geschworenen eingeschüchtert waren, musstest Du Dich als Richterin unzufrieden zeigen, unersättlich in Deinen Forderungen meiner Geständnisse, denn nur wer gesteht, zeigt sich schuldig, darf sich schämen und bereuen – worin schließlich ein Glück liegen kann, nicht wahr? Sah ich, herumrutschend vor Dir, etwa nicht das Glück, zu dem Du mich offenbar zwingen wolltest?

Irgendwann war es soweit, und ich, die Undankbare, verschmähte das von Dir kommende Glück. Es war nicht *mein* Glück, es war Deines, in dem ich aufgehen oder aufblühen sollte im glorreichen Vergessen meiner Vergangenheit und besser noch: im stillzufriedenen Widerrufen meiner Vergangenheit nach Deiner erfolgreichen Umstrukturierung meines Denkens – banaler ausgedrückt: nach Deiner gelungenen Gehirnwäsche. Dein

Glück wäre das gewesen, denn dann wäre es niemals zu diesem Brief an Dich gekommen.

Mein Leben begann endlich, sich herauszuschälen aus Deinem, was nicht der Fall gewesen war bei meiner Geburt, als ich Deinen Leib verließ, und nicht, nachdem ich Dir die Haare ausgerissen hatte, und nicht, als ich aus Deiner Wohnung auszog. Erst als ich mich von Dir entfernte, aus Deinem magischen Kreis, und innerlich von Dir abrückte, als ich Dich als mein unerreichbares Ziel verließ, verschmähte, als ich in meinem eigenen großen Nichts nichts mehr suchte, entdeckte ich etwas, das sich bewegte. Obwohl erwachsen und fettleibig immer noch, war es wie ein kleines Tier, winzig und verkümmert. Ich hob mich auf, betrachtete mich, ratlos, weil ohne Identität, und ich beschloss, mich mitzunehmen, ohne zu wissen, was mit mir anzufangen sein könnte.

*

Das war mein Lebensanfang, liebste Mama, und ich könnte den Brief an Dich an der Stelle beenden. Ist doch ein guter Schluss so, mit diesem offenen Ende. Weil doch vielleicht jetzt alles gut wird. Ich werde ein fröhlicher Mensch mit fröhlichen Kindern. Das Vergangene ist endlich vergangen, Strich drunter. Und mit meinem Ausscheiden aus Deinem Kreis werde ich mich nun auch von Dir loslösen, weil ich Dich einfach in diese Vergangenheit mit einbetten kann. Da liegst Du nun, sanft und weich. Ich störe Dich nicht mehr, und Du bist der ständigen Sorge um mich, beziehungsweise der Angst um Dich selbst enthoben, der Angst vor Entlarvung Deiner durchtriebenen Spielchen, bist endlich wirklich *von mir entbunden*. Ich fühle mich nicht mehr zugehörig. Ich habe mich entlassen.

Hinter uns lag Dein zweiter Versuch, mich mit Deiner speziellen Liebe zu umhüllen. Während des ersten in den Kinderjahren hatte ich mich widerspenstig gezeigt, Deiner Wahrheit widersprochen. Und der zweite, den Du so geschickt eingefädelt hattest unter Zuhilfenahme von Gott und vielgestaltigem esoterischen Schnickschnack, sowie den zahlreichen Familienmitgliedern, die alle auf geheimnisvolle Weise zu Deinen Helfern und Helfershelfern mutiert waren – dieser zweite Versuch war nun erneut gescheitert. Umsonst Deine ins Leben gerufenen *Liebesbücher*, umsonst Deine Sektengründung und Deine ausufernde Guru-Tätigkeit. Ein

Scheitern wirst Du freilich so nicht empfunden haben. Scheitern gehört nicht zu Deinen Erlebensmöglichkeiten. Oder vielleicht so, dass Du in jedem vordergründigen Scheitern einen tief empfundenen Sieg verbuchen kannst. Deine Tochter verlässt Dich – für Dich ein Zeichen ihrer endlich erwiesenen Unwürdigkeit innerhalb Deines Kreises allein der Wahrheit verpflichteter Menschen. Sophia ist innerhalb Deiner höheren Sphären zu einer bedauerlichen verlorenen Seele geschrumpft beziehungsweise ist es geblieben, war nicht in der Lage, an Dir zu wachsen. Du hast getan, was Du konntest. Wenn *das Kind* so dermaßen verstockt, rechthaberisch und unbelehrbar ist und bleibt, auch unter Aufbietung sämtlicher Rettungskräfte offensichtlich fehlgesteuert in sein Unglück rennen muss, dann kannst und willst Du es nicht mehr daran hindern.

Also für heute ist mal Schluss mit Schreiben. Vorläufig, für eine Weile, denn so richtig fertig ist das alles nicht. Deine Internet-Googelei hat mich doch stets für ordentlich und gewissenhaft befunden. Dem möchte ich auch gerecht werden und Begonnenes durchaus vervollständigen. Möchte nur mal eben in der Pause, bevor ich brieflich zu Dir zurückkomme, auf die Malediven reisen, zur Erholung.

*

Mist, mein Geld reicht nicht für so etwas. Aber schön war es dort, in der Phantasie, von der ich so viel habe, wie Du weißt.

Immer wieder, seit ich Dir schreibe, bin ich auf der Suche nach Angenehmem, Schönem, nach Fröhlichem in meinem Leben mit Dir. Wenn ich ab und zu das bereits Geschriebene überfliege, kommt es mir bizarr vor, dabei arm und dürr, einspurig, künstlich, immerzu das Gleiche, angefüllt mit Deiner pseudo-liebevollen Hintertücke, die ich zu ergründen oder wenigstens zu beschreiben suche, und mit meinem Opferdasein und, wie ich feststelle, immerhin mit einer wachsenden Wut, in der ich mich gar nicht schlecht fühle. Verdammt! Ich war ein Opfer. Ich will kein Opfer mehr sein.

Ich habe nie gejammert. Dennoch will ich aufhören zu jammern. Ich will aufhören, Fragen zu stellen, auf die es keine Antwort gibt.

Ich will aufhören, Dich zu lieben.

Was war gut und schön in meinen Jahren mit Dir?

Es war schön, Geschwister zu haben. Niemals musste ich neidisch sein auf sie, weil sie jünger waren und es vielleicht besser gehabt hätten als ich – sie hatten es nicht besser, nur anders. Ich war die Große, ich konnte ihnen beistehen, manchmal wenigstens.

Meine Schulzeit war gut, im Großen und Ganzen war sie gut, weil ich gemocht wurde, ein munter-vergnügtes Wesen zeigte und die häuslichen Besonderheiten einfach beiseite tun konnte – begabt im Abschaltenkönnen.

Nach Elisabeths Geburt warst Du die Lebensretterin für mich – ich komme noch darauf zurück.

Als Deine Familiensekte gute Fortschritte machte und Du die Liebe als Lebensaufgabe propagiertest, traf man sich durchaus auch zu froher Runde. Die Familie war nur für die Mitglieder noch überschaubar, setzte sich neben Dir und Deinem Mann zusammen aus uns erwachsenen Kindern, den Stiefschwestern, den jeweiligen Partnern, eigenen Kindern und Deinen Freundinnen. Es wuselte und trubelte, es wurde gekocht und gelacht. Da Elisabeth zuckerfrei essen sollte, regtest Du an, dass alles zuckerfrei zubereitet werden sollte – ein Gaudi mitunter. Du kochtest nach dem Mondkalender.

Irgendwann wimmelten neun kleine Kinder in der Gemeinschaft, für die ein *Miniclub* gegründet wurde mit allerhand Extras. Wir alle verbrachten viele Stunden im Wald, am Flussufer, mit Picknick, und Du erklärtest so manches, die Stimmung war gelöst. Ich habe das in freudiger Erinnerung.

Meine Brüder und ich ... Ja, an die schönen Kindergeburtstage erinnere ich mich gut – Du auch? An seinem achtzehnten Geburtstag sollte sich Tobias ordentlich volllaufen lassen – das war Dein Ziel, verbunden mit der Vorstellung, dass er von Stund an vom Alkohol lassen würde. Fehlanzeige. Aber das Volllaufenlassen klappte beim ersten Anlauf.

Immer wurden viele Freunde eingeladen. Es gab reichhaltige Gaumenfreuden und aufregende Spiele, und wir Kinder genossen das, hatten viel zu selten Geburtstag. Heute weiß ich: Das geschah nicht für Deine Kinder – das geschah für Dich, es waren Deine Inszenierungen: Alle Nachbarn und Kinder-Eltern sollten sehen, wie sehr Du Dich für die Familie einsetzt, was alles Du auf die Beine stellst, Du, die großartigste Mutter weit und breit ... Genauso gern ließest Du Dich bei Elternabenden für das eine oder andere Pöstchen wählen – die Rolle der engagierten Mutter war Dir wichtig. Das Familien-Innere ging ja keinen etwas an. Das Äußere, der Schein, Ordnung-Herzeigen, Sich-interessiert-Geben, Gesehenwerden, die

Darstellung waren für Dich so zwingend notwendig, weil – ich sagte das bereits weiter oben – Du befreit warst von einem Innen, das Dich hätte ausfüllen und leiten können.

Wer von außen Einlass in Deinen Kreis begehrte, wurde Deiner strengen Prüfung unterzogen. Robbi flog schnell raus, da seine Mutter Rosenkranzlerin war und wohl auch bei den Zeugen Jehovas, was nicht geduldet werden konnte. – Aber ich bin schon wieder beim Komplizierten.

Und jetzt überlege ich, was an Schönem ich Dir noch erzählen könnte aus meinem Leben in jener Zeit mit der Familie, mit Dir. Wie Du siehst, erschöpft es sich rasch, nach eineinhalb Schreibseiten schon. Mir will gar nichts Wichtiges mehr einfallen. Aber ich bin eben auch sehr vergesslich geworden mit den Jahren. Du wirst meiner kleinen Aufzählung noch unendlich viel mehr Hübsches, Nettes hinzufügen können, die ganze viele Liebe zum Beispiel. Gott Jehova und Jesus Christus nicht zu vergessen. Und den Kosmos mit der ganzen schönen Energie.

Außerdem habe ich, seit ich Dir schreibe, zweifellos den Hang entwickelt, vornehmlich auf die Schwierigkeiten zu blicken, wobei – ich muss es gestehen – ich doch recht froh bin, jetzt überhaupt hinsehen zu können beziehungsweise zu wollen. Bis vor kurzem noch war es ein Ausblenden alles dessen, was vergangen und garstig war, wofür ich keine Erklärung hatte, was oft so zwiegespalten und konfliktbeladen von mir gesehen wurde und mich verzweifeln ließ und, da ich nie verzweifelt sein wollte, relativ erfolgreich verleugnet werden konnte. Wenn Schubladen verschlossen bleiben, sehe ich den Müll darin nicht.

*

Wie war es zu der Zeit, als ich ging? Du hattest vor Zeiten eine Weile allerhand Mühe darauf verwandt, Dir Jessica heranzuziehen. Sie sollte Dir eine gehorsame Tochter werden, ein später Ersatz für mich. Die Früchte Deiner Erziehung wolltest Du in ihr reifen sehen. Hat nicht so geklappt, wie Du es Dir gewünscht hattest.

Ich war achtzehn, als Du sie kennen lerntest: Jessica, die kleine Fünfjährige, Tochter von Karl, Deinem 5. Ehemann – was mir dazu gleich einfällt: Bei Tisch mit Karl durfte niemand ein Wort sagen. Er riss die Augen weit auf und sah den Sprechenden durchdringend an, Zeichen seiner einzigen Warnung. Wurde die nicht gesehen oder gar missachtet, brach ein Donnerwetter los, und das schreckliche Kind musste augenblicklich den Tisch verlassen, ohne den Teller mitnehmen zu dürfen. Du hattest die Idee einer Aufteilungsvereinbarung, und Karl war sogleich einverstanden: Du erziehst künftig seine Tochter und er Deine beiden Jungs und später noch Euern gemeinsamen Dennis. Das lief im Wesentlichen so ab, dass, sobald Tobias von Karl bestraft wurde für etwas, Jessica sogleich von Dir ebenso bestraft wurde, obwohl bei ihr nichts Bestrafungswürdiges vorgefallen war. Fehler oder Fehlverhalten beim Jessica-Kind ließen sich stets rasch finden, hervorholen und dienten als ausgezeichnete Bestrafungsgründe. Deine Fehlersuche war immer erfolgreich und passte sich hervorragend den Bestrafungsaktivitäten Karls an. Auf Deine Liebe hatten alle Kinder ein gleiches Recht – so sahst Du das wohl. Und Liebe beinhaltet naturgemäß auch Strenge. Strafen sind immer zu irgend etwas nütze, selbst wenn sie grundlos verhängt werden – richtig? Ab ins Badezimmer! Dort wurde geschimpft, geschrien, geschlagen. Das Bad als Ort für die Reinigung – auch für die Seele. Prügel zur Seelenreinigung – so war das. So sehr warst Du auf die Reinheit Deiner Kinder bedacht. Dank Adoption war Jessica Dein Kind geworden. Leider war ich nun bereits zu groß, um endlich auch in den Genuss Deiner Züchtigung zu kommen. Während Tobias von Karl ordentlich versohlt wurde, mit dem, was gerade zur Hand war oder worauf Karl im Moment Lust hatte, ein Schuh oder ein Stock, oder er riss sich vielversprechend der Gürtel aus der Hose, beschränkte er sich bei Marek, der etwas weniger frech war, eher aufs Schimpfen – aber natürlich nicht nur. Auf Marek nahm er Rücksicht, die Schläge fielen weniger heftig aus, da Du Karl erklärt hattest, das Kind habe eine Hirnhautentzündung gehabt – war es so? Hatte er eine Hirnhautentzündung hinter sich? Ich erinnere mich nicht. An alles hast Du gedacht, liebste Mama! Wer so schlimm krank gewesen war, dem konnte nicht das gleiche Quantum Liebe aufgebürdet werden wie den Gesunden. Ich hatte immer gedacht, Deine Söhne hätten vielleicht Deinen Kummer, mich betreffend, ausgleichen können – war es denn so? Ihr mit Euerm billigen Tauschgeschäft in puncto Kindererziehung? Ein Gedanke kommt mir soeben: Du warst Deinen Söhnen mit ebenso herzlicher Gleichgültigkeit zugetan wie mir – kann man so sagen?

Nein, kann man nicht, da ich Dir nie gleichgültig war. Meinetwegen musstest Du Dich außerordentlich anstrengen, immer schon. Ich bereitete Dir fürchterliche Sorgen. Mit den Knaben hattest Du es leichter. Die konntest Du getrost ein wenig links liegenlassen. Konntest Du nicht? Stimmt, die so wertvollen Prügel bezogen sie von Deinem Neuen, und in Dein Gesichtsfeld rückte Jessica. Kindererziehung, von der Du ja so viel Ahnung hattest, heißt, Liebe zu schenken.

Und Jessica konnte Liebe vertragen! Faszinierend: Du konntest sie einfach schlagen, ohne jegliches Wutempfinden – dessen Du ja bekanntermaßen nicht fähig warst.

Du erinnerst Dich an Jessicas kindliche Masturbationsspielchen? Wie selbstvergessen sie auf irgendwelchem Spielzeug herumgerutscht war? – oh weh, Du hattest sie erwischt! Und wie Du sie damit fröhlich bloßstelltest Karl oder Barbara gegenüber! Und wie erfolgreich Du dafür sorgtest, dass sie den Kontakt zu Barbara, ihrer Mutter, immer weniger wünschte! Zur Erinnerung: Barbara war die frühere Karl-Frau, und Du hattest die *Paar-Therapeutin* gegeben ... Es stimmte wohl, dass Barbara das Kind nicht gewollt hatte, aber Du erzähltest der Kleinen, dass Barbara sie habe ertränken wollen – entsprach das den Tatsachen? Nur unter Deiner Obhut würde Jessica eine Chance haben, glücklich zu gedeihen. Obwohl Du so viel für das Mädchen tatst, gelang es Dir nicht hinreichend, es in Deinen Kokon einzuweben. Jessica widersetzte sich standhaft. Konntest Deine immense Liebe nicht in sie hineinprügeln. Sie habe viel gelogen, sagtest Du. Das hatte ich auch getan, mich hattest Du aber nicht geschlagen – ach so, ich kombiniere: Deine Sanftmut hatte meine Lügen zur Folge. Demnach zogst Du mit Jessica andere Saiten auf: Gutes gegenstandsloses Durchprügeln würde Ehrlichkeit bewirken. Hm. Äußerst geschickt – meine liebste Mama als kinderverachtende Pädagogin! Erzieherische Handfestigkeit gelingt mit den fremden – pardon: adoptierten – Kindern besser als mit den eigenen? Oder war es Dir im Nachhinein ein wenig peinlich, dass die Idee des Kinderverdreschens Dir erst jetzt mit Karl in den Kopf kam? Unter der Liebesüberschrift konnten doch sämtliche Gewaltmaßnahmen Unterschlupf finden! Gewiss landete Deine flache Hand vor Deiner Stirn: Was Du an mir alles versäumt hattest! Aus einem völlig unzureichenden Liebesverständnis heraus!

Jessica hörte nicht auf, ihre Stiefbrüder zu ärgern und sie gegeneinander auszuspielen bei Vater beziehungsweise später Stiefvater. Leicht handhabbar, leicht zu lieben war sie jedenfalls nicht, die kleine Jessica mit den langen Haaren. Ich war damals jeweils nur kurz zu Hause, bekam nicht allzu viel mit. Nur so viel: Sobald sie aufmüpfig war, gab es Dresche. Erst fragtest Du sie, ob sie nun *vom Himmel erzogen werden* wolle oder nicht. Jaaa, wimmerte das Kind, vom Himmel ... Und dann schlug der Himmel zu. War sie gelegentlich gefügig, wurde sie belohnt: Shoppen mit Mama. Klamottenkaufen mit Dir (vielleicht auch -klauen, ich weiß es nicht). Nur das Ganze hatte einen Haken. Anziehen durfte sie die Sachen nicht, Strafe schon wieder – wofür? Aschenputtel-Jessica musste weiter ihre armseligen Kittelchen tragen, für die sie von Gleichaltrigen ausgelacht wurde. Jessica durfte die Schule schwänzen, mit Deiner Erlaubnis, allerdings musste sie dafür die versifften Zimmer ihrer Stiefbrüder aufräumen.

Erst später, in ihrer Pubertät, konnte ich ihr helfen. Du schicktest sie zum Einkaufen, Milch sollte sie holen, als sie sechzehn war. Ich hatte mit ihr besprochen, dass sie losgehen und nicht wiederkommen sollte. Die Frauenhaus-Adresse hatte ich ihr gegeben.

Über besonders verschwiegene Kanäle (Du nanntest sie Deine *hellseherischen Fähigkeiten*) war meine Solidarität mit Jessica Dir zu Ohren gekommen, während ich mit meiner kleinen Tochter, Elisabeth, und schwanger mit Elias, selbst gesundheitlich in der Zeit sehr eingeschränkt, wieder bei Dir eingezogen war, um von Deiner Unterstützung zu profitieren, die Du uns angeboten hattest. Ja, Du betreutest Elisabeth ein wenig, lagst aber selbst die längste Zeit des Tages leidend darnieder. Und als Du erfuhrst von meiner neuerlichen Intrige gegen Dich, was Jessica betraf, wurde ich kurzerhand von Dir rausgeschmissen, zurück in meine Wohnung, wo ich hingehörte.

Nun, lange währte Jessicas Verschwundensein nicht. Nach einem halben Jahr war sie wieder aufgetaucht bei Dir. Wie schön für Dich, dass sie damals zu Dir zurückkam! Es muss außerordentlich wohltuend gewesen sein, sie wieder in Deine liebenden Arme zu schließen, weil Du nun wieder eine lohnenswerte Aufgabe hattest. Das Mädchen auch mental zurückzugewinnen, bedurfte sicher einiger Überzeugungskraft, die Dir aber immer schon maßvoll zur Verfügung stand. Schließlich warst Du der Himmel. Der die Abtrünnige jetzt wieder aufnahm, da sie schuldlos war.

Jessica schrieb mir damals einen Brief. Darin betonte sie anfangs ihre Liebe zu mir wie auch zur ganzen Familie, aber dann hielt sie mir vor, was ich Dir alles angetan hätte und wie viel Liebe und wieviel Gutes wir doch alle Dir zu verdanken hätten. Sie bereute, mir geglaubt zu haben und so lange von Dir weggegangen zu sein, Dir so viel Schmerz bereitet zu haben. Fühlte sich schuldig – mein Gott, schon wieder so eine Schuldige ... Kein anderer Mensch auf der großen weiten Welt, schrieb sie, wäre so gemein wie ich, die ich so viel Unwahres über Dich gesagt hätte. Und selbst wenn Du vielleicht sogar komische Sachen gemacht hättest, würde man die nicht benennen, weil kein Mensch das Recht habe, schlecht über die eigene Mutter zu sprechen. Den Kontakt zu mir würde sie nun abbrechen. Schließlich sei auch ihr Freund ganz begeistert von Dir.

Ein langer Brief war das, ich fand ihn jetzt gerade nicht, hier liegen so viele Blätter, Hefte, Ordner herum, aber seinen Inhalt hab ich nicht vergessen. Schon wieder diese vielen *Beweise* meines üblen Wesens – wer weiß, war ja sicher doch was dran, dachte ich damals. Niemand glaubte mir. Sophia allein auf der Welt, wieder mal, immer noch. Und das tat einfach nur weh. Deine Einwickelkunst war verheerend.

Heute denke ich, wie dieser Brief geschrieben war, die Ausdrucksweise ganz so, als ob Du neben ihr gesessen und diktiert hättest. War es so?

Auch Jahre später erwies sich Jessica nicht als Deine gelehrige Schülerin im Fach *Religiöse Astronumeropsychologie*. Sie war nicht dumm genug für Deine gemeinen Mätzchen (so wie ich), und nicht raffiniert genug, sie mit Arglist für sich nutzbar zu machen (so wie möglicherweise einige aus der Gruppe). Sie gebärdete sich ziemlich renitent und unbelehrbar. Das, worum es Dir zu der Zeit bereits ging, *um die Liebe im Allgemeinen* – oder wie Du es nanntest: die *All-Liebe* – stand als leuchtendes Ziel Deiner Zutatenvermengung im Raum. Wohinter sich Fehlererkennung und Fehlerbeseitigung, die Ausmerzung von Verhaltensauffälligkeiten bei sich und anderen verbargen. Natürlich warst Du selbst davon ausgenommen, da Du von Fehlern frei warst und von Verhaltensauffälligkeiten jeglicher Couleur bei Dir niemals die Rede sein konnte. Diejenigen, die Du um Dich scharen wolltest, hatten Deinen Vorgaben zu entsprechen, mussten behobelt und beraspelt und beschliffen werden, bis sie Dir passten. Jessica als zarter Roh-Diamant hatte schon frühzeitig dringend Deiner Behandlung bedurft. So sehnsüchtig verlangtest Du nach einer wenig aufmüpfigen Tochter: nach einer suchenden, willigen, unterwürfigen, Deine Prügel dankbar annehmenden, zu Dir aufschauenden, Dich bewundernden Tochter, hirn- und herzleer und daher nach Deinen Füllungen hungrig – anders als Deine missratene große Tochter (die in ihren frühen Jahren bereits anderweitig befüllt worden war). Deine eigenen Kinder waren Dir nicht genug, vielleicht schienen bei den Jungs Hopfen und Malz verloren, entglitten Dir doch zu der Zeit Tobias und Marek bereits – natürlich hatte meine langsame Vergiftung an ihnen schon Jahre zuvor begonnen – so erklärtest Du es irgendwann Deinen Schulungsbeflissenen. Tobias zum Beispiel schwänzte die Schule, obwohl er hingebracht wurde; er haute einfach wieder ab, Schule war doof. Das neue Kind kam Dir eben recht.

Bevor ich über Jessica und Dich noch ein paar Gedanken zu Papier bringe, passen an die Stelle chronologisch noch zwei clevere Ausführungen von Dir, einmal an Elias, den Du am Tag seiner Geburt im Jahr 1998 bedacht hattest, wobei auf dem Briefumschlag als Absender *eine Oma* steht – was ich gar nicht zu deuten vermag. Weißt *Du*, was Du damit wohl gemeint haben könntest? Und ein zweiter Brief, vier Wochen danach, an mich gerichtet, die ich beide auszugsweise hier wiedergeben möchte.

Kleiner lieber Elias,
... sehr viel später wird Deine Mama Dir hoffentlich diese Zeilen zu lesen geben, auch wenn ich mir da nicht sicher bin, wenn ich nicht selbst dafür sorge ... Leider konnte Deine Oma zur Stunde Deiner Geburt nur geistig mit all ihrer Liebe und Kraft Deiner Mama beistehen, auch wenn ich die genaue Zeit nicht wußte ... Aber Liebe kennt keine Grenzen und fühlt des anderen seinen Schmerz ... Deine Eltern liebe ich so sehr ... Ich hoffe, nein ich weiß, daß Du viel von Deiner Oma geerbt hast, die geistigen Gaben und mich als Vermächtnis wie Gerechtigkeitsgefühl, Kreativität, Intelligenz, das feurige Temperament, die gute Spontanität, vor allem aber die unendliche Liebe ... auch wenn das Deinen Eltern nicht gefällt, auch wenn ich nichts davon erfahre hier auf Erden, wie Du Dich entwickeln wirst und wir uns erst im Himmel begegnen werden ... Weil Du so viel von mir mitbekommen hast, muß ich mir keine Sorgen machen um Dein Wachsen zum Positiven hin. Du wirst Deinen Weg gehen, und wenn Du 18 Jahre alt geworden bist wie Deine Schwester auch, wird mein Rechtsanwalt Dir diesen Brief und mehr noch, nämlich eine Überraschung bringen, weil der liebe Gott einschneidende Lebenseindrücke

hat ... Sie haben alle einen Sinn im Leben, ebenso auch die Zahlen wie heute Dein Geburtstag mit der 17, die so oft in meinem Leben wiederkehrte, daß es ohne Sinn gar nicht sein kann ... Gott und die Geistwesen werden Dich beschützen ...

Ah, ich weiß es jetzt, liebste Mama – was allein das teilweise Abschreiben alles bewirken kann: *eine Oma* als Absender meint gewiss Dein namenloses Verlassensein, in das Deine Tochter Dich bösartigerweise gestürzt hatte kurz vor Elias' Geburt, obwohl Du mich zum Verlassen Deines Umfelds ersucht hattest; meint gewiss eine von dieser Tochter gewollte und initiierte Anonymisierung oder gar Auslöschung Deines stolzen Großmutterstatus; meint Deinen großmütigen Verzicht auf die werdende Oma-Enkel-Bindung; meint Dein resigniertes Aufgeben familiärer Bande angesichts Deiner unverbesserlichen intriganten Tochter; meint Deinen Wunsch nach meinen Tränen, meiner Reumütigkeit, da Du davon ausgehen konntest, dass ohnehin nur ich diesen Brief lesen würde.

Ein paar Zeilen aus Deinem Brief an mich:
... Du hast gerade so viel zerstört, daß ein persönlicher Besuch zur Zeit abgeraten wird. Meine Liebe zu Dir und Deiner Familie ist davon nicht beschädigt ... Wegen meiner starken Gefühle kann ich das Geschehene nicht verstehen. Niemand versteht es, und Jessica leidet besonders und will Dein Kommen nicht. Weglaufen Jessica oder Gerüchte, es geht um was anderes. Nämlich wie kann ein Mensch gerade noch so viel Liebe empfangen und im nächsten Moment sich umdrehen und schlecht reden über den, der immer nur Liebe schenkt ... Mein Kind hat einen so guten Mann, aber er vermeidet seine Besuche hier. Wie das kommt, weiß ich nicht. Ihr sollt glücklich sein, auch wenn mein Herz anders spricht. Hier muss der Verstand Gebrauch machen. Wir sollten uns erst einmal nicht sehen, erst muß jetzt Gras wachsen. Dieser Gedanke schmerzt mich ungeheim. Gebe bitte meinen Enkelkindern einen liebevollen Kuß ...
Ach ja, liebste Mama, Deine abenteuerlichen, teils inhalt- oder wortschöpferischen Briefe ... Wenn ich sie lese oder gar hier in meinen Brief genauestens übernehme, sollten sie mich heute *ungeheim* amüsieren. Sie amüsieren mich nicht. Was hatte eigentlich Dein Anwalt für die Kinder in petto? Stell Dir vor: Die warten immer noch auf sein Erscheinen! Elias

ist jetzt 25 geworden, und ich konnte endlich die Betreuung für ihn, den so sehr schwierigen Jungen, abgeben. Endlich darf er – ganz stolz – über sein eigenes Geld verfügen, und natürlich müssen wir sehen, ob das klappt.

Aber Deine Briefe will ich jetzt wirklich wegpacken. Für meine Erinnerung heute benötige ich keinen einzigen. Warum ich diese schriftlichen Ergüsse haufenweise aufbewahrt habe? Ich weiß es gar nicht. Oder vielleicht doch: um nicht demnächst doch zu vergessen, wie ich die lange Zeit mit Dir überstanden habe, diese Erwachsenen-Jahre erst des Einlullens und dann notwendigerweise, weil das nicht fruchten wollte, der systematischen Vertreibung aus Deinem kuscheligen Nest, in dem ich das falsche Junge war, nicht familientauglich. Ist schon verrückt, dass sich das vormalige energetische Ur-Klümpchen alle diese Erfahrungen mit Dir und dieser Familie so gewünscht und ausgesucht haben sollte für mein künftiges Leben auf Erden – findest Du nicht?

In unserem Schriftverkehr vor fast zwanzig Jahren spielt mein Wissen um alles Gewesene keine Rolle. Ich kämpfte ja zu keinem Zeitpunkt gegen Dich, widersetzte, wehrte mich nicht. Ich stimmte nur pausenlos mit ein in Deine vorgegebenen verschissenen Melodien, in diese ganzen falschen Töne, ich sang und sang, glücklich und benebelt und nicht spürend, dass es Dir genau darum ging, allmählich mein großes Vergessen einzuläuten, zumindest meinen Dauerschlaf unter Deiner zu groß gemusterten Liebesdecke. Damit ich nicht dereinst noch auf die alten dummen Gedanken komme.

Ich habe bis heute alles aufbewahrt, um heute zu erkennen, wogegen DU ankämpfen musstest, welche Angst Dir den Nachtschlaf raubte und Dich in die Tiefen astrologisch-esoterischer Googeleien trieb. Ich besitze die Briefschaften noch, als Hinweise darauf, wie Du Dich selbst ad absurdum führtest. Um mir heute meine jahrelange Blindheit, vielleicht auch Denkfaulheit, die Dir so entgegenkam, deutlich zu machen. Um Dir während dieser Tage und Wochen meinen langen Brief schreiben zu können, Beweise bei der Hand zu haben, Dich erinnern zu können, damit Du wenigstens Deine Formulierungen nicht abstreiten kannst, wenn Du schon meinerseits das Meiste als gelogen und von schier unausrottbarer Unverschämtheit bezeichnest.

Ich war beim Schreiben über Jessica. Immer diese Abschweifungen. Aber weißt Du, hier flattert so viel herum, der ganze Unrat aus den Liebesjahren mit Dir liegt auf meinem Fußboden verteilt. Und einiges davon heftet sich dann an meine Augen, ich klebe fest daran, als ob Deine Magie noch immer wirksam wäre.

Also Jessica. Mit achtzehn bekam Jessica ihr erstes Kind und schnell darauf drei weitere. Sie und ihr Mann wohnten mit bei Dir im Haus, als zuerst nur ein Kind da war. Freiheiten hatten sie kaum bei Dir als strenger Kontrolleurin. Du gingst nachsehen in deren Zimmer, fotografiertest eventuell herumliegende Windeln, um den beiden wieder einmal Fehler und Auffälligkeiten unter die Nase zu reiben. Der Himmel sah schließlich immer noch alles.

Alle Frauen in Deinem Umfeld besaßen im Übrigen jene *Duselbücher* zum Zwecke der jeweiligen Selbst- und Fremdbetrachtungen, zum Zwecke der anschließend kritischen Betrachtungen durch Deine Himmelsaugen. Im Grunde muss ich mir gar keinen Sonderstatus bei Dir einbilden. Ich hatte ihn nur insofern, als ich leider Deine Tochter und mit Dir in unerfreulicher Weise verbunden war. Und Dein spezielles Ziel im Hinblick auf mich konnte nur die komplette Bekehrung sein oder aber – bei Tieren spricht man von Vergrämung, wenn sie, da unerwünscht, ein bestimmtes Revier verlassen sollen und einiges dafür unternommen wird. Sagen wir, Vergrämung war vielleicht Plan B Deiner tochterbezogenen Absichten.

Mit über zwanzig ließ sich Jessica von Dir die schönen Haare kahlscheren, *man muss Eitelkeiten ablegen können*, war Deine Devise, und Jessica war Dir sehr verbunden, besonders nach meiner Schurkerei. Das war die Zeit, als alle *Opfer bringen sollten*, aber selbstverständlich alles auf völlig freiwilliger Basis – wie alles immer ausschließlich auf der Basis des freien Willens zu geschehen hatte bei Dir, keiner sollte sich je zu etwas gezwungen fühlen. Die Kahlschur erfolgte, weil schließlich Jessica es selbst gewünscht hatte im großartigen Gefühl des Verzichts auf nicht Notwendiges, Irdisches. Von uns Frauen verlangtest Du unser morgendliches Aufstehen bereits um vier. Jessica hatte vier Kinder, ich zwei, Elias war inzwischen ein halbes Jahr alt und, wie Du weißt, kein einfaches Baby ... Natürlich war ich wieder böse, da ich mich schlicht weigerte, diese Forderung zu erfüllen, die damit kombiniert war, zu dieser frühen Stunde auf den jeweiligen Balkonen Kniebeugen zu absolvieren und nebenher Morgengebete aus unseren schlaftrunkenen Gehirnen zu locken. Die pfiffige Jessica machte das Licht an und legte sich wieder ins Bett, da ihr Nachtschlaf kurz war bei lauter quicklebendigen Kindern. Für den äußeren Schein blieb sie Deine getreue pflichterfüllende Schülerin. Später zog ihre Familie nach München, und Deine Sektengewalt verlor ihre Anziehungskraft. Eine Ausbildung hat Jessica nicht. Immerhin hat sie es geschafft, Filialleiterin eines Billigmarktes zu sein. Und wir haben nach jahrelanger Sendepause wieder Kontakt. Was Dich gewiss stolz macht: Deine Liebe hat es vermocht, dass bis heute kein Gespräch zwischen Barbara und ihrer Tochter stattgefunden hat. Und Du bist seit langen Jahren mit Barbara bestens befreundet – kein Wunder eigentlich, ging sie doch dem liegenden Gewerbe nach und hat Dich eine Zeitlang dadurch mitfinanzieren können – weißt Du nicht mehr? Sie ließ sich von Dir Horoskope – wie sagt man: herstellen, machen, ausarbeiten, erfinden? Barbaras Prostitution war finanzielle Grundlage für Deine Horoskope. Auch andere bezahlten Dich für Deine astrologischen Spitzfindigkeiten. Mit Barbara war es immerhin etwas Besonderes.

Ja, *meine Mutter hält sich Barbara als Freundin* – so denke ich gerade. Wie man sich ein Haustier hält, zu einem bestimmten Zweck. Die Frau ist Dir nützlich. Was mir so alles wieder einfällt, wenn ich darüber nachdenke ... Einmal war sie von einem Freier beinahe abgestochen worden, woraufhin sie sich bei Dir beschwerte, weil der Umstand in ihrem Horoskop keine Erwähnung gefunden hatte. Das konntest Du natürlich nicht auf Dir sitzen lassen: Selbstverständlich sei das Bestandteil des Horoskops gewesen! Barbara habe das nur nicht richtig erkannt! Zum Beweis dessen setztest Du Dich an den Computer und manipuliertest Deinen horoskopischen Schwindel im Nachhinein so, dass Barbara Dir beim erneuten Vorlesen nichts mehr vorwerfen konnte, nur noch sich selbst die eigene Unaufmerksamkeit. Schwarz auf weiß händigtest Du gewiss niemandem Deine ausgetüftelte Zukunftsidiotie aus.

Jedenfalls auf Barbaras Blödheit konntest Du Dich ganz dreist verlassen. Mühelos gelang es Dir, Barbara zum anspruchslosen Haustierchen umzufunktionieren. Nützlich war sie Dir, konntest ihr sowohl Ehemann wie auch Tochter abschwatzen. Und obendrein lernte sie, Dich zu lieben. Mit ihr hattest Du wahrlich leichtes Spiel.

Seltsamerweise bin ich im Besitz eines Briefes dieser Frau, der an Dich gerichtet sind. Ich war siebzehn Jahre alt, als er geschrieben worden ist. Hier ein paar authentische Auszüge daraus:

Meine liebste Freundin,

... habe gestern mit Karl gesprochen, er sagte mir das es Dir nicht gut geht. Liebe Thekla, ich bete jeden Tag für Dich, damit alles gut wird. Du sollst glücklich sein. Da kommst Du bestimmt wieder raus ...

... bin letze Woche eingezogen, das App ist nicht schlecht ein Zimmer mit Küchenzeile Klappbett, Schiebetürenschrank Teppichboden Tisch 2 Stühle, habe sogar vom Vermieter für 14 Tage seinen kleinen Farbfernseher geliehen bekommen ... wird schon gut werden hier 2 Teller Töpfe Besteck u.sw. mit wie wenig man zurecht kommen kann. Habe Deine Post bekommen vielen Dank für das Bild von Jessica, das Sie nun anfängt zu Leben. Ich bin Dir sehr dankbar dafür wie Du schon gesagt hast Du bist die geistige Mutter und ich die Körperliche ... Du fehlst mir doch, manchmal denke ich was haben Karl u. Jessica es doch gut Du bist immer für Sie da. (Für mich auch das weiß ich aber leider bloß noch in Gedanken) Karl ist doch ein Glückspilz so eine Freundin zu haben, hoffentlich weiß er das auch ... Manches von der Vergangenheit habe ich eingesehen das es so nicht weitergegangen wäre. Schade das die Geiste be-ziehung Total gefehlt hat, aber ich habe auch daraus gelernt noch einmal hass ist mir das bestimmt nicht nur Körperlich zu Lieben.

... ganz kurz etwas über Karl ich habe ihm ja einen Brief geschrieben, hast Du ihn gelesen. Ich möchte gern unsere Angelegenheit in Ruhe und Frieden re-geln. Ich hoffe etwas um Deine hilfe, ich kann mir einfach nicht vorstellen, das du glücklich mit Ihm sein kannst, wenn Du weißt das er so böse Briefe durch seinen Anwalt schreiben läßt. Auch z.b. was den Unterhalt von Jessica angeht (er hat es doch nicht nötig mir das Hemd auszuziehen) auch mein Unterhalt wird in frage gestellt ... Ich weiß nicht warum er so Negativ mir gegenüber wird Haßt er mich so sehr!! er hat doch alles Dich, Jessica ein Haus. Warum.

Ich habe schon Freunde gefunden. Nur mit Arbeit klappt es nicht so nur die eine Anzeige von der Schweiz ... Der Typ aus der Photo Presse hat sich nicht gemeldet. Dabei sieht mein Horoskop für Juli so gut aus, ich lese es Dir vor wenn Du anrufst. Manchmal bin ich mit meiner Geduld am Ende, aber irgend etwas wird schon werden.

... ich habe eine Frau kennengelernt, die heißt Renate, ich war bei ihr zu Hause wir haben beide überall Dunkele Schatten gesehen die sich bewegten, Teller gehen

kaputt, es klingelt aus der Steckdose kommt ein Summton. Die Frau ist auch am Ende ihrer Nerven das geht schon 2 Jahre so. wie kann ich ihr helfen Ich hatte keine Angst davor. Wir haben mit dem Schatten gesprochen. Ich glaube Renate ist ein starkes Medium, sie wird in der Wohnung gelähmt hat keine Kraft mehr. Ruf mich gleich an wenn Du den Brief hast. Was sagt Dir meine Schrift??

*

Wie immer, wenn ich solche Texte wortgetreu abschreibe: Es fällt mir schwer, dies alles genauso, wie es geschrieben steht, zu übernehmen.

Wie geht es Dir, wenn Du das liest? Aus den achtziger Jahren, an Dich adressiert, konntest es nie mehr lesen. Wieso besitze ich den Brief überhaupt?

Irgendwie scheint Dir Barbara noch williger, freudiger, intensiver auf den Leim gegangen zu sein als alle anderen.

Immerhin: So schrieben die Leute. Wenn sie überhaupt schrieben. Aber manchmal musste man das damals noch, vor der Smartphone-Ära mit den häufigen Dreiwortsätzen. Vor dieser Abnutzung in der Kommunikation.

Und solche Briefe hast Du bekommen, sind besser noch als Deine an mich, ich staune, Zeugnisse wahrer Begabung. Im Original ist der Brief doppelt so lang. Und weißt Du, er rührt mich an in seiner Schlichtheit. Naive, treudoofe Huldigung Deiner Person, gesegnet mit völliger Ahnungslosigkeit gegenüber Deiner Skrupellosigkeit und Lumpigkeit, ausgeliefert Deinem niederträchtigen Hokuspokus. Was hast Du mit dieser armen Frau gemacht?

Natürlich, auch Barbara gehört zu den Missbrauchten, hat ähnliche Erfahrungen wie Du, das schweißt ordentlich zusammen, nicht wahr? Du hast ihr Dich geschenkt – den Himmel. So dass die Frau – so kann man das ja auch mal sehen – dank Deiner liebenden Fürsorge Ehemann und Tochter loswerden konnte – alle Achtung, sind mal eben in Deinen Besitz übergegangen. Und bevor sie weggezogen ist, hatte Barbara fleißig und lange die Beine breit gemacht, für Geld, das sie Dir gab. Wie viele waren es, die für Dich arbeiteten?

Was ich alles weiß. Aber irgendwie hast Du mir ja auch stets allerhand erzählt.

*

154

Ich merke, in meinem Schreiben ist keine Kontinuität, ich springe in den Zeiten vor und zurück. Sind lauter Erinnerungsschnipsel, die mich anspringen, die eine Chronologie nicht zulassen. Ich will es dennoch einmal versuchen. Mich selbst zu sammeln, mit ein wenig Wiederholung. Und meine Halbbrüder ins Spiel bringen. Heute sind Tobias, Marek und Dennis einundvierzig, siebenunddreißig und vierunddreißig Jahre alt. Ich habe sie auf dem Gewissen, natürlich, was sonst, sie erschweren mein Schuldenkonto, denn mein Gift, sie Dir zu entfremden, war beizeiten wirksam und kontinuierlich in der Anwendung.

Alwin, Dein vierter Mann, war endlich gestorben. Claus' Haltbarkeit war schnell abgelaufen – die meines Sparbuches auch. Rainer wurde Tobias' Vater. Alkoholiker war er, und Du trenntest Dich noch in der Schwangerschaft von ihm. Wieso hattest Du ihn erwählt? Wolltest Du ein Kind von einem Trinker? Weder Claus noch Rainer hatten meine Sympathie. Ich ging ihnen aus dem Weg. Zum Glück übersahen sie mich. Und ich störte offenbar Deine Zweisamkeiten mit ihnen, wurde oft bei Verwandten oder Freunden abgegeben, obwohl ich doch bereits zwölf beziehungsweise vierzehn war.

Tobias, mein erster Bruder also, lernte Rudi, Deinen siebenten Mann, den vom Zirkus, als seinen Vater kennen. Rudi und Tobias mochten einander, und der fünfjährige Tobias litt schließlich unter der Trennung von Dir und Rudi, nachdem ich Dir die Haare ausgerissen hatte. – War Rudi freiwillig gegangen? Oder musstest Du ihn hinauswerfen? Etwa meinetwegen? Weil er nach der Spielerei zu dritt die Familie nicht mehr so witzig fand? Immerhin stand Dein neues Glück auf der Schwelle: Karl, Deine Nummer 8. Ihn gab es zusammen mit seiner kleinen Tochter, Jessica. Karl war nun weniger interessiert an Tobias, er schlug ihn kräftig – und Du schlugst aus Solidarität und aus Liebe tüchtig auf Jessica ein – ich erinnerte Dich soeben daran. Karl sperrte Tobias ins Bad, in den Strafraum. Tobias schnüffelte bereits als Zwölfjähriger – auch dafür eignete sich das Bad vorzüglich. Mit dem Umzug verbesserte sich Tobias' Situation, weil er nun eher an die Drogen kam, die sein Leben leichter machten. Er schwänzte die Schule, einen Abschluss gab es nicht und natürlich auch keine Ausbildung. Einen Vorgesetzten ertrug er nicht, weil er auf Druck gleich welcher Art allergisch reagierte. Mit Gelegenheitsjobs finanzierte er seine Drogen, konsumierte alles. Zweimal Gefängnis wegen Dealerei. Er hasste Dich mit der gleichen Inbrunst wie er

Dich liebte. Oder wie Du ihm jetzt von Nutzen sein konntest. Er kaufte Dir einen riesigen Fernseher – dafür, dass er bei Dir seine Drogen deponieren durfte wie auch sein Geld. Die Drogensuchhunde hatten bereits draußen auf der Straße angeschlagen. Und Du? Was vermochte Deine Liebe nicht alles! Als man all das Drogenzeug bei Dir fand, wusstest Du von nichts, konntest die Polizei von Deinem Unwissen so gut überzeugen, dass nur Tobias für zwei Jahre in den Knast wanderte. Sorgenfalten bekamst Du darüber nicht.

Tobias hat mit zwei Frauen zwei Söhne, die er beide nicht sehen darf. Der erste Sohn lebte zeitweise bei den Eltern der Kindesmutter, weil die auch keinen Kontakt zu ihrem Sohn haben durfte. Den zweiten Sohn von Tobias sahst wenigstens Du eine Zeitlang. War Deine Liebe nichts für das Kind?

Mit Tobias, dem ich, als er Baby war, die Brust gegeben hatte, ist es schwierig heute. Er lebt nicht hier. Noch immer bist Du wirksam. Es ist Dir gelungen, dass er den spärlichen Kontakt, den wir hatten, wieder aufgegeben hat. Seit der Hochzeit meiner Tochter, die ohne Dich, aber mit ihm stattgefunden hat, wurde Deine Befürchtung um Deinen Sohn erneut angefacht, dass meine Hinwendung zu ihm doch nur schädlich für ihn sei. Mein Gift, gewiss. Oder auch für Dich unangenehm, möglicherweise, bei Wirksamkeit meines Gifts? Deine Interventionen wurden nötig. Er geht nicht mehr ans Telefon, wenn ich ihn anrufe. Bis vor wenigen Monaten weinte er viel, wenn ich ihn anrief, war meist betrunken oder bekifft. Wie groß ist Deine Angst, dass wir Geschwister uns gegen Dich verbünden? Vermutest Du unsere Zusammenrottung? Unter meiner Führung vielleicht? Hab keine Sorge, Mordgelüste hegt gewiss niemand von uns. Wobei ich gerade nicht weiß, warum solche Gedanken bei Tageslicht nie eine Rolle gespielt haben. Aber was schreibe ich da. Entschuldige.

Zeit für Deine Söhne hattest Du nie. Oder soll ich besser sagen: Interesse? Weißt Du eigentlich, wie gut Tobias Gitarre und Schlagzeug spielen kann?

Marek war kein Wunschkind, wenigstens nicht von Rudis Seite. Rudi wollte seine psychisch kranke Ehefrau nicht verlassen. Schon damals lebte sie in einem psychiatrischen Heim. Zwei Kinder, etwa in meinem Alter, hatte er mit ihr. Rudi war fleißig im Schaustellergewerbe. Eine Scheidung kam für ihn nicht in Frage. Du warst schwanger mit Tobias, als ihm die Rouladen bei Dir so gut schmeckten, dass er bei Dir blieb – so erklärte er es und lachte. In Tobias sah Rudi das eigene Kind. Als Du kurzerhand die Pille *vergaßest* und prompt schwanger wurdest, reagierte er überaus erbost. So wurde Marek zwar sein leiblicher Sohn, aber ein netter Vater wurde er ihm nicht. Tobias war ihm nahe, mit ihm schmuste er, mit Marek nicht. Marek musste Väterliches vermissen, weil Rudi sich an ihm für Dein Verhalten rächte – kann man das so sagen?

Oder lag es daran, dass Marek von Anfang an benachteiligt war? Die Sauerstoffversorgung unter der Geburt war zu gering, er war blau zur Welt gekommen. Seine Entwicklung war verzögert, er krabbelte nicht, war ein weinerliches Kind. Ich trug ihn viel umher. Kaum zwei Jahre alt war er, als Deine Beziehung zu Rudi plötzlich endete – wir wissen, warum. Marek tat mir leid mit seinem Pseudokrupp, mit seinem Wesen. Allen machte er es schwer, vor allem sich selbst, mit seiner Verstocktheit, seinem Trotz, seiner Aufsässigkeit. Er war ein Junge, der nicht verlieren konnte, der sehr oft verlor und es dabei kaum lernte. Bald hattest Du noch weniger Zeit für ihn, weil ja Karl auf der Bildfläche erschienen war und mit ihm die sogleich adoptierte Jessica, zudem das Fotogeschäft und auch für Dich ein wenig Verkaufstätigkeit in seinem Laden. Du meintest damals, Marek entwickele *autistische Züge*. Erst Jahre später sollte ich verstehen, dass es weniger Autismus, sondern eher das wenig Fördernde war, das er erfuhr – ich bin versucht, es heute Vernachlässigung zu nennen. Mit Karl war eine Haushälterin, Omi Wiebel, ins Haus gekommen. Sie war es, die Marek Beachtung schenkte, die sorgend Anteil nahm an seinem Vorankommen. Trotz aller Mühe, die er sich in der Schule gab, kam er schlecht mit – gleichwohl ging er ausgesprochen gern zur Schule, sogar wenn er krank war, sogar mit Fieber. So schien die Schule auch für ihn ein Wohlfühlort zu sein – wie gut ich ihn verstehen konnte! Die Lehrer ermahnten Dich, dass der Junge Unterstützung brauche. Nun, er bekam sie ja: von Omi Wiebel ebenso wie von meiner Schokoladenkuchen-Oma. Sie gaben ihm Nachhilfe, machten mit ihm die Hausaufgaben, während Karl ihn stets nur zurechtwies.

Ob es die zahllosen Schokopudding-Mahlzeiten waren, die seine Milchzähne schwärzten? Zum Zahnarzt ging niemand mit ihm. Karl benutzte den hübschen Dunkeläugigen gern als Fotomodell, nur lachen durfte das Kind auf den Bildern nie. *Lass den Mund zu, sieht ja schrecklich aus*, erklärte er dem Fünfjährigen. Vierzehnjährig und noch immer lernschwach, noch immer störrisch und jähzornig, wurde er auf ein Internat geschickt – endlich wart Ihr ihn los. Nur an den Wochenenden fuhr er nach Hause. Im Internat war es ein Leichtes für ihn, an Alkohol und alle handelsüblichen Drogen zu kommen. Er konsumierte alles, was der dortige Markt hergab. Ob er auch Heroin spritzte, entzieht sich meiner Kenntnis. Aber vier Jahre dort genügten, um Schaden anzurichten in seinem jugendlichen Gehirn: Heute fehlt ihm sehr viel an Erinnerung, nicht nur an jene Internatsjahre, auch seine Kinderzeit ist geprägt durch zahlreiche weiße Flecken auf seiner Lebenskarte – vielleicht ganz gut so, sein übles Elternhaus nicht mehr so genau vor Augen zu haben – meinst Du nicht auch? Gab es einen Schulabschluss in diesem Internat, oder musste er, volljährig, dann einfachen gehen? Mit achtzehn kam er zurück, wohnte ein halbes Jahr bei mir, hörte mit einem Schlag auf zu saufen und ebenso mit den Drogen. Das war hart. Aber willensstark war der Bursche. Nina hatte er im Internat kennengelernt. Einiges hatten die beiden wohl gemeinsam. Sie bekamen drei Söhne. Die begonnene Tischlerlehre brach Marek auf Karls Geheiß hin ab, da Nina mit dem Kopf auf die Tischkante gestürzt und sehr lange sehr krank war, eine Amnesie davontrug und Marek sich nun um Nina und die Kinder kümmern musste, was er in bewundernswerter Weise tat. Mit der Zeit wurde Karls Verständnis für Nina und auch für Mareks Hilfsbereitschaft geringer: Sie solle sich nicht so anstellen. Was sie nach vier Jahren der Betreuung durch Marek wohl auch beherzigte, ins Leben zurück und zeitgleich einen neuen Partner fand. Marek war entlassen und trug schwer daran, schlug mit den Fäusten gegen Wände. Mehrere Freundinnen hatte er seitdem; keine Beziehung hält lange. Jedes Mal ist seine Angst groß, die Partnerin wieder zu verlieren, und er tut alles dafür, dass genau dies eintritt. Niemand kommt ihm wirklich nahe, er lässt es nicht zu, lässt sich nichts sagen, kontrolliert die Frau, ist einerseits überaus unsicher und fragt sie nach ihrer Meinung, aber nur, um an der eigenen Ansicht festzuhalten, es dann so zu machen, wie er es sowieso wollte und alsdann der Partnerin die Schuld zu geben, wenn es ein – im Grunde erwartet – negatives Resultat bringt. Nina sorgt dafür, dass er die Kinder nicht sehen kann, hatte das Jugendamt eingeschaltet – Marek ist der Unterlegene, mit seiner Unüberlegtheit, mit seiner Wut, obwohl Ninas wechselnde Männer erwiesenermaßen so ganz nach deren eigenem Ermessen beliebigen Umgang mit den Jungen pflegen – um es einmal sehr vorsichtig auszudrücken.

Wie war das mit Deinen Beiträgen zum Thema kluger Kindererziehung?

Kinder sind immer machtlos, auch unter besseren Bedingungen. Aber ich kenne nur die schlechten und stelle fest: Alles wiederholt sich. Und vielleicht ist die Ohnmacht der Kinder besonders tief, wenn Eltern deren gesundes Heranwachsen nicht nur nicht aktiv betreiben, weil ihnen der Aufwand zu groß ist, sondern wenn ihnen gar nichts an deren Wohlergehen gelegen ist. Von mir bekommst Du keine mildernden Umstände. Ob sie Marek zustehen, weiß ich gerade nicht. Nur selten ist Unfähigkeit die Wurzel des Übels. Marek könnte um seine Kinder kämpfen. Aber er traut sich nichts zu. Und er ist zu wütend. Und zu müde. Und zu schwach. Von Deiner Unverfrorenheit ist er meilenweit entfernt.

Einen Job hat er, der ihm wichtig ist und bei dem seine markante Lese-Rechtschreibschwäche nicht weiter ins Gewicht fällt. Bei einem Besitzer zahlreicher Immobilien plus dessen Instandhaltungsfirma säubert er die Straßen der Stadt.

Dennis hingegen, neunzehn Jahre nach mir geboren, war ein gewolltes Kind von Dir und Karl. Beizeiten war er ein Wut-Zwerg, ein kleiner Haustyrann. Auch für ihn hatten seine Eltern auf Grund der vielen Arbeit keine Zeit, und *Omi Wiebel* war die einzige Erzieherin. Ich frage Dich: Wozu macht man in voller Absicht Kinder, wenn man doch gar nichts für sie tun kann oder will? Sobald Karl von der Arbeit nach Hause kam, und niemand außer ihm selbst bei Tisch reden durfte, war er bald dazu übergegangen, die Kinder mit ihren Tellern in die eigenen Zimmer zu verweisen – gemeinsame Mahlzeiten gehörten von da an der Vergangenheit. Es ergab sich rasch, dass die Jungen bereits von sich aus mit ihrem Essen in ihre Zimmer verschwanden, sobald Karl im Anmarsch war und beide *null Bock auf Vater* hatten. Beide verfügten in ihrem Zimmer über einen Fernseher, über Nintendo-Spiele und anderes. Marek zerstörte in seinen Wutanfällen oft dieses *Spielzeug* – wenig später wurde es ersetzt. Du nanntest es *Liebe*.

Einen entscheidenden Vorteil hatte Dennis gegenüber Marek: Er war intelligent. Sein intensiver Zorn, der lange Bestand hatte, gepaart mit seinem helleren Kopf, führte bald dazu, dass er vieles durchschaute, dass er sich den Erwachsenen überlegen zeigte und sich durchsetzte. Neunjährig machte er, ordentlich durch Dich motiviert, ebenso wie der ältere Marek, eines Deiner sogenannten *Reiki-Seminare* mit. Ich gehe davon aus, dass Du Dir diese *Kunst* auch ergoogelt hast, ohne selbst zuvor darin unterwiesen worden zu sein. Hätte ja auch eine Menge Geld gekostet, über das Du nicht verfügtest. Außerdem: wozu Geld ausgeben für Unsinn, den man auch so unter die Leute bringen kann! Während Marek sich auf der Ebene einfach nicht ansprechbar erwies und es nicht mochte, von Fremden angefasst zu werden, spürte Dennis bei diesem Procedere, einander *Energie zu geben*, bald, dass da fauler Zauber am Werke war. Immerhin durften beide Kinder ohne Schwierigkeiten Deine Reiki-Stunden verlassen. Du warst nachsichtig mit ihnen. Mit fünfzehn suchte sich Dennis eine andere Familie, übernachtete immer öfter bei einem Freund – er nannte es *eine eigene Familie suchen*, da er Deiner Art der Fürsorge entschieden überdrüssig war. Das Fotogeschäft war von Bedeutung – er nicht. Du machtest kurzerhand selbst ein Fotogeschäft auf, in dem ich mit angestellt war – nach einem Jahr wurde es wieder geschlossen. Versprechungen machtest Du den Jungen gegenüber, gemeinsame Unternehmungen betreffend oder auch nur einen Kartenspiel-Abend – gehalten wurden solche Versprechungen kaum einmal. Den schier endlos schreienden Dennis-Säugling hattest Du kräftig geschüttelt – dass man damit hirnschädigende Verletzungen herbeischütteln kann, wusstest Du natürlich nicht. Später, als Schütteln nicht mehr angesagt war, war Dennis stets nur ein Störender, und ich denke, Du warst erleichtert, als er sich seiner Familie mehr oder weniger entledigte und Ersatz fand.

»Mama, du lügst«, erklärte er Dir mit fünfzehn – eine Erkenntnis, zu der ich in all den Jahren nicht fähig war, immer Deine Argumente fürchtend, die mich an die Wand gedrückt hätten. »Mama, du lügst« – er betrachtete es wohl als eine Art Strategiespiel mit Dir. Und während ich das niederschreibe, weiß ich gar nicht, ob ich damals Neid empfand, seiner klaren Haltung wegen, der gegenüber Du schweigen musstest, weil er Dir die Lüge nachweisen konnte – was Dich aber nicht weiter beeinträchtigte, denn es hatte nicht Deine Überlegungen zur Folge. Bloß gut, dass Du nicht in die Politik gegangen bist, da man das auch in großem Maßstab kennt, das Lügen, in einigen Ländern mehr, in anderen weniger. Es bleibt folgenlos, wenn jemand durchschaut wird.

Dass Dennis sich entfernte, wirst Du insgeheim sehr begrüßt haben, wird mir immer klarer bewusst. Konntest ihn doch gar nicht mehr brauchen, hätte er doch schädigend gewirkt auf Deine Arbeit an uns allen und besonders an mir, er wäre Dir gedanklich massiv in die Quere gekommen, hätte Dich enttarnt. Heilfroh musst Du gewesen sein über seine Abwanderung.

So blieb es Dir erspart, Deinen Sohn gewaltsam zu entsorgen. Ich glaube, ich war ein bisschen stolz auf ihn, weil er so mutig war. Aber waren es lediglich Mut, Selbstsicherheit, die er mir voraus hatte? Oder war es etwas anderes, das er besaß und ich nicht? Als ich so alt war wie er, als er begann, Dir auf die Schliche zu kommen, geschahen zwischen Rudi und mir und schließlich auch Dir noch die widerwärtigsten Betätigungen mit Selbstverständlichkeit – haben mich diese jahrelangen Praktiken nebst allem erzwungenen Verhalten nicht doch ein wenig dumm gemacht? Gleichgültig, apathisch, gesichtslos und denkunwillig? Und als endlich Dennis Dich der permanenten Lügen überführte, war ich bereits Anfang dreißig, und Deine Liebesmaschinerie hatte mich beim Wickel. Ja, ja: Du logst, redetest Nonsens! Dennis hatte recht! Aber Du hattest *die Liebe* in Gang gesetzt – und Liebe überwog doch alles! Was waren Deine jämmerlichen Lügen gegen die große starke Liebe! Ich war mitgerissen von dieser überwältigenden Flut und ließ mich treiben und dachte nicht im Traum daran, dass Dein süßer Liebescocktail gar nichts anderes sein konnte als ein Gebräu Deiner verdorbenen Ingredienzien, Deines esoterisch-astrologischen Gewölles. Begeisterung für *die Liebe*, für *Dich* hatte mich ergriffen, nachdem jahrelang ein starkes graues Nichts mich beherrscht hatte, jene den Alltag bestimmende Fließband-Routine, die mich hatte verkümmern lassen. Du hattest dafür gesorgt, dass ich meine Routine verlassen, ein *Hobby* finden konnte. Ich selbst fühlte mich dazu eher nicht in der Lage; aus eigener Kraft hätte ich nicht einfach etwas *anfangen* können. Weder ein Schmetterlinge-Aufspießen oder Als-Clown-Herumlaufen noch ein Blumenzüchten oder die Origami-Kunst oder etwas anderes Lustvolles hätte mich entflammen können – DU warst es, die mich anzündete, die mich binnen kurzem lichterloh brennen ließ, Du hattest *die Liebe erschaffen*. Du wurdest mein Hobby! Meine rückhaltlose Begeisterung für diese gewaltige Liebe wuchs so rasch, weil nichts anderes von mir je Besitz ergriffen hatte, ich mich nach nichts so sehr sehnte wie genau danach. Spätestens der kleine Dennis mit seiner Scharfzüngigkeit hätte mir die Augen öffnen, das Feuer löschen, mich retten können. Aber ich nahm es nicht so wichtig, was er erkannte, was er sagte. Ich glaubte an Dich. Meine Begeisterung und damit die geweckte Hingabe an Dich waren authentisch, sinnstiftend; ich wollte keine Rettung, da sollte nichts aufhören, ich musste weiter brennen – ausbrennen, von selbst erlöschen, ohne eines Menschen Zuarbeit. Oder warst am Ende Du die Auslöscherin, so wie Du zuvor die Brandstifterin warst? Als ich begann, mein Leben ohne Dich fortzusetzen, waren erfreulicherweise drei Menschen um mich, für die es sich lohnte weiterzuleben, so dass ich meine neuerliche den Sinn wieder raubende Enttäuschung an Dir verkraften konnte. Mein Bemühen, Dich endgültig zu vergessen, aus meinem Leben zu verbannen, nahm seinen Anfang und trug mit den Jahren durchaus Früchte. Vergessen geht natürlich nicht. Und dieser Brief an Dich verdeutlicht sogar die Wichtigkeit des Nichtvergessens, weil ich damit die schwere graue Last, unter der mein Leben plattgedrückt schien, anheben und von mir wälzen kann. Zumindest kann der Brustkorb sich wieder heben, Atmen ist wieder möglich.

Ich neige schon wieder zum inhaltlichen beziehungsweise schreibenden Davonrennen.

Schließlich ging Dennis seiner Wege und war Deinem Wirken nicht länger hinderlich. Sein Werdegang ist wie der seiner Halbbrüder zunächst gepflastert mit Selbstschädigung und allerhand Drogen. Im Gefängnis war er nicht, setzte aber seine erste Ausbildung in den Sand. Und er wusste, wann es gut war, wieder bei Dir aufzutauchen. Für ein paar materielle Vorteile nutzte er ab und zu Deine Existenz und die seines Vaters. »Lass sie einfach erzählen – sie kann nicht anders«, so sagt er heute über Dich. Er ist dabei, seinen Meister als Lagerist zu machen, ist fleißig, ehrgeizig, besitzt eine Haushälfte, ist in seiner Partnerschaft mit zwei Kindern zufrieden und ordentlich stolz auf sich. Ihm wurde nichts geschenkt. Ab und an raucht er einen Joint.

Bis in diese Tage hinein war ich nicht in der Lage – und möglicherweise auch ein Stück weit zur alten bequemen Abgestumpftheit zurückgekehrt –, diesen Vergleich zwischen Dennis und mir anzustellen: Ich glaube, ich war nie weniger intelligent als er. Nur zerstörter.

Marek hat vor Jahren schon den Kontaktfaden zu Dir gekappt. Dennis ist diesbezüglich lockerer. Er ruft Dich an – ist es öfter als zweimal im Jahr? Er entschuldigt Dich heute und meint, schließlich habe er Dir selbst Leid zugefügt mit seiner Widerspenstigkeit. Beide, Marek und Dennis, haben Verbindung zu Karl, besuchen und helfen einander, fragen Karl um Rat. »Sind doch beides alte Leute heute. Was früher war – Schwamm drüber« – so versuchen die Halbbrüder ihren Seelenfrieden. Und siehst Du, ich bin doch auch dabei, ihn zu suchen.

*

Die Gegenwart. Wenn ich so über alles nachdenke, während ich schreibe, will ich manchmal weinen – und weiß gar nicht, warum. Das Weinen hatte ich doch längst aufgegeben, weil es zu nichts gut ist. Und weil kein Mensch es sehen soll. Das Derbe, das Handfeste half mir eher. Wenn ich als Kind weinte, war das nicht hilfreich, nichts änderte sich dadurch. Wenn ich geschlagen wurde, wussten wenigstens die anderen, warum sie es taten: weil ich da war, existent war, weil sie mich ekelhaft fanden, weil sie damit recht hatten. Meine Existenz als Mädchen war mein Pech. Vielleicht eine göttliche Fehlentscheidung, wer weiß. Die Jungs sehr viel später sind Dir besser gelungen – so dachte ich immer. Heute, wenn ich so einen kurzen Abriss ihrer Entwicklung gebe, wollen mir die Tränen kommen. Besser gelungen sind sie Dir nicht. Ich nehme an, sie sind nicht sexuell missbraucht worden in der Familie. Dennis' Glück war seine Flucht mit fünfzehn, weg aus diesem Sumpf, bestehend aus Dummheit, Verschlagenheit und Gewalt.

*

Als Alwin aufgehört hatte, mich zu schlagen, war da plötzlich gar nichts mehr. Außerdem hatte ich längst gelernt, mich selbst zu schlagen, mich auszupeitschen, mir weh zu tun, mich zu schneiden – das geschah mir eben recht: meine Schuld zu sühnen, meine Schuld, meine Schuld. Jeder neue Mann von Dir – meine Schuld. Oder nein, dass der vorige gegangen war, weil er nicht richtig für Dich war – das war meine Schuld. Ich war nicht gut genug gewesen, wenn einer Dich verließ oder Du ihn vor die Tür setzen musstest. Ich hätte mehr für ihn tun müssen – hätte ich *lieber* zu ihm sein müssen? Mein Schuldberg wuchs von Mann zu Mann. So sagtest Du mir das nicht, denn Du warst die Liebe, die leidensfähige Liebe, die das Kind nicht verantwortlich machte für elterliches Unvermögen – aber was sage ich – für mütterliches Suchen nach dem richtigen Partner. Zwei Deiner Männer hatten mich misshandelt, missbraucht, die anderen hatten mich ignoriert – gemocht hat mich keiner. Oder doch, vielleicht einer: mein holländischer Vater, mein leiblicher, Bert. Von den anderen niemand. Weil ich so viel falsch machte, immerzu und alles und nur falsch – da halfen nur Schläge. Denn ich mochte mich, so, wie ich war, ebenso wenig wie Deine Männer mich mochten. Ich verstand Deine Männer. Recht hatten sie, wenn der eine mich geschlagen hatte und die anderen mich ignorierten, obwohl ich sie dafür auch nicht mochte. Aber um Mögen oder Nicht-Mögen ging es nicht. Worum ging es eigentlich? Ich unterstützte ihr Verhalten, sobald ich allein war, weil es mir richtig erschien, ignoriert zu werden. Meine Wut auf mich, mein Hass gegen mich war eingepflanzt worden durch Deine Männer. Und durch Dich, weil ich Deine Wahrheit partout nicht anzuerkennen imstande war. Es gab keine Veranlassung, Deine Männer an ihrem Tun zu hindern. Denn sie taten, da ich ausschließlich log, am Ende nichts Verwerfliches. Dass ich mich zusätzlich selbst bestrafte, ist Dir und Deiner Liebe entgangen. Vor Alwin hattest Du selbst Angst, denn er schlug Dich genauso wie mich. So geht es den armen schwachen Frauen. Kuschen müssen sie. Wobei Du keineswegs wirklich böse auf mich warst – oder doch? Vielleicht wegen meiner Dummheit, eben weil ich mich zu allem Überfluss auch selbst noch schlug? Aber nein, was das betrifft, warst Du ahnungslos. Ich war böse auf mich. Mir geschah dies alles recht. Vielleicht hätte ich mich totschlagen sollen. Wie wäre dann Deine Reaktion gewesen? *Ach, diese Tochter – so sehr hat sie ihre Lügerei bereut – aber das wäre doch nicht nötig gewesen ...? So? Ja?*

Weißt Du, ich habe eine sogenannte Traumatherapie hinter mir, ziemlich lange, in einem Krankenhaus. Sie haben mir diese Diagnosen verpasst. Und wenn man die hat, sind Selbstverletzungen ein dazugehörendes Symptom. Es sei nicht richtig, sich selbst zu schlagen, sagen sie. Wenn andere einen schlagen, sei das auch nicht richtig, und wo denn mein Zorn auf diese Typen sei. Oder auf Dich. Und es sei auch nicht richtig, sich so fett zu fressen und dann wieder gar nichts mehr zu essen und nur noch einundvierzig Kilo zu wiegen. Warum war das nicht richtig? Ich brauchte es. *So kümmerte ich mich um mich.* Ich schlug mich, ich fraß, ich hungerte – eine vielleicht paradoxe Art der Selbstfürsorge. Aber doch: Es *war* Selbstfürsorge. Nur so war ich in der Lage, mich nicht selbst zu verlieren, nicht wahnsinnig zu werden. Meine Schlafstörungen heute, meine Alpträume und die Angst vorm Wieder-Einschlafen – alles *nicht richtig*. Mein Pausenclown-Gesicht, meine Unfähigkeit zu erkennen, wann Schluss sein muss, wann mein Körper mir signalisiert, dass er genug hat vom Schuften, mein Arbeiten bis zur Erschöpfung – war keiner da, der mir Einhalt geboten hätte – und wenn, ich hätte den Schwächling weggeschickt. Mein gutes Funktionieren mit zwei Kindern, von denen eines durchaus schwierig genannt werden durfte, daneben die zu pflegende Schwiegermutter und zuvor die Pflege des dementen Schwiegervaters und danach die der Alzheimer-Nachbarin bei mir zu Hause und dem Tagesmutter-Dasein für fünf fremde kleine Kinder – alles, alles *nicht richtig*. Nie war es genug, nie war ich gut genug für mich selber. Und für keinen anderen. Und kein Gott an meiner Seite, der mir freundlich gesinnt gewesen wäre, der mir beigestanden, mir etwas signalisiert hätte. Beten gehörte seit jeher zum Standardprogramm, danke sagen und bitte sagen und ihn nicht erzürnen und ihm gefallen. Warum hielt Gott mich nicht von der Selbstbestrafung ab, wenn sie doch nicht richtig war? War es ein strafender Gott, der es guthieß, wenn ich mich schlug? War es ein sadistischer Gott, der Freude daran hatte, mir beim Schlagen zuzusehen? War es ein machtloser Gott, der mich geschaffen hatte, nun aber nichts weiter für mich tun konnte? War es ein gleichgültiger Gott, dem alle seine Menschenkinder piepegal waren? War er enttäuscht und gelangweilt von uns Menschen, hatte er sich längst angewidert zurückgezogen? Deswegen lässt er auch alles zu, was die Menschen auf seiner Erde gegeneinander veranstalten? Was mir früher geschehen war durch Deine Männer und durch Dich – war Gott eingeschlafen? War er ein Penner? Er hatte die Täter geschaffen, ebenso wie die Opfer, hatte noch einmal müde gegrinst und sich davongemacht. Oder war es gar ein fürsorglicher Gott, der mir den Schlaganfall gesandt hatte, weil ich anders nicht innehielt? Der Schlaganfall hatte mich aus meinem Gut-sein-Wollen herausgeschleudert, radikal und gründlich.

Ich vermute, Gott ist längst zugrunde gegangen vor Ekel im Angesicht der ganzen dümmlich vor sich hin und ihn ängstlich oder heuchlerisch anbetenden Menschen.

Erst seit man mir Medikamente gibt, schlage und peitsche ich mich nicht mehr. Die Arme sind nicht mehr blau, und der Schädel hat keine Beulen mehr. Chemie in den Kopf, um Hämatome andernorts zu vermeiden! Das ist jetzt richtig, ja? Geblieben sind die Flashbacks – so nennen sie diese blitzhaft, durch irgend etwas ausgelösten einschießenden abscheulichen Erinnerungsbilder, die sich nicht vertreiben lassen, die sich dann ausbreiten, gefräßig wie ein Nimmersatt, die die Gegenwart überlagern gleich gruseligen Gespenstern, die offenbar ihr Recht ewig behalten, mir meine Tage zu vergällen, mich vernichten zu wollen. Sie verlassen mich wieder, gewiss, wenn sie genug gewütet haben, gehen sie wieder – aber nur, um nachher oder morgen oder in drei Wochen erneut mich anzufallen mit breitem Grinsen. Dann werde ich wieder geschlagen, dann schreist Du angsterfüllt, dann will der Stuhl auf Deinen oder meinen Schädel krachen, ehe das Möbel auf dem Tisch zersplittert, dann höre ich unterm dicken Kissen auf zu atmen, denn der Mann ist stärker als ich, dann lebt der nächtliche Alptraum von Alwins halbtoten, aber immer noch blaurot angeschwollenen Geschlechtsteilen in den Tag hinein fort. Die Bilder vergehen nicht, der Gestank verfliegt nicht, sein Geröchel verstummt nicht, und die Marmelade rinnt wie dickes Blut die Wand hinunter. Die Angst vor diesen Bildern, vor diesem oder mit diesem Immer-aufs-Neue-es-erleben-Müssen ist ein Dauerbegleiter. Der Wunsch, mich umzubringen, ist nicht mehr so intensiv, seit ich Tabletten nehme. Die anderen Strafmaßnahmen, wie zwei Tage lang nichts zu essen oder zu trinken oder mir die Nagelhaut abzuknibbeln, bis das Blut läuft oder mich zu kratzen, kann ich nicht so schnell aufgeben, denn meine Wut auf mich ist allenfalls ausgebremst. Da liegt sie, bei mir liegt sie, die ganze viele Wut, gegen mich gerichtet. Weil gegen Deine Männer oder gegen Dich spürte ich sie nicht, wäre in hohem Maße ungehörig gewesen, und selbst wenn – wie hätte ich sie zum Ausdruck bringen dürfen? Da ist es besser, man hat sie gar nicht erst, das enthebt einen dieser Bredouille. Besänftigt ist sie jetzt, die chemischen Bömbchen halten sie klein. Es gelingt mir, mich abzulenken von mir selbst, oder andere sind da, die mich ablenken. Und es gelingt mir, Dir zu schreiben, und nicht schon nach drei Seiten damit aufgehört zu haben. Ist doch schon mal was.

*

Zurück zu mir, zur Karl-Zeit. Als Fotografenmeister besaß Karl ein Fotogeschäft – eine Aufwertung für Dich. Ich war sechzehn, als meine weitere Anwesenheit in der familiären Wohnung Dir jetzt unpassend erschien – warum eigentlich? War es Dir jetzt nicht mehr recht und billig, dass derselbe Mann Dich wie mich benutzen würde? Was hattest Du plötzlich dagegen einzuwenden? Eifersucht? Eine gute Stimmung zwischen Dir und mir war jetzt weniger denn je gegeben. Mir war es recht auszuziehen. Ich zog in die Wohnung über Dir, zusammen mit Jochen, meinem ersten Freund, der fünfundzwanzig war. Die Jungs vorher waren Händchenhaltefreunde – ich hatte Angst vor deren Wünschen, die durchaus vorhanden und recht eindeutig waren. Wieso hatte ich bei Jochen diese Angst nicht? Hatte ich plötzlich eingesehen, dass es sowieso nie etwas anderes geben würde als sexuelles Rumgemache? Und was hätte das auch sein sollen? Ich meine, ich bezahlte diesen Preis gern, dafür, dass ich Deiner unmittelbaren Nähe entkommen konnte. Vom ersten Freund an lernte ich, die Männer zu manipulieren. Für Sex tun Männer alles. Ich war diesbezüglich in eine gute Schule gegangen. Apropos Schule: Ich war dabei, meinen Realschulabschluss zu machen. Mit Jochen war ich ein halbes Jahr zusammen. Der Sex war anfangs ganz gut.

Wenn ich das so lapidar niederschreibe, frage ich mich schon, warum Jochen sich niemals gewundert hat, mit welcher Selbstverständlichkeit eine Sechzehnjährige sexuell so spielfreudig war, wobei spielfreudig trifft es nicht so genau, ich wusste eben einfach, wie es geht, welche Hand- oder Mund-griffe zu welchem Ziel führten. Er staunte nicht über mein Geschick oder über meine Abgefeimtheit. Kam er selber aus ähnlichem Milieu wie ich? Mein Erinnern an ihn ist blass. Ich vermute, es ging mir in der Zeit mit ihm nicht besser als zuvor. Dann wollte er einen Kollegen mitbringen für das Vergnügen zu dritt. Gefiel mir nicht. Ich betrank mich sehr, wollte aus dem Fenster springen, kam schließlich mit Alkoholvergiftung ins Krankenhaus. Bruchstückhaft sind diese Erinnerungen. Warst Du für mich da? Gab es Deinen Besuch im Krankenhaus? Danach lud er eine neue Freundin ein. Ich gab ihm die Schlüssel zur Wohnung. Aber weder allein, noch mit Freun-din, kam er zurück. Ich schlief auf der Treppe. Du und ich, wir wohnten im gleichen Haus. War Deine Wohnung für mich versperrt? Sollte, durfte ich nicht zu Dir? Hatten wir eine Abmachung? Verbot mir mein Stolz, bei Dir zu klopfen? Die Nachbarin holte mich zu sich in die Wohnung, gab mir Valium, ich fühlte mich abgeschossen. Später kam er wieder, ent-schuldigte sich. Ich beendete die Beziehung. Stolperte in die nächste, mit einem seiner früheren Arbeitskollegen. Das tröstete mich. Sex gab es aller-hand, wir zogen zusammen, allerdings in eine andere Wohnung. Zweiein-halb Jahre schaffte ich das – war doch toll – oder? Der Sexualität stand ich keineswegs ablehnend gegenüber, was man ja annehmen könnte nach allen Widerlichkeiten. Ich war sogar ziemlich triebhaft in der Zeit. Mein Freund, Gert, beschwerte sich bei Dir, *weil ich ständig Sex wollte* – ja, was sollte ich denn sonst wollen von einem Mann, mit einem Mann? Wozu diese Paar-bildung? Zum Herumsitzen, Herumstehen und stillem Seufzen neben ihm? Was machte man mit einem, der genauso blöd war wie man selbst? Gab es zwischen den Geschlechtern außer Sex noch etwas auf der Welt? Man konnte mal ins Kino gehen, sicher, aber doch nicht unentwegt. Schwimmen ging nur im Sommer. Bücher lesen, aber doch nicht gemeinsam. Fernsehen, ja, okay, aber wozu denn zusammen mit einem Mann? Reality-TV brauchte ich nicht, kannte doch meinen Alltag. Die Smartphone-Ära war noch nicht hereingebrochen, wo man sich zu zweit allein mit seinem Gerätchen amüsieren kann. Also was? Kneipe war immer da, gut so, ein bisschen Leute treffen, Rettung vorm Absterben. Und trinken, na ja, war ja auch ganz anregend, solange es ihm Rahmen blieb. Meine hübsche kleine Welt. Eine bessere zeigte mir niemand.

Dank Karl war ich in der Fotografen-Ausbildung. Gert soff und spielte, hatte keine Arbeit. Ich mochte ihn nicht besonders. Dann gab es einen Einbruch in die Wohnung, meine Leih-Kamera war verschwunden. Es stellte sich heraus, dass Gert den Einbruch begangen hatte. Ich beendete die Beziehung. In der Kneipe lernte ich Theo kennen. Es war in Ordnung mit ihm. Die Sexualität lernte er praktisch von mir. Wir heirateten, denn schließlich hatte er Arbeit, was mir wichtig war, bei der Müllabfuhr, was heute noch der Fall ist. Er war viel auf Tour, gern in Kneipen. Meine Ausbildung hatte ich inzwischen abgeschlossen, aber der Laden ging ein halbes Jahr später pleite, was zu Deiner Trennung von Karl führte und zu meiner Arbeitslosigkeit. Da Theo nicht mit Geld umgehen konnte, hatte ich zahlreiche Putzstellen, von 6 bis 22 Uhr. Bald waren wir schuldenfrei. Theo ging immer wieder mal weg. Ich sah es ihm nach. Leicht hat er es nicht gehabt im Leben. Als Schwächster von neun Geschwistern war er von seinem saufenden Vater massiv verprügelt worden. Zwei seiner Geschwister waren ganz klein bereits gestorben, eines war dreijährig ertrunken, das andere von einem Auto überfahren, aber das weiß ich nicht mehr genau, vielleicht auch aus dem Fenster gefallen, weil niemand etwas dagegen gehabt hatte. Der väterliche Lohntüteninhalt wurde allmonatlich rasch versoffen, und wenn sein Vater nach Hause kam, tobte er sich am liebsten am völlig verängstigten Theo aus. War er zu voll, befahl er seiner Ehefrau, die Kinder (oder eben meist Theo, ganz nach Vaters Wunsch) zu verdreschen – was sie geschickt zu unterlaufen wusste: Sie ging mit Theo und einem Teppichklopfer ins Schlafzimmer, schlug aufs Bett ein und hieß die Kinder, tüchtig zu schreien. So wurde die Mutter von den Kindern geliebt.

Wenn ich das so erzähle, frage ich mich, warum ich mir erst einen Freund suchte, *den ich nicht besonders mochte* – so war es mir in die Tasten geglitten – und danach ausgerechnet solch einen Mann erwählt hatte. Einen, der, wie sein Vater, aggressiv wurde, sobald Alkohol im Spiel war. Einen, der eine Wandlung durchlaufen hatte vom schüchtern-ängstlichen Bürschchen hin zu einem Mann, vor dem ich gelegentlich selbst auf der Hut sein musste. Aber vielleicht liegt dem gar keine besondere Wandlung zugrunde. Vielleicht ist es eine folgerichtige Entwicklung vom geschlagenen Kind zum wütenden Mann, der seine Wut aber nur ungezügelt aus sich herauslassen kann, wenn er sich betrinkt, weil er nämlich auch als Erwachsener noch immer Angst hat und gar keinen anderen Weg für seine viele angestaute Wut kennt ... Ist so ein fataler Teufelskreis, dem offenbar keiner entkommen kann, sofern nicht sehr glückliche Umstände einen aus der Säuferbahn herausheben und ihn auf eine grüne Wiese setzen, weit entfernt von Schmutz und Suff, und wo er einfach lernen muss, sich zurechtzufinden. So eine grün duftende Wiese – für Theo hat es sie nicht gegeben. Ich konnte sie ihn nicht zeigen, ich wusste nichts von ihrer Existenz.

Bin ich etwa gerade dabei, mir Erklärungen für unerträgliches Verhalten zusammenzubasteln? Damit das unerträgliche Verhalten am Ende verständlich werden kann? Hab keine Angst, Mama, bei Dir hört mein Bastelspaß auf.

Aber Du merkst, ich gleite ab, verliere mich in Überlegungen, die Dir ganz fremd sein dürften: Gedanken um das Thema Wut, das Dir ja so vollkommen unbekannt ist, wie Du, seit ich Dich kenne, immer betontest. Und Mist, ich begebe mich schon wieder auf Dein Terrain, wage psychologisches Spekulieren. Aber a bin ich erbtechnisch Deine Tochter, b hast Du mich viel gelehrt, und c weiß ich doch, dass Du mir meine Ausflüge in Dein Reich nachsehen wirst. Sofern ich noch an Deiner Nachsicht interessiert bin.

Vielleicht haben sich in Theo und mir zwei gefunden, die einander gar nicht so unähnlich waren: In der Wut, die nicht erlaubt war. Gegenüber einem prügelnden Vater darf man seine Wut nicht zeigen, man muss parieren, am besten unsichtbar werden, wenn man am Leben bleiben will. Und wie ist das gegenüber einem prügelnden Stiefvater, der einen missbraucht bis zu den Tagen seines Sterbens? Heilige Dreieinigkeit von Angst und Wut und Ekel! Und gegenüber einem zweiten Stiefvater, der einen missbraucht? Und gegenüber einer Mutter, die das gestattet, selbst mitmacht und es gleichermaßen abstreitet? Eine Prise Irresein kommt vielleicht noch dazu an der Stelle. Bei Theo brach sich das über Jahre Unerlaubte Bahn im Suff. Ich selbst hatte Glück mit schließlich nicht nur einer überlebten Alkoholvergiftung, an keiner war ich krepiert, vielleicht ein Zeichen, fortgesetzte Wiederholungen zu unterlassen? Brachte ja nichts.

Vielleicht hört Wut eines Tages auf zu existieren? Wird abgelöst durch Achselzucken, Lethargie und dumpfe Interesselosigkeit? Wenn das denkfähige Hirn sich nicht völlig in Matsch verwandelt hat, wird man in aller lebensrettenden Unempfindlichkeit erkennen, dass Wut immer Kanäle sucht, abfließen muss, auch wenn sie damit den Menschen nicht dauerhaft verlassen kann: im Suff ab und zu, wie bei Theo – ich verstand ihn ja. Als Fresssucht, als Magersucht, als Selbstverletzungssucht bei mir – ich versteh mich ja. Damit tu ich keinem anderen weh, nur mir selbst. Und das ist nicht verboten wie alles andere. Deinem Kopf konnte ich ein paar Haare ausreißen – schlimm genug. Meinen Kopf kann ich zertrümmern, wenn ich möchte. Aber ich möchte gar nicht mehr, liebste Mama. Ich schreibe Dir einen Brief, und das ist ein besseres Ventil als Haare-Ausreißen und Kopf-Zertrümmern.

Liebst Du mich noch immer?

Wie dem auch sei, nach fünf Jahren mit Theo wollte ich ein Kind, da es mit ihm endlich besser lief; ich war stolz auf ihn. Als Belohnung für meine vielen Mühen mit diesem Mann wollte ich ein Kind, denn endlich hatte ich ihn für mich zurechtgebogen. Verflixt, Mama, warum will man immer ein Kind? Warum will *frau* immer ein Kind? Was machte mich so sicher, dass meinem Kind nicht Gleiches widerfahren würde wie Dir und mir? Wollen vielleicht Frauen ihren wahnsinnigen Müttern immer beweisen, dass ihnen die Kinderaufzucht besser gelingt als jenen? Dass sie klüger, geschickter, achtsamer sind als die eigenen Mütter es waren?

Die Gynäkologen wunderten sich über die ausgeprägten Vernarbungen in meinem Unterleib – ich wunderte mich darüber nicht, war ja beizeiten alles verwüstet, zerfleischt, zerstört worden. Ich hatte meine frühkindliche Zerreißprobe nicht bestanden. Auf Grund von zu viel Androgenen wurde eine Hormontherapie notwendig. Auch das noch. Ich wurde schwanger mit Elisabeth. Die ganze Schwangerschaft über ging es mir schlecht, Erbrechen von früh bis spät, bekam Infusionen, nahm in der Zeit zehn Kilo ab, was nicht weiter auffiel bei meiner immer noch Fettleibigkeit. Da die Placenta einen schlechten Sitz hatte, kam Elisabeth mit Kaiserschnitt auf die Welt. Theo und Du – Ihr wart bei mir in den schweren Stunden, bevor es dunkel wurde um mich. Nach dem Erwachen aus der Narkose hatte man mir ein Schmerzmittel injiziert, wie es wohl üblich war nach solchen Eingriffen. Zwar war meine Allergie dagegen bekannt, man hatte jedoch die Notiz in meiner Akte nicht bedacht – das Resultat war ein allergischer Schock. Du konntest sogleich alles beim Namen nennen, standst mir bei, rettetest mir das Leben – ich war Dir dankbar.

Anderthalb Jahre später wurde ich nach erneuter Hormonbehandlung schwanger mit Elias.

Überhaupt: diese Hormonbehandlungen. Wieso hatte ich zu viele männliche Hormone? Ich phantasiere mal an dieser Stelle – was Dir nicht unbekannt sein dürfte. Mein Körper hat beizeiten begonnen, sich gegen die Weiblichkeit zu wehren. Weiblichkeit war nicht gut. Weiblich zu sein, bedeutete Schmerz, Ausgeliefertsein, Willkür der anderen. Ein Kind im Bauch zu haben, konnte nichts Gutes bedeuten. Wer weiß, was dieses Kind mit einem tun wird? So wie ich Dir in Deinem Bauch bereits geschadet hatte: unbewusst, natürlich unbewusst, wie ich von Dir erfahren hatte ... Kein Kind zu bekommen, die Hormone dafür gar nicht ausreichend zu haben, war besser. So dachte mein Kopf nicht, so dachte mein Herz nicht, aber vielleicht mein Körper, das kluge Kerlchen.

Ein zweites Mal ging es mir schlecht mit permanentem Erbrechen, mehrfachen Blasenentzündungen, Pilzinfektionen, Krankenhausbehandlung. Theo fing wieder an zu saufen. Bei so einer Frau jetzt, das hält ja kein Mann aus. Elisabeth weinte viel, weil Theo unter Alkohol wütend war und mit Zeug schmiss, mich kontrollierte. In der fünfundzwanzigsten Schwangerschaftswoche vergewaltigte er mich. Ich trat ihn von mir, bekam Wehen. Theo trollte sich, ich war nur so lange halbwegs brauchbar für die Familie gewesen, solange ich den Überblick hatte und funktionierte. Verlor ich vorübergehend meine Balance, benötigte vielleicht gar seine Unterstützung, gewannen seine alte Angst und Ratlosigkeit und seine Wut auf beides wieder die Oberhand, er suchte Halt im Saufen, und sämtliche Kontrollmechanismen versagten.

Später, als Elias zwei oder drei war, passierte mein Bandscheibenvorfall, und es gab Morphin dagegen. Unter dieser Medikation benutzte mich

Theo – ich merkte davon kaum etwas. Von diesem Zeitpunkt an stand für mich fest, dass ich mich trennen würde von ihm. Nachdem ich, wenige Nächte später, während ich in tiefem morphin-tauben Schlaf von seinen Aktivitäten an mir nichts mitbekommen und beim Halbwachwerden lediglich meine spermatriefende Hand entdeckt hatte, packte mich ein nie gekannter Ekel, worüber ich zunächst wieder einschlief. Über großem Ekel wieder einzuschlafen – wie geht so etwas? Tatsächlich profitierte er weitere zwei Male in jener Nacht von meiner opiat-seligen Benommenheit, überwältigte mich. Am Morgen schmiss ich ihn raus.

Immerhin war Elias normal geboren worden. Ich war völlig zerschnitten. Das Kind hatte lange im Geburtskanal festgesteckt, einen deformierten Schädel, sah blau aus, man vermutete einen Wasserkopf, auch wegen der unterschiedlichen Ventrikelgröße. Beim Stillen machte Elias sich steif, sobald ich ihn zu halten versuchte. Überhaupt war ihm jeglicher Körperkontakt bereits als Baby unangenehm, er schrie, wehrte jede Berührung ab. Beim Spucken legte er nie den Kopf auf die Seite, immer bestand Aspirationsgefahr. Er spuckte viel, lag daher neben mir im Bett, mein Schlaf war flach. Theo reagierte zunehmend eifersüchtig. Natürlich: Ich hatte ihn wieder in mein Bett gelassen eine Zeit nach dem Rausschmiss. Nachtragend war ich nie. Nenne es, wenn Du willst, fehlende Konsequenz. Seine sexuellen Bedürfnisse waren längst stärker als meine, wie auch zuvor bereits in der Schwangerschaft. Mehrfach am Tag wollte er Sex, so dass ich bei ihm auf Handbetrieb umschalten musste. Dennoch fühlte er sich vernachlässigt, zeigte sich schlecht gelaunt. Ich begriff: Es war meine Schuld. Ich war es doch gewesen, die ihn in die sexuelle Erlebenswelt eingeführt, ihm alles erklärt und gezeigt hatte. Das hatte ich nun davon. *Die Geister, die ich rief, die werd ich nun nicht los ...* Wegen der Kinder ließ ich Theo weiterhin in die Wohnung, er sollte Kontakt zu ihnen haben, zumal er mir hinsichtlich Elias zugesichert hatte, das wir das gemeinsam schon schaffen würden. Wenn er zu mir ins Bett kam, sagte er, dass er *mit einer Oma* nicht mehr schlafen wolle. Nun, ich wollte auch nicht, gab mich nur noch her – ein uninteressiertes Samengefäß. Aufgabe der Frau ist es, den Mann sexuell zu befriedigen – Deine Devise, Mama. Ja, ich war zu einer schlechten Aufgabenerfüllerin geworden. Mit inzwischen mehreren Bandscheibenvorfällen hatte ich nur noch begrenzt Lust auf Sexualität. Theo schränkte seine Besuche bei uns deutlich ein – was war mit seinem

Versprechen bezüglich unseres schwierigen Sohnes? Etwas beruhigte mich: Ich schlief nur noch mit einem Messer im Bett.

Oh, diesen Satz schrieb ich so einfach an diese Stelle: Ich schlief nur noch mit einem Messer im Bett. Ich fürchte, ich muss das erklären, muss Dir etwas gestehen. In diesem Brief, etliche Seiten weiter vorn, steht eine Lüge – Du wirst sagen: ist ja nichts Neues ... Nein: steht ein Verschweigen. Steht ein A und kein folgendes B. Und klingt also ein bisschen unglaubwürdig, möglicherweise. Ich konnte nicht. Vor Tagen, oder vor Wochen, als ich jenes A schrieb, war es mir unmöglich, die Wirklichkeit zu benennen. Ich habe mich gedrückt. Aber jetzt kann ich nicht mehr kneifen, muss das Messer im Bett erklären. Ich erzählte Dir von meinen Träumen, den üblen und von meiner Angst einzuschlafen. Ich nannte mich *monströs böse* – Du erinnerst Dich? – und musste das am Ende in einen seltsam daherkommenden Wunsch ummünzen. Liebste Mama, doch, ich war böse in meinen Träumen. Und weil das so war, machte mir das noch viel mehr Angst. Und als ich Dir darüber schreiben wollte, war ich dazu nicht fähig, weil das doch überhaupt nicht meinem Wesen entspricht. Vielleicht auch, weil ich nicht zugeben wollte, verdammt Böses in mir zu haben, da Du es mir seit Kleinkindertagen unterstelltest! Du hattest recht: Teuflisches wohnte in mir, denn musste ich nicht davon ausgehen, dass ich am Tag genau das auch umsetzen würde, was ich nachts geträumt hatte? Wozu sonst träumte ich so grauenhaftes Zeug?

Ich bin Dir die Aufklärung schuldig. Das Messer. Ein damals wiederkehrender Traum: Theo steht vor mir, nackt. Mit einem übergroßen Messer steche ich wütend wieder und wieder auf seine Genitalien ein. Aber es passiert gar nichts. Keine Verletzung, kein Blut, keine Amputation, kein Schmerz. Im Traum wundere ich mich, warum mein Tun nichts fruchtet und werde immer wütender, steche auf ihn ein, bis mir der Arm lahm wird. Und wache schweißgebadet auf.

Dieser Traum vom Messer war vielleicht ein heimlicher Wink des Schicksals? Versteckte ich zu meiner Absicherung oder vielmehr zu meiner Mordlust, zu meinem Mord*zwang* von Stund an das Brotmesser im Bett? Sollte Theo sterben, nur weil er seine Männlichkeit an seiner Frau unter Beweis stellte? Sollte er büßen, stellvertretend für die anderen Männer, denen ebenso die Genitalien entfernt gehörten? Da lagen sie nun unterm

Kopfkissen deponiert: meine Bösartigkeit, meine Rachsucht, meine Gefährlichkeit.

Was denkst Du jetzt?

*

Ich hatte nur noch Augen für Elias. Asthma bekam er, Keuchhusten – ich filmte das. Beängstigende Bilder.

Soeben erschrecke ich. Wie kam es, dass ich in der Lage war, Elias' Erstickungsanfälle während dieses schlimmen Hustens zu filmen? Ähnlich dem, was Leute so reitet, die Verletzte und Tote filmen müssen, wenn sie Zeuge eines Unfalls werden? Was die alles erleben, und wie wichtig sie sich fühlen können, wenn sie das sensationelle Material anschließend sofort ins Netz stellen können. Damals gab es mangels passender Gerätschaften diese perverse Unsitte noch nicht, diese angeberische Zurschaustellung fremden Leids. Was bezweckte ich denn mit diesem Vorgehen? Das kalte Kameraauge draufhalten. Wofür? Mir will gar kein plausibler Grund einfallen, die massiven Hustenkrämpfe meines kleinen sich windenden Jungen filmisch zu dokumentieren – außer vielleicht dem, dass es mir sehr unbewusst um Glaubwürdigkeit ging, die mir stets abgesprochen wurde. Um einen gewachsenen Instinkt, ein inneres Gebot: Nur das wird Gültigkeit haben, was optisch wie akustisch nachweislich stattgefunden hat. War schließlich nicht so einfach mit der Wahrheit.

Ein Sonderkapitel: mein Sohn. Die ersten fünf Jahre mit ihm waren die schlimmsten. Ich schien wieder einmal alles falsch zu machen.

Elias war von Beginn an für Dich ein besonderes Kind, das spürtest Du. Und wirklich: Das Kind war anders, verhielt sich anders als andere Kinder, schien außerhalb kindlicher Normen fern der gängigen Maßstäbe auf seinem Eigenleben zu bestehen. Das linke Auge zeigte eine eigentümliche Zackenbildung der Iris. Du hattest dafür sofort eine Erklärung und einen Namen: *Elias trägt den Davidstern.* Oh, wie wir alle staunten! Und dass da niemand außer Dir drauf gekommen war! Natürlich: der Davidstern, war doch logisch, im Grunde. Hätte jemand Fragen dazu gehabt, hätte er wieder einmal sein peinliches Unwissen kundtun müssen. Du warst so oft fein raus mit Deinen haltlosen Behauptungen, und wenn sie dann noch einen symbolträchtigen Begriff enthielten, den jeder schon einmal gehört hatte, oder auch nicht, dann konntest Du sicher sein: Die Pointe saß. Und konntest noch etwas Vages, Unpräzises, in der Zukunft Verborgenes anfügen: *Wir werden alle von Elias lernen können.* Gewiss, Mama, das war die Lösung des Davidsternrätsels.

So ganz geheuer schien er Dir nicht zu sein. Einen Bezug zu ihm konntest Du nicht herstellen, ebenso wenig wie er zu Dir. Ließ Deine Astrologie Dich im Stich? Obwohl es mich kurz nach Deinem Brief an ihn, den Neugeborenen, doch wieder zu Dir hingezogen hatte, zu Mutter und Meisterin ... Etwas in mir hing fest an Dir, noch immer gelang Dir mit cleverem Fingerschnips meine einsichtige kleinlaute Heimkehr unter Deinen blauen Baldachin.

Jegliche Nähe lehnte Elias weiterhin ab. Er lernte nicht sprechen. Was war los mit dem Kind? Während Elisabeth lediglich eine Fructose- und Saccharose-Intoleranz hatte und entsprechend diätetisch versorgt werden musste, entwickelte Elias zusätzlich zu der gleichen Unverträglichkeit eine Allergie gegen tierische Eiweiße und Fette – blieb nicht mehr viel an Essbarem für ihn. Eine Epilepsie mit großen Anfällen kam hinzu, später dank medikamentöser Behandlung nur noch kleinere Anfälle nachts und tagsüber Absencen. Als er fünf war, diagnostizierte man Autismus. Da der Junge überaus aggressiv war und uns alle mit Zeug beschmiss, musste dem entgegengewirkt werden. Die sogenannte *Festhalte-Therapie* begann: *Eine enge Bezugsperson* setzt sich das Körperkontakt ablehnende Kind auf den Schoß, Bauch an Bauch, und hält es fest, *aggressionsfrei* (so steht es geschrieben). Das Kind wehrt sich, schreit, versucht, sich dieser grausam empfundenen Nähe zu entziehen, wobei Arme und Beine möglichst durch eine zweite Person ebenfalls festgehalten werden. Je mehr Gegenwehr das Kind entwickelt, umso fester wird es an den eigenen Körper gedrückt. Gibt es nach, kann man ebenso lockerer werden; spannt es sich wieder an, sträubt sich, will verzweifelt aus der Umklammerung entkommen, zieht man es erneut fester an sich. Das wird so lange wiederholt, *bis sich die Erregung legt und sich die Bereitschaft zum freudigen Erleben von Zärtlichkeit einstellt* – so lese ich soeben im Internet, da diese Methode einer *Psychotherapie* bei Erwachsenen wie Kindern wohl heute noch immer Anwendung findet. Ich empfand diese Prozedur, die zum Glück nur einige Male mit Elias praktiziert wurde (einmal davon mit Theo, von dem ich zu der Zeit bereits geschieden war), ungeheuerlich. Ich, ausgerechnet ich wurde jetzt von ärztlich-psychologischer Seite angehalten, meinem Kind etwas anzutun, das nicht so weit entfernt war von dem, was ich in früheren Jahren hatte aushalten müssen. Dem kindlichen Körper mit erwachsenen Muskeln, einer erbarmungslosen Fessel, bis zur Erschöpfung Nähe aufzuzwingen, die ihm zuwider ist! Bis die kindliche Körperkraft endgültig nachlässt, bis jeglicher Widerstand gebrochen ist, bis es sich abgekämpft ergeben muss. Ermattet, entkräftet, erledigt. Ist es nicht verdammt leicht, ein Kind körperlich zu besiegen? War es denn etwas anderes als eine Vergewaltigung, von der mir *Besserung* von Elias' *Bindungsstörung* in Aussicht gestellt wurde? Gewaltanwendung in der Psychotherapie? Unweigerlich drängen sich Parallelen zu meiner früheren eigenen Kinderpsychologin auf.

Das durchzuführen war ein Akt der Verzweiflung, da die ganze Familie ratlos war. Sogar Dir mangelte es diesbezüglich an Ideen. Deine Zurücknahme war wohltuend. Den Festhaltungen wohntest Du nicht bei. Sofern ich selbst sie für quälend und nicht durchführbar hielt, wurde Alex herbeigerufen, der innerlich weniger anteilnehmend war. Irgendwie *half* es, Elias wurde etwas ruhiger.

Nun, Kinder, die mehrfach misshandelt werden, ziehen es eben vor, stiller zu werden, weniger auffällig, damit sich das Furchtbare nicht wiederholt. Man kennt das.

Du und Dein Enkel? Dein Umgang mit ihm? Du bist nicht mit ihm umgegangen. Suspekt war er Dir in seiner Andersartigkeit. Gewiss wolltest Du an seiner Erziehung mitwirken – das Kind sollte durchaus *vom Himmel erzogen werden*. Du in himmlischer Gestalt hättest ihn doch fein prügeln können, raus mit dem ganzen wenig Handhabbaren. Du wagtest es nicht. Hattest Du etwa Angst vor ihm, der den korrekten Rahmenbedingungen für Deine funktionierende Erziehung zuwiderlief? Oder Angst vor mir? Ich war es, die so ein Unkind geboren hatte, wo sonst als in mir hatte es sich entwickelt, zusammengeklumpt zu einem psychischen Fehlkonstrukt – musste es nicht so kommen? Wenn ich an der Stelle einmal Deinen Thesen mit der kosmischen Energie folge, diesem vormenschlichen Zustand, in dem der künftige Elias aber bereits mit spezifischen Wünschen und Bedürfnissen hinsichtlich seiner menschlichen Zukunft ausgestattet war, könnte man doch schlussfolgern, er habe sich meine Person als Mutter ausgewählt, in weiser Vorausschau meiner Entfernung von Dir, die ihn verderben würde durch ihre absonderliche Art der Liebe, der er sich keinesfalls aussetzen durfte, was ihm jedoch nur gelingen konnte vermittels ureigenen Verdorbenseins. Denn nur dadurch konnte er vor Dir sicher sein. Autismus als Selbstschutz.

Liebste Mama, der listig-lustige Eberhard diktierte mir diesen Satz in die Tasten, diesen Satz, der Deiner Weisheit so hübsche Flügelchen verleiht.

Die Realität war nicht so spaßig. Mit Elisabeth hattest Du gemeinsame Märchenstunden und Filmseh-Nachmittage. Elias kam in diesen Genuss großmütterlicher Zuwendung nicht. Vielleicht hätte er darauf auch gar nicht reagiert, wir wissen es nicht. Auf ein Podest hattest Du ihn vorsichtshalber gestellt, man konnte ja nie wissen – und da stand er nun in seiner Wesensarmut. Kann es sein, dass er bald ein wenig uninteressant wurde für Dich? Er war schließlich kaum zu beeindrucken, von fremden Einflüssen hielt er sich fern, manipulierbar war er nicht.

Sieben Jahre lang hatte er einen Begleithund, treues Tier, aber was hoffnungsvoll begann, seine Beziehung zum Tier, verlor sich bald. Und damit auch mein Wunsch, dass er über den Hund vielleicht eher den Kontakt mit Menschen finden könnte. Sein Schwerbehinderten-Ausweis ziert heute ein B – dafür, dass eine Person ihn kostenlos begleiten darf. Neun Jahre hatte er einen verständnisvollen Keyboard-Lehrer – dann wollte er nicht mehr üben. Elias hat heute einen großen Wortschatz; früher sprach er lange nicht in ganzen Sätzen, konnte nur mit Hauptwörtern etwas anfangen, die anderen Wortarten blieben ihm ein Rätsel, er verwendete sie nicht. Sätze seines Gegenübers oder Teile daraus wiederholte er, ohne zu antworten und offenbar, ohne sie zu verstehen. Sprache diente nicht der Kommunikation. Die Ärzte gaben dem einen Namen: *Echolalie*. Ich suche immer noch nach etwas, neben dem kalten Autismus-Begriff, nach etwas Freundlicherem, weil es doch meinen Sohn betrifft, und das viele Sonderbare an ihm, wofür es lediglich kluge Namen und sonst nichts gibt. Apropos kluge Namen: Elias beherrschte etwas und hatte sogar ein bisschen Spaß daran, wenn er seine Schwester und mich damit genauso irremachen konnte wie wir ihn mit normalem Sprechen. Er kannte die lateinischen Namen von allerhand Fischen und grinste, sobald er uns seine Aufwartung mit Agamyxis pectinifrons oder Ancistrus dolichopterus oder Astatoreochromis aluaudi machen konnte. Darauf war er stolz – das beherrschte niemand außer ihm.

Theo zeigte keine besondere Sensibilität für den Jungen, knuddelte mit ihm, weil Theo das so wünschte. Aber eben nur Theo. Zu seinem dritten Geburtstag hatte er ihm ein Lied komponiert, weil Elias Musik mochte. Für das Kind war es aber spannender, die vielen Teelichte akkurat aufeinander-zustapeln. Mit dem Thema Autismus hat sich Theo nie befasst. Einen Sportler wollte er aus seinem Sohn machen, einen schnellen Radfahrer, nie begreifend, dass das nicht gelingen konnte. Ich versuchte, meinem Mann geduldig und immer wieder viel zu erklären hinsichtlich dieser Normab-weichung – er hat es nie verstanden und nie ernst genommen. Immer sprach er von meinen Übertreibungen, auch als ich mit dem hoch fiebernden schwer Herpes-erkrankten Kind ins Krankenhaus wollte – Theo fuhr uns nicht; ich musste Alex bitten. »Autismus«, sagte Theo, »gibt's in unserer Familie nicht!« Was er nicht kennt, existiert auch nicht. So einfach ist das. Sein Vater war ganz genauso. Drei Homosexuelle leben in seiner Familie, aber »Schwule gibt's nicht in unserer Familie!«

Bei der Scheidung fragte ihn der Richter, wo denn die elterliche Sorge für die Kinder bleiben solle. »Na bei der Mutter«, war seine spontane Ant-wort. Ich war fein still, war ja auch nicht gefragt worden. Als er begriff, dass er mit dieser Aussage selbst auf das gemeinsame Sorgerecht verzichtet hatte, erklärte er, ich hätte ihn gelinkt.

Ich stelle fest, Elias, mein langjähriges Sorgenkind, hat gerade allerhand Platz bekommen in meinem kleinen Lebensbericht an Dich. Elisabeth ist über den Bemühungen um ihn keineswegs vergessen worden. Aber ihr Weg war glatt. Vom niedlichen Baby, dessen Herumgereichtwerden mir bald zu viel wurde und ich daran erinnern musste, dass das Kind kein Wanderpokal sei, bis zur Physiotherapeutin heute, verlief ihre Entwicklung weitgehend unspektakulär. Wach, interessiert und lediglich Zucker-allergisch, wurde Sport ihr wichtig. Tanzen und Ballett wurden leider rasch zu teuer, Kunstturnen und Gitarren-unterricht waren preiswerter und gut für ein paar Medaillen. Elisabeth sollte nicht eifersüchtig sein auf Elias, sich nicht benachteiligt fühlen, weil der Junge so viel mehr Unterstützung benötigte als sie. Ihre Bestätigung, keine Eifer-sucht empfunden zu haben, war mir sehr wichtig. Sie ist froh darüber, dass sie sich so vielfältig ausprobieren durfte, dass ich in der Schule Projekte ins Leben gerufen, für ihre Klasse eine Modenschau organisiert und für deren Modelle ich mit den Kindern fleißig genäht hatte.

Ein eigensinniges Persönchen war sie immer. Eine Klassenlehrerin in der Grundschule wurde von Elisabeth grundsätzlich nicht gegrüßt. Die Lehrerin sprach mich an und erfuhr die Ursache: Ich hatte dem Kind beigebracht, mit Fremden nicht zu reden. Fremd oder jemanden nicht leiden zu können, war für das Kind schlicht ein und dasselbe.

Es war die Zeit meiner Trennung von Theo. Ich war unsicher, wollte nichts falsch machen, wieder einmal, Elisabeth war kurzzeitig in einer Therapie.

Was mir selbst wichtig war: ihre Selbstverteidigungskurse ab dem vierten Lebensjahr, auch wegen unserer nicht ganz ungefährlichen Wohngegend. Ihre Erfolge in den Wettkämpfen behielt sie für sich. Ruhig war sie, aufgeweckt, beliebt. Als ihr mit zwölf ein gleichaltriger Junge dumm kam, warnte sie ihn mehrmals erfolglos und beförderte ihn danach kurzerhand zu Boden. Von da an galt sie als Heldin für die Mädchen, von Jungs wurde sie in Ruhe gelassen. Neun Jahre Selbstverteidigung, bis zum orangefarbenen 5. Kyu. Reiten wollte sie immer, was dank Elias und seiner verordneten Reittherapie gut ermöglicht werden konnte. Ihr Wunsch immer: selbst Reittherapeutin zu werden. Der notwendige Umweg über die Physiotherapie ist für sie in Ordnung. Eine Alternative hat es für sie nie gegeben. Sie ist noch jung und hat ihr Ziel nicht aus den Augen verloren. Als Jugendliche sammelte sie allerhand Urkunden im Dressur- und Springreiten. Meine jubelnde Begleitung zu allen Turnieren war uns beiden wichtig.

Unten im Haus wohnt sie, ist ziemlich impulsiv, sagt, was sie denkt. Und manchmal ist sie übellaunig. Ihr Argument: Nett sein während der Arbeit, das reicht. »Zu Hause will ich auch mal doof sein.« Ist sie mir gegenüber zu doof, muss sie gehen – rauh, aber herzlich.

Wenn ich das letzte Geschriebene noch einmal überfliege, ich ahne, was Du an der Stelle denkst: Weiter oben belächelte ich Dein Engagement für Deine Kinder, weil es so vordergründig auf Außenwirkung bedacht war. Kann sein, dass Du mir jetzt Gleiches unterstellst, was ich höchst formell von mir weisen würde, nicht zuletzt deshalb, weil mich Deine Unterstellungen nicht mehr interessieren, liebste Mama.

*

Zurück in die Vergangenheit. Zu Karl war sein Freund Alex mit seiner Freundin, Lucy, zu uns gestoßen. Alex absolvierte bei Karl eine

Fotografen-Ausbildung. Beide, Alex und Lucy, wurden zu wichtigen Figuren in unserem Familienspiel. Alex – ich erwähnte es schon – avancierte innerhalb Deiner Sekte irgendwann zu Deinem Meisterschüleranwärter. Und mit Lucy hatte es eine besondere Bewandtnis. Die junge Frau fiel auf durch ihr fröhliches Wesen. Viel musste sie nicht tun, um von Dir akzeptiert zu werden. Da Jessica sich trotz Deiner Liebesprügel und im Ganzen betrachtet, beinah so schlecht entwickelt hatte wie ich Jahre zuvor, warst Du glücklich, endlich doch noch eine Tochter zu bekommen, die Dir nicht in den Rücken fallen, nicht an Deinen Nerven zerren würde. Lucy hatte alles, was ich nicht besaß und was Du in Jessica auch nicht hattest hineinprügeln können: Charme hatte sie. Singen und tanzen konnte sie – wie nanntest Du sie? *Tanzende Elfe! Rose!* Lucy war fest im Glauben und Dir zugetan in bedingungslosem Gehorsam, von Anfang an. Was gab es Schöneres für Dich? Ohne Aufwand doch endlich noch die Tochter zu bekommen, der Du zugetan sein konntest, weil sie ohne Wenn und Aber Deinem Tochterbild entsprach. Nicht einen einzigen Liebesköder musstest Du auswerfen – Du warst sofort Lucys Wunschmutter, sie war sofort Dein Wunschkind. Welch ein Glück. Musstest nicht gegen sie kämpfen, weil sie einfach perfekt war und alles fraglos tat, was Du von ihr wolltest. Du hattest sie Dir wahrlich verdient nach so viel Materialfehlern der anderen beiden. Schade, dass es keine Geld- oder Zeit-zurück-Garantie gibt bei Kindern.

Lucy kam und sah und siegte. Was war Deine Erklärung? Das Kind Deines 6. und Noch-immer-Ehemannes, Reinhold, habest Du zuvor verloren, sagtest Du (stimmt das? Fehlgeburt? Totgeburt? Ich war nicht mehr auf dem Laufenden), so dass Du Lucy als *Geschenk des Himmels* willkommen heißen konntest – und Du selbst warst doch der Himmel, wieder mal ein Himmelskind, nur diesmal nicht über die direkte Gott- oder Himmelszeugung entstanden. Und sie war bereits erwachsen! Sie bedurfte Deiner Erziehung gar nicht mehr! Das Wesentliche war bereits vollbracht an ihr, der Boden vorbereitet, wartend auf Deine Saat. Genaues entzieht sich meiner Kenntnis, liebste Mama – Du sagtest, Du habest Lucy die Augen geöffnet bezüglich ihrer leiblichen Mutter, weshalb es der jungen Frau alsbald gelungen sei, mit ihrer Mutter zu brechen. Wie um alles in der Welt war Dir das wieder gelungen? Mütter und Töchter zu entzweien, scheint eine Deiner leichtesten Übungen. War am Ende Dein Handeln an *mir* mit einem ähnlichen Ziel verbunden die ganze Zeit über? Diese Frage stellt sich mir gerade. Sofern Mütter mit ihren leiblichen Töchtern vielleicht so gar nicht zusammengehören, wäre es nur logische Konsequenz gewesen, mich von Dir zu trennen. All Dein Trachten wäre alsdann hauptsächlich so zu verstehen, mich von Dir abzukoppeln, wegzutreiben von Dir – in die Arme einer *besseren Mutter*? Da die sich jedoch nicht zeigte und da ich ohnehin reichlich begriffsstutzig war, hattest Du kein leichtes Spiel mit mir. Ich blieb an Dir kleben, bis ich endlich, endlich von allein kapierte, dass meine leibliche Mutter gar nicht gut für mich sein konnte.

Der Gedanke irritiert mich jetzt schon wieder, und ich mag ihn gar nicht weiter verfolgen. Hattest Du nicht etwas von der einzigen oder wahren Mutter gesagt, für die es nirgends einen Ersatz geben kann? Du warst immer gut im Wenden Deiner Argumente. Sie wurden der jeweiligen Situation und dem Bedarf entsprechend geschickt anverwandelt.

Lucy jedenfalls war Dir ergeben, Anerkennung und Bewunderung erfuhrst Du durch sie – wie bisher von keinem Deiner Kinder, die alle mehr oder weniger Deine so besondere Liebe verschmähten. Baden konntest Du nun in reichlich Angebetet- und Vergöttertwerden. Den schlüssigen Beweis *Deiner* Liebe tratst Du an, als Du sie, zusammen mit Reinhold, adoptiertest in deren zartem Alter von dreißig Jahren. Mühelos manipulierbar war sie. Als Nur-Freundin konntest Du Lucy nicht so fest an Dich binden – auf Sicherheit und Festigkeit der Bindung kam es Dir an, immer schon, auf ihr Nicht-wieder-Wegkommen von Dir, auf die Unauflöslichkeit.

Auch Lucy war natürlich im Besitz eines Gedankenaustauschbuches zusammen mit Dir. Alex nicht – der war Legastheniker, hatte Extra-Schulungen mit Dir. Später einmal – o weh, o weh –, als Lucy mit Alex schon verheiratet war, kam es zur Katastrophe: Lucy verliebte sich in Georg, was nicht sein durfte und landete darüber in der psychiatrischen Klinik, aus der Du sie herausholtest, *Therapie kann sie bei mir machen!*, war Deine Erklärung.

Und Reinhold, zehn Jahre jünger als Du, war nun endlich ein Dir treu ergebener Mann, der Dich unterstützte, wo er nur konnte – und er konnte. Als Vertreter im Außendienst für irgendwas, für Rasierklingen und Damenstrümpfe oder Kunsthaarperücken, ich weiß es nicht mehr, verdiente er nicht schlecht, besaß allerhand Gesammeltes wie Teller aus China und andere Wertsachen, die er sämtlichst verkaufte, um Geld für Dich zu haben, für Deine Zauber-Utensilien wie Stutenmilch, diverse Kristalle und Mistel-spritzen gegen Krebs, die nur im Ausland erhältlich waren, womit Du Deine Kunststücke den Sektenmitgliedern darbieten konntest zum Zwecke er-neuter Bewunderung Deiner Person. Reinholds Geld hat dafür freilich nicht ausgereicht – die Familie und vor allem Deine Freundinnen mit ihren speziellen Gelderwerbsmethoden der körpernahen Dienstleistungen waren klaglose fleißige Mitfinanzierer der extravaganten Wünsche ihrer verehrten *Meisterin*. So konnte meine immer in Geldnot gewesene Mutter weite Stre-cken fahren, oder ein Hotelzimmer war plötzlich drin für Dich und Deinen neuen Mann. Der sollte schon bald nicht mehr so hart arbeiten, beruflich nicht mehr so viel unterwegs sein, weil Du ihn doch brauchtest an Deiner Seite, für Deine *Pflege*, denn gepflegt werden musstest Du allmählich bei so viel *Krebs*, der doch immer wieder bei Dir ausbrach. Wenn ich an die ganzen *Metastasen* denke, die Du Geplagte entwickeltest, als Reinhold in Dein Leben getreten war, überall bekamst Du sie, überall wucherte es in weichen Beulchen unter Deiner Haut herum, an den Armen sah man sie deutlich – ich meine, es handelte sich um kleine harmlose Lipome, die sich aber anboten, hergezeigt zu werden den schreckensweit aufgerissenen Augen derer, auf deren Hilfe Du angewiesen warst. Hast Du sie noch, die ganzen Krebslein? Ich weiß um Deine Darm-Operation, als ich Kind war – ja, ja, das war der *Darmkrebs*, den ich bereits erwähnte – aber sag, was war es denn tatsächlich? Deine Insulinspritzen konntest Du Dir nicht selbst setzen, das musste Reinhold schon vor Jahren erledigen, und gewiss tut er es noch immer. Du leidest. Und er achtet Dein Leid, heute wahrscheinlich mehr denn je. Wie putzig er stets hinter Dir herrannte, in der Hand das Aluminium-Köfferchen mit dem medizinischen Inhalt, der augenblicks zur Stelle war, sobald Reinhold einer geringfügigen Verschlechterung Deines gesundheitlichen Zustandes ansichtig wurde. Ach ja, der Reinhold, mit seiner sehr weißen Haut, mit seinen ehemals schwarzen Haaren, die kurz nach seinem Einzug bei Dir mit einem Mal weiß geworden waren. Einen dichten Rauschebart trägt er, Dein biblisch dreinschauender Pfleger ... Aber mittlerweile – die Zeit vergeht ja – pflegen alle Deine Freundinnen auch ihn mit. Wie alt seid Ihr zwei heute? Du Anfang siebzig und Anfang sechzig er. Und Freundin Jutta schrieb neulich an Deiner Statt seltsame Briefe, zum Beispiel an meinen Bruder Dennis und auch an Jessicas Tochter – wieso das, wieso nicht an mich? Liebste Mama, warum nicht auch an mich? Dennis hat noch hin und wieder Kontakt zu Dir, und Jessicas Tochter wohl auch – das wird es sein. Darin schrieb Jutta, dass die ach so bösen Kinder, Sophia, Tobias, Marek und Dennis sich nicht um die elend gewordene bedürftige Mama kümmern. Dies würden nun in aufopferungsvoller Weise allein deren Freundinnen bewerkstelligen – pfui-pfui. Wieder einmal.

*

Also immer wieder diese Abschweifungen, diese Seitengassen! Und das ganze Gerümpel, das da herumliegt. Aus dem Dachbodenfenster geschmissen, aus dem Keller gewuchtet. Aus meinem Leben.

Dass Männer Sex wollten, in allererster Linie und in der Hauptsache, dass das Meiste gut auszuhalten war, wenn sie den Sex bekamen, der ihnen zustand und nach dem sie verlangten, das wusste ich seit den frühen Alwin-Zeiten, also spätestens seit meinen Grundschulanfängen. Es war mit Theo nicht anders gewesen. Friedliche und mitunter sogar freundliche Zeitgenossen waren sie dann, wenn ich dafür gesorgt hatte, dass ihre sexuellen Bedürfnisse gerade keine Rolle mehr spielten. Und diese Bedürfnisse waren immer und überall und nach kurzer Zeit erneut vorhanden. Meine Fürsorge richtete sich also ganz wesentlich auf den männlichen Unterleib. So hatte ich das gelernt. Und ich hatte Routine entwickelt.

Mario, mein zweiter Ehemann, wunderte sich über meine Art der Umsicht mit ihm. Er nahm meine Hand oder meinen Kopf von sich weg.

»Was machst du da? Es war doch gestern erst …«

Ich sah ihn an. »Ja willst du denn gar nicht …?«

Nein, er wollte tatsächlich nicht. Ich sagte ihm, dass ich ihn doch liebe und ihm das zeigen wolle. Und wurde traurig über die Maßen, und sogar ein wenig frustriert, weil er meine Liebe verschmähte. Was machte ich falsch? Ich bekam Angst.

»Gar nichts machst du falsch«, sagte er, »ich weiß doch, dass du mich liebst.«

»Ja, aber den Beweis meiner Liebe willst du nicht, du lehnst mich ab.« Die Tränen liefen mir übers Gesicht.

»Wie kommst du darauf, dass ich dich ablehne?«

»Weil du meine Liebe ablehnst!«

Er hatte mich eng an sich gezogen, streichelte meinen Kopf.
»Was, um Himmels willen, ist passiert mit dir, dass du so denkst?« fragte er.

Ich verstand ihn nicht. Ich verstand ihn lange nicht. Ließen meine Fähigkeiten und Fertigkeiten zu wünschen übrig? Legte er Wert auf raffiniertere Spielchen, vielleicht auf künstliches Spielzeug, auf Praktiken, mit denen ich mich weniger auskannte? Gewiss gab es noch effektivere Varianten sexueller Lustbereitung – er musste sie mir nur nennen oder nahebringen, gern wollte ich alles für ihn tun.

Was sollte das, dass er meinen Kopf streichelte und meine Hände und meinen Rücken? Darauf kam es doch gar nicht an! Das hatte noch nie jemand gemacht! Was war denn wichtig an meinen Armen, an meinem Gesicht? Derartig genügsam war er? War er kein richtiger Mann? Auf all meine erfinderischen Bearbeitungstechniken verzichtete er! Meine Liebe verachtete er! Hielt mich fest in seinen Armen und fragte, was mit mir los sei.

Liebste Mama! Meine Verwirrung war maßlos und anhaltend. Weil ich doch über die Liebe zwischen Mann und Frau alles wusste oder zu wissen glaubte und weil Mario mir wichtig war wie kein anderer je zuvor. Gewiss würde ich ihn verlieren, wenn ich seinen Wünschen und Bedürfnissen nicht entsprechen konnte.

Dass ich ihn nicht verlieren würde – nicht dadurch –, begriff ich in einem mühevollen Prozess des Umlernens. Während dieser Zeit dachte ich besonders oft an Dich und wie Du mir *die Angst vor Männern* hattest austreiben wollen. Sag, hat Dich jemals ein Mann *geliebt*? Weißt Du, wie das geht? Warst Du je mit einem Mann tief im Inneren verbunden?

Du ahnst vielleicht, dass ich gerade Mitleid mit Dir empfinde. Hab keine Sorge, so ein Gefühlchen ist vorübergehend.

Ich bleibe noch ein wenig bei Mario, wenn Du gestattest. Du kanntest ihn ja nicht. Vor lauter eigener Gekränktheit nanntest Du ihn pädophil, weil er den Schülerbus fuhr. Weil er Dich nicht umarmt hatte. Meine armselige liebste Mama, die es nötig hatte, die aberwitzigsten Geschütze aufzufahren! Während ich mich nach solchen Ereignissen von Dir zu lösen begann, wuchs Mario für mich allmählich zu dem, was man einen Fels in der Brandung nennt, zu einem Kraftspender, den Kindern wurde er ein nimmermüder Unterstützer, ein Tröster, gleichbleibend in seiner Zugewandtheit. Gut war er zu ihnen, die gar nicht die seinen waren. Sie dankten es ihm, indem sie ihn von Anfang an mochten. »Die Kinder haben dich geheiratet«, sagte ich zu ihm, und er lachte. Ein ausgewogenes Geben und Nehmen war es, für ihn selbstverständlich, für mich längere Zeit mit Skepsis beobachtet, gewöhnungsbedürftig, zweifellos wunderbar, wie eine ununterbrochen wärmende Umhüllung, die doch aber kaum für *mich* sein konnte – womit hatte ich sie verdient? Aber ich nahm sie an, nachdem ich endlich verstanden hatte, dass Sexualität nur ein Teil dessen war, das uns verband, ein Mosaikstein im Gesamtbild. Ich musste keine Leistung erbringen dafür. Mario liebte mich um meiner selbst willen – was für eine Erfahrung im fünfunddreißigsten Lebensjahr! So etwas ist möglich! Und es geschah *mir*!

Gefallen konnte Dir das freilich nicht, denn in dem Maß, wie ich die Liebe durch ihn erfuhr, ebenso neu wie schlicht, ebenso schlicht wie überwältigend, verlor ich meine Abhängigkeit von Dir und Deiner speziellen Art des Liebens. Ich kam Dir abhanden, und Du musstest es dulden. Deine phänomenalen Zaubereien ließen nach in ihrer Wirkung. Stets hatte ich Deinem Bild entsprechen müssen – und tat ich es nicht, drohte der Entzug Deiner Liebe. Mario hatte nie vor, mich zu verändern, zu verbessern. Seine Liebe stand nicht als Belohnung für meine Anpassung an seine Forderungen. Gänzlich uneigennützig war sein Gefühl für mich – etwas noch nie Dagewesenes erfüllte mich, dem ich jeden Tag aufs Neue entgegenstaunte. Während Deine Magie ihre Anziehungskraft allmählich einbüßte.

Heute blicke ich zurück auf meine Zeit, auf dreizehn Jahre mit diesem Mann, dem so besonderen Menschen. Etwas geschah in den Jahren mit uns – oder soll ich sagen: Etwas hörte auf in den Jahren mit uns. Etwas breitete sich aus. Vielleicht war es etwas der Müdigkeit Ähnliches. Kennen gelernt hatte ich ihn in meiner magersüchtigen Zeit, nach der Scheidung von Theo, der keine Ruhe gab, mich immer wieder ins Bett zu zerren versuchte, zu mir kam, zu mir und meinem Messer für ihn. Wut auf Theo spürte ich nicht, war ja mein Markenzeichen, und damit Dir ganz ähnlich, Wut nur auf mich selbst, die nichts im Leben zufriedenstellend hinbekam. Bestrafung war angesagt, wieder einmal. Dann eben ab jetzt gar kein Essen mehr – meiner überdimensionierten Unfähigkeit geschah das recht. Ich hatte nun zu essen aufgehört, fühlte mich schlapp, trieb mich an, meine Kinder zu versorgen, was mitunter nicht leicht war, aber leicht durfte es gerade nicht sein – mein Bestreben. Leicht durften es diejenigen haben, die Gutes vollbrachten, deren Lebensresultate sich sehen lassen, die nach einer gewollten Scheidung endlich befreit aufatmen konnten. Theo klebte an mir, brauchte mich offenbar, ich hatte ihn verjagt, wollte jedoch den Kindern den Vater nicht wegnehmen, ließ es zu, dass er zu mir kam, obwohl sein Interesse an den Kindern nicht groß war. Wie sonst wäre der Kontakt zu ihnen aufrecht zu erhalten gewesen. Dünn war ich jetzt geworden, dünn und schwächlich. Dann wieder dick, teilweise bulimisch mit Fress- und Kotzanfällen, konnte mich nicht ausstehen, denn was immer ich begann – es gelang mir nicht. Zu dumm zum einfach Krepieren, nagte etwas in mir an meinem Leben herum, an diesem Drecksleben, wie eine innen wohnende Ratte – und die galt es nun auszuhungern. Ach was, ich sage das jetzt so – ich hatte keine Erklärung. Du wirst sagen: *Eberhard* war's! Auf jeden Fall schadete ich mir nun sehr bewusst, denn Selbstenttäuschung und Selbsthass saßen tief. Zum dritten Mal in meinem Leben – diesmal aus freien Stücken – suchte ich eine Psychologin auf, als ich nur noch einundvierzig Kilogramm wog. Mein Ziel war es, meiner Familie zu entkommen, Theo sollte mich in Ruhe lassen, sollte den Kindern die unvermeidlichen Besuche abstatten und dann wieder verschwinden. Entkommen wollte ich Dir, Deiner Sekte, Deinen Kontrollen. Aber diffus war alles, durcheinander, längst nicht so klar, wie ich es heute formulieren kann. Mario machte mit seinem Gleichmut, seiner zärtlichen anspruchslosen Aufmerksamkeit meine innere Konfusion komplett. Irgendetwas oder jemandem zu entkommen durch Hungern? Das würde doch am Ende Sterben bedeuten. Den Kindern die Mutter wegnehmen. Nein, an Sterben dachte ich doch nicht, bei allem war Mario doch ein unverschämtes, weil unverdientes Glück ...

Nein, nein, erklärte die Psychologin, das sei ein ganz falscher Denkansatz: Meine Familie sei wertvoll, keinesfalls solle ich die verlassen. Ich solle nur jetzt auf jeden Fall die Finger von einem neuen Mann lassen, der meine derzeitige Not nur vergrößern würde.

Wie konnte diese Frau es wagen. Ich ging nach Hause und fing an, mich zu schlagen wie noch nie zuvor, bis mir die Arme von oben bis unten blau waren. Da konnte ich sie sehen, meine Wut, in den blutunterlaufenen Scheißarmen, die ich kaum mehr bewegen konnte, beleidigte blaurot geschwollene Fremdkörper, die an mir herabhingen. Was waren das nur für Menschen, diese Psychologen!

Mama, indem ich das schrieb, spürte ich wieder meine verbläuten Arme, die plötzlich genauso wehtaten wie damals, als ich sie frisch zugerichtet hatte mit dem Nudelholz. Ich zog eben, kaum dass es mir gelang, die Puloverärmel etwas hoch, zaghaft, ängstlich, um nachzusehen, ob sie ebenso blödsinnig erschrocken, verfärbt und dick angeschwollen aussahen – es hätte mich nicht gewundert.

War nur eine kurzzeitige Dissoziation. Dazu aber eine schmerzliche wie wohltuende Erkenntnis: Was waren das für Menschen, diese Psychologen, schrieb ich gerade. Meine Wut auf sie – jetzt spüre ich Wut und kann sie ordentlich adressieren – auf alle Menschen dieser Berufsgruppe, war gewaltig, schon als Kind hatte ich mich nicht getäuscht. Dorthin gehörte meine Wut in der genannten Situation, nur dorthin – was konnten meine geschundenen Arme dafür? Meine Gliedmaßen mussten dafür büßen, dass die Psychologen arm an Verstand und arm an Mitgefühl waren, dass sie gelernt hatten, vollkommen aberwitzige Hinweise zu erteilen, bösartige Forderungen zu stellen wie das neue Schöne in den Müll zu schmeißen, dafür das langjährig Miserable beizubehalten?

Gut, die Arme waren Ersatz, mussten herhalten, waren greifbar für meinen unsäglichen Gemütszustand. Psychologen zu schlagen, empfiehlt sich nicht. Vielleicht können sie nichts dafür, waren eines Tages ausgezogen, sich in Beistand und Unterstützung zu üben, und es ist ihnen nicht gelungen. Nun rennen sie, die seelisch krank Gewordenen zusätzlich schädigend, durch die Welt, gesegnet mit trügerischer Selbstberuhigung, Gutes zu bewirken.

Allerdings an deren Statt sich selbst die Arme kaputtzuhauen, hilft allenfalls für den Moment. Ablenkungsmanöver. Sind dann wenig brauchbar eine Zeit lang. Erinnern mich, täglich, stündlich, bei jeder Bewegung an meine Schwäche, meine Fehler, mein unnützes Dasein. Was auch schon wieder wütend macht. Ärmchen.

Diese Sensibelchen. Diese Mimosenteile. Am besten gleich nochmal draufschlagen. Das ist (oder war?) meine Logik. Die Logik all derer, die sich selbst weh tun.

Der Schmerz, den ich mir zufüge, gilt nicht mir; er ist lediglich Ausdruck meiner hilflosen Wut auf andere, die nicht erlaubt ist.
Pause. Längere Pause.

*

Mario war der Mann, der Elias täglich mit dem Bus abholte und wiederbrachte. Unsere gemeinsame Zeit nahm ihren Anfang. Gut ging es ihm nicht. Ich kannte ihn nicht anders als mit üblen Rückenschmerzen. Mario lächelte tapfer und tat seine Arbeit, gleichwohl er niemals schmerzfrei war, wie er erzählte, seit seiner Jugend. Von einem *Gasphänomen* sprachen die Ärzte und meinten die Löcher zwischen seinen Wirbelkörpern, wo sich normalerweise die Bandscheiben befinden, die bei ihm zunehmend degenerierten – ein fortschreitender, nicht aufhaltbarer Prozess des Zusammenwachsens der schließlich bandscheiben-befreiten Wirbelkörper. Sein Schicksal, dem er seit seinen Jugendjahren unbeirrt in den Rachen griff nach dem Motto: nun erst recht – wofür ich ihn bewunderte. Schmerzlinderung lehnte er ab. Medikamente würden ihn nur benebeln, erklärte er, und dann würde er es nicht mehr wagen, die Kinder zu fahren. Unverzagt ertrug er seine peinigende Knochen-Erkrankung mit der schlechten Prognose. Aber schweigsamer wurde er darüber mit der Zeit. Und ich ebenso, weil ich ihn nicht überzeugen konnte von der Notwendigkeit einer Medikation. War nichts auszurichten, weder mein Bitten noch meine Argumente bewirkten sein Umdenken. Stur war er. Aber er imponierte mir in seiner Verbissenheit, in seiner stoischen Haltung, seinem Durchhaltevermögen. Er machte mir Mut, nicht nachzugeben, eigenen körperlichen Beschwerden keine Bedeutung beizumessen. Er lebte es mir vor, dieses wohlbekannte Trotzdem, womit man einfach weitermachen konnte, rücksichtslos gegen sich selbst, Augen zu und durch. Das tun, was zu tun ist, und basta. Schmerzen waren dazu da, ausgehalten zu werden. Und ein bisschen stolz darauf zu sein, sich nicht unterkriegen zu lassen. Wir hatten unser großes Haus, den arbeitsintensiven Garten. (Wegen dieses Hauses, in das die alte Dame, die ich pflegte, mit eingezogen war und auch die Miete übernommen hatte, so dass wir einen Kredit bekamen – ein Haus wäre sonst nicht möglich gewesen –, gab es später eine Gerichtsverhandlung. Mario wurde beschuldigt, das Haus erworben zu haben mit Hilfe des Pflegegelds, das ich für die alte

Dame erhalten hatte. Ich schreibe nachher noch einen Satz dazu.) Ständig musste am Haus etwas gerichtet, erneuert, vervollständigt werden. Meine handwerkliche Geschicklichkeit kam uns entgegen. Während Mario ganz gut Geld verdiente, sorgte ich für alles andere. Handwerker benötigten wir in der Regel nicht. Und kräftig war ich auch. Wieder geworden, nach der Zeit der Magersucht. Und endlich abgenabelt von Dir. Jahre schon ohne direkten Kontakt zu Dir. Während Mario unterwegs war, beräumte ich allein die Fläche, die wir frei haben wollten von großen Steinen, Findlingen. Als er zurückkam, war die Arbeit getan, und er nannte mich seinen »Minihektor«. Für Elias hatte ich eine Reittherapie durchgesetzt, Mario war begeistert, weil der Junge auf dem Tier gute Fortschritte machte. Ich war viel im Stall, auch Elisabeth bekam ein Pflegepferd, später ein eigenes. Ich versorgte aber nicht nur Elias' Therapie-Pferd, sondern mistete gleich alle zehn Schulpferde im Stall.

Fleißig waren wir beide. Und beide waren wir gut darin, den jeweiligen Schmerzen keine Beachtung zu schenken. So zu tun, als wären sie nicht vorhanden.

Während Mario nahezu heldenhaft seine Qual unterdrückte, tat ich es ihm gleich. Signale, die mein Körper mir sandte, wahrzunehmen, hatte ich nie gelernt. Oder anders gesagt: Wenn etwas wehtat, gehörte das einfach dazu, war nicht der Rede wert, man musste kein Wort darüber verlieren, weil es in Ordnung war, dass es wehtat. Man gewöhnte sich schließlich daran. Dass selbst *die Liebe* wehtat, hatte mich bereits Alwin gelehrt, indem er mich regelrecht zerfetzt hatte. Und dass ich das, was ich hundertmal erfuhr, als etwas Selbstverständliches hinzunehmen hatte – dafür hattest Du gesorgt, liebste Mama, indem Du es Lüge nanntest. Schmerz – war – Lüge. Wie alles andere ebenso. Schmerz gab es nicht. Bei mir gab es ihn nicht. Stumpfheit war an die Stelle des Schmerzes getreten, lange schon. Resignation, die vielleicht sogar Weisheit ist, kraftschonend nicht mehr zu kämpfen gegen Unvermeidliches, die vielleicht sogar ein bisschen rettet – rettet vorm Suizid. Die ihn aber andererseits, wenn ich es überlege, auch ermöglichen kann ...

Nun, an Suizid dachte ich nicht in meiner glücklichen Mario-Zeit, da ich – vollkommen unverdient, wie mir noch immer schien – etwas Großartiges erleben durfte. Ich hatte sogar aufgehört, mich selbst zu bekämpfen – keine

Schläge in jener Zeit! Marios Schmerzen nahm ich wohl ernst, die meinen nicht. Klein waren meine Wehwehs, bedeutungslos, Pillepalle. In der Vergangenheit hatte ich mich nur spüren können, wenn ich selbst mich grün und blau schlug. Alles weniger Schmerzhafte konnte unter Geringfügigkeit verbucht werden, oder entzog sich ganz und gar meiner Wahrnehmungsfähigkeit – eben dank jener Stumpfheit. Wobei das nicht ganz stimmt. Für Marios Zärtlichkeiten hatte ich feine Antennen entwickelt, konnte sie genießen. Alles war still geworden, nach den zerstörerischen inneren Tumulten war so viel Ruhe eingekehrt, die Zeit zufriedener Perfektion, mein Leben mit einem Mann zu teilen, der mir mein Richtigsein signalisierte, der keinen Druck ausübte und bei dem ich sicher zu sein lernte, dass er mich weder anlog, noch dass er mir mit Gleichgültigkeit begegnete.

Aber wer weiß, vielleicht war ich doch nicht gut genug darin, sein Befinden richtig einzuschätzen. Nahm ich ihn tatsächlich ernst genug in dem, was er mir sagte beziehungsweise was er mir zunehmend verschwieg? War ich dank meiner eigenen Wahrnehmungsstörung überhaupt in der Lage, innerhalb seiner sanftmütigen stillen Gefasstheit das Ausmaß seiner Pein zu ermessen? Wie kann ich behaupten, sein Leiden für voll genommen zu haben, wenn ich doch kaum selbst ein Gespür hatte für körperliches Leiden? Er erwähnte seine Beschwerden irgendwann nicht mehr. Hätte ich nicht häufiger oder viel intensiver in ihn dringen müssen, sich in eine Schmerztherapie zu begeben? Er wollte nicht, nein, er wollte dreimal nicht, oder zehnmal, ich akzeptierte seine Begründung und gab es auf. Okay, dann war das so. Verbissen rutsche er früh in seinen Bus; verbissen entstieg er ihm wieder. Manchmal sah er verquält aus. Der bitter werdende Zug um seinen Mund entging mir nicht – nun, wir werden alle älter, so belog ich mich erfolgreich. Er lächelte mich an, wenn er kam und mich küsste, mein wunderbarer, phantastischer Mann. Und nach einer gemeinsamen Tasse Tee ging ich noch einmal hinaus in den Garten, die schweren Pfähle für den Zaun fertig in den Boden zu rammen.

Dieses beiderseitige Stummwerden griff nach uns, die Bequemlichkeit des Verschweigens, langsam und lautlos. Während in den ersten Jahren das Sprechen über alles uns Beschäftigende breiten Raum eingenommen hatte, verlor es sich unmerklich – wir meinten, uns nun ohne Worte vielleicht sogar besser zu verstehen als zuvor. Die Betrüblichkeiten unserer jeweiligen Vergangenheit hatten wir einander erzählt – sie stellten die Einschusslöcher dar und blieben Mahnmal im ansonsten haltbar empfundenen Fundament unserer Gemeinsamkeit, waren nicht ungeschehen zu machen. Vielleicht waren wir beide aufgrund unserer Beschädigungen – wie soll ich sagen – ein wenig wackelig im Durchsteigen unserer Stockwerke, aber wir hatten Halt aneinander gefunden, lächelten uns Mut zu, weil schließlich keiner die Knoten des anderen aufzulösen vermochte.

Natürlich bestand unser Miteinander nicht nur aus Arbeit. Ein paarmal fuhren wir nach Holland zu meinem Vater. Noch als ich sechsunddreißig war, hattest Du mir das verboten beziehungsweise wolltest unbedingt dabei sein, so wie die Male zuvor, als ich mit Theo dorthin gefahren war. Du erklärtest, wegen des sprachlichen Verständnisses sei Deine Anwesenheit unbedingt vonnöten. Aber war es nicht ein bisschen anders? Geschah es nicht vielmehr um Deiner Kontrolle willen, um zu überprüfen, was dort geredet wurde, um sofort eingreifen und verändern oder falsch übersetzen zu können, sobald etwas nicht in Deinem Sinne dargestellt würde?

Also machten Mario und ich uns heimlich auf den Weg nach Holland. Auch den letzten Besuch bei meinem Vater unternahmen wir gemeinsam. Zusammen mit meinen holländischen Halbgeschwistern konnte ich mich von ihm verabschieden, nachdem er längere Zeit nur dank Dialyse überlebt hatte. Wir waren uns einig: Die Maschinen wurden abgestellt in unserem Beisein.

Aber zuvor, vor dem Tod meines Vaters, nach solchen Besuchen bei ihm, war es Mario immer schwergefallen, einen halbwegs normalen Umgang mit Dir zu pflegen. Er zog es dann vor, still zu sein, ganz still, ging Dir möglichst aus dem Weg, denn er hatte von meinem Vater mehrfach Seltsames vernommen hinsichtlich Deiner Person, das heißt, eines der Halbgeschwister übersetzte das Notwendige. Das, was Mario zu hören bekam, machte ihn fassungslos und lähmte ihn gewissermaßen, obwohl er von mir bereits viel Kenntnis hatte über Dich und unsere einzigartige Beziehung. Manche meiner Erlebnisse mit Dir hatte er gewiss für sich in Frage gestellt, aber die Berichte meines Vaters mussten ihm sowohl meine Glaubwürdigkeit unterstreichen als auch dem schräg-verschwommenen Bild, das er von Dir hatte, allmählich klarere Konturen verleihen.

In Mario war die Angst vor Dir gewachsen. Oder jenes Unbehagen, das man Menschen gegenüber entwickelt, die einem nicht ganz geheuer erscheinen (vielleicht ähnlich dem, das Dich anfiel in den Begegnungen mit Elias), mit denen etwas nicht stimmt, deren Seltsames man nicht zu benennen weiß, dafür aber umso deutlicher zu spüren meint und vorsichtshalber zurückweicht. Umarmen mochte er Dich nicht mehr. Die offene Ablehnung wagte er nicht. Also blieb er bestürzt, verstört und auch diesbezüglich weitgehend ohne Worte.

*

Wie macht man das: trauern? Trauer ist doch ein Gefühl – und meine Gefühle sind gelogen. Also musste ich nicht erst anfangen damit. Konfusion war es wohl eher, Konfusion gepaart mit grausamem Erschrecken. Der wichtigste Mensch in meinem Leben – nach meinen Kindern – hatte sich davongemacht. Was gab es da zu *fühlen*, zu *empfinden*? Außer: Das – ist – nicht – wahr! Gott, mach, dass das nicht wahr ist!

Man ruft immer so gern Gott an in einer erschreckenden Situation: *Gott, mach ..., bitte mach ...* Aber Gott macht nicht. Gott, der ewige Nichtsmacher. Der große Schweiger.

Kaum dass Mario tot war, kam von Dir eine Trauerkarte ins Haus geflattert nach jahrelangem Schweigen. Du konntest kaum wissen, was geschehen war – schon hatte ich etwas von Dir in der Hand: Deine Beileidsbekundung. Mein Entsetzensschrei war noch nicht verklungen – da standst Du wieder vor mir, wissend, mit Greifarmen, dämonisch. Nein! Nicht DU! Nicht Du JETZT! Deine scheinheiligen, Deine plumpen Wörter! Was wolltest Du? Mir Schuldgefühle machen? Mir sagen: *Siehst du, ich hab es doch immer gewusst, Mario ist nicht der richtige Mann für dich ...?*

Aus überhaupt keinem Grund – wie mir schien – hatte er sich von meiner Seite genommen, sich ausgeklinkt, nachdem er doch Jahre zuvor sich mit mir zusammengetan hatte, mit mir zusammengewachsen, eins geworden war. Hatten wir es nicht hervorragend hinbekommen, jenes einzigartige Verstehen ohne Worte? Hatten wir je darüber gesprochen, über diese Möglichkeit, sich das Leben zu nehmen, wenn es eines Tages nicht mehr aushaltbar sein würde? Wie überhaupt konnte es nicht mehr aushaltbar sein, wenn einer doch den anderen an der Seite hatte? War es eine mögliche Möglichkeit, eine erlaubte Möglichkeit, dem eigenen Leben ein Ende zu setzen, wenn es doch den Menschen neben einem gab, dem keiner *das* antun durfte? Dieses Alleinlassen, dieses Den-anderen-Verlassen? Lag nicht in seiner Liebe für mich auch eine große Verantwortung für mich? Nicht durch eine lebensbedrohliche Krankheit, nicht durch einen tragischen Unfall, sondern selbst herbeigeführt: sein Lebensende!

Ich hatte noch nie um etwas oder jemanden getrauert. Und es machte mir Angst, weil es neu war, weil es eine undurchführbare Notwendigkeit war: zu trauern. Wofür war Trauer notwendig? Wozu war sie nütze? Weil *man* das so machte? Für welches Ziel? Um abzuschließen mit einem Kapitel im Leben, mit einem Menschen – ja? Ist das so? Wie sollte ich mich überhaupt benehmen jetzt? Die endlose Fortsetzung meines Schreis wäre vielleicht angemessen gewesen. Mario hatte mich nicht stark gemacht, da war die alte Ohnmacht wieder, ohne ihn, verlassen zu sein, verwirrt und stumm. Wie sollte irgendetwas jetzt weitergehen können, und wozu? Sollte der alte Irrsinn von neuem beginnen, indem Du, liebste Mama, mir erneut Deinen Fanghaken ins Fleisch schlügest mit Deiner verlockend daherkommenden Trauerkarte? Gerade hatte ich alles abgestreift, alles Schäbige, Unwürdige so vieler Jahre, und ich hatte wohl in aller Unbedachtheit geglaubt, dass es irgendwie endgültig vorbei wäre, dass es nun mal hätte gut sein können mit Elend und Demütigungen und Verletzungen, dass der Preis hoch genug war, den ich bezahlt hatte, und dass ich keine Gemeinheiten mehr erfahren müsste für den Rest meines Lebens. Dieses Leben besteht aus Fehlkalkulationen.

Diese Deine Geste zu ignorieren, Deine Karte auf der Stelle dem Papierkorb zu übergeben, war gewiss meine Rettung vor Deinem neuerlichen Zugriff. Was hätte der bedeutet? Dass Du mich nach einer kurzen Zeit erlaubten Grams wieder in Deine zupackende Familienseligkeit eingesaugt hättest?

Meine Trauer war nichts Ausdrückbares, und ich weiß nicht einmal, ob ich mir Trauer gestattet habe bis zum heutigen Tag. Und was bringt es, etwas nicht Ausdrückbares ausdrücken zu wollen? Heute, jetzt gerade, in diesen Augenblicken des Schreibens versuche ich vielleicht zum ersten Mal nachzudenken, zu formulieren, Worte zu finden, etwas Hell in dieses undurchdringliche Dickicht zu bringen. Es wird nicht gelingen. Dennoch. Ich habe meinen Lebensmenschen verloren. Ja. Dabei spüre ich, wie es an mir zieht, wie es im Hals drückt, wie ich schlucke und wieder schlucke, wie sich ein Schleier vor die Augen legt, den ich doch nicht will. Was soll ich erkennen durch diesen tränentrüben Blick? Der das Äußere verschwimmen lässt und nur noch das zu sehen erlaubt, das sich hinter jenem Außen verbirgt. Und was soll da sein, in dem, das ich Innen nennen müsste? Wohin mein Blick mich jetzt lenken will. Hinein. Innen ist Stummheit. Innen ist Nichts. Hohl unter der Schädeldecke. Mein augenblickliches Erschrecken: Innen ist Nichts? So wie bei Dir? Die Du doch nur aus Hülle bestehst? Ich habe genauso wie Du keinerlei Innen? KEINERLEI INNEN?!

Doch. Innen ist Schmerz. Stummheit – ist – Schmerz. Verlust. Herausgerissenes. Herausgerissenes ist Wunde. Wunde ist Schmerz. Offensein. Nacktsein. Weiter verwundbar sein. Und darum will ich den Blick nach innen nicht – verdammt!

Mein Panzer war doch immer schon nützlich für mich.

So wie für Dich Deine Hülle?

Sind da etwa Ähnlichkeiten?

Was für Bilder entwerfe ich!

Du hast mich trainiert! *Du!* In *Deine* Schule bin ich gegangen!

Also sind da Ähnlichkeiten. Dein Einfluss konnte nicht wirkungslos bleiben.

Mein Innen wolltest Du nie. Hattest Angst davor.

Hülle sollte ich werden. Liebesgeplätscher-Hülle. Wie Du. Zitternde zappelnde Hülle. Leergesaugt durch Dich und als Unverdauliches ausgespuckt von Dir, der Mutter-Spinne, bloß weg mit den Tochter-Innereien, um sie niemals als gültig anerkennen zu müssen.

Stolz macht sich gerade breit in mir. Mein Innen war von fester Konsistenz, nicht aussaugbar. Oder der Panzer darum herum war nicht durchdringbar mit Deinem Rüssel. Ich selbst muss ihn aufbrechen. Nicht für Dich.

*

Das Leben musste weitergehen damals, die Kinder, die weinten, mussten versorgt werden. Ich schaltete mein Handeln auf Autopilot, alles lief reibungslos, weil ich maschinenhaft funktionierte. Mario hatte ein würdiges Begräbnis verdient, zu dem Du dankenswerterweise nicht erschienst.

Dieses *Aus-keinem-Grund* füllte mich aus, machte mich wütend auf ihn – was nicht sein durfte, ungerecht war, ich durfte nicht wütend sein, schon wieder nicht wütend? Aber hatte er mich nicht im Stich gelassen? Einfach so? Neu war die Situation, Mario war tot. Und eine Gebrauchsanweisung *Wie ist Leben noch möglich nach seinem Tod* lag nicht vor. Dennoch kannte ich diese Stimmung. Wut auf einen anderen Menschen zu haben, stand mir nicht zu, war noch nie zulässig gewesen. Also dann doch unentwegt diese sinnlose Warum-Frage. Auch für die hasste ich mich, immer schon. Wieder einmal war ich nicht gut genug gewesen? Ja, meine Schuld – natürlich trug ich Schuld an seinem Tod, den ich lange nicht verstand. Was sonst konnte es gewesen sein, das ihn in den Tod getrieben hat? Wer? Außer mir? Das war das Altbekannte, ich war gewöhnt daran: Schuld war *ich*. Ich begann wieder, mich selbst zu schlagen. Zwei Jahre lang absolvierte ich pflichtgemäß meine Überlebensprüfungen, immer wieder fiel ich mit Ungenügend durch, weinte bei jedem Bus, den ich auf der Straße sah, schlug den Kopf gegen die Wand. Auf das Naheliegende, mich ausgiebig zu betrinken, kam ich nicht. Vielleicht weil ich früher schon nicht an der grandiosesten Alkoholvergiftung krepiert war? Nichts wünschte ich sehnlicher herbei als mein Freisein von den Kindern, meine Gleichgültigkeit ihnen gegenüber. Und nichts blieb mir standhafter verwehrt als diese. Ich sah die Kinder leiden, die doch gerettet werden wollten aus ihrem Leid, sie durften mir doch nicht lästig sein, dazu hatte ich kein Recht. Nie hatte ich ein Recht zu etwas. Aber doch, ich gebe es zu: Damals störten die Kinder meine Todessehnsucht. Dass sie störten, mit ihren kindlichen Wünschen, mit ihrem Gequengel, mit ihren Tränen, mit ihrem Nähebedürfnis, auch mit ihrem Lachen manchmal, das ihnen nicht in dem Ausmaß abhanden gekommen war wie mir, und das mir aus ihren Mündern mitunter unzulässig, sogar unverschämt erschien, diese ganzen lästigen Kindernotwendigkeiten retteten mein Leben. Hätten sie mich kalt gelassen, was ich so gern gehabt hätte, hätte ich sie zu Halbwaisen gemacht, mit einem Vater, fast so untauglich wie ich meine Väter erlebt hatte.

Heute weiß ich, dass es seine Knochenschmerzen waren, über die Mario nicht mehr gesprochen, auf die ich ihn nicht mehr angesprochen hatte, die aber irgendwann ein Ausmaß angenommen haben mussten, welches das Erträgliche überstieg. Und ich weiß heute: Das Perfide, womit jener Gerichtsprozess geführt und zunächst für Mario verloren worden war, war hinzugekommen, seine Ratlosigkeit, sein Groll, diese nun auch seelische Qual, der etwas entgegenzusetzen, unmöglich schien.

Ich jedenfalls war völlig ahnungslos. Wir hatten Umbaumaßnahmen am Haus geplant, waren guter Dinge, er hatte gerade mehrere Kettensägen gekauft. Nichts deutete darauf hin, dass Mario am wachsenden Schmerzensüberdruss zerbrach. Zwei Tage später fand ich ihn.

Was bleibt. Und warum kostet alles so viel. Sind gar keine Fragen. Ist mein Schulterzucken. Was ist das: Trauer. Wie Blei legte sich mir etwas auf die Seele, nicht mitteilbar, unsozial, hinterhältig lauernd wie ein Heckenschütze, zusammengesetzt aus meinen Gespenstern, diesen Brocken aus Selbstvorwürfen, Schuld, Versagen, Schweigen, Lügen, Strafe. Ich stolperte in einem Steinbruch umher, nicht wissend, was danach kommen würde. Im günstigsten Fall nichts mehr. Herzstillstand, bitte umgehend. Weil jegliches Kommende mit mir nichts mehr zu tun haben würde. Was konnte das noch sein, war doch alles ausgelöscht. Mein Leben hatte aufgehört, nur mein Dasein ging weiter, erbarmungslos wie ein Uhrwerk, das, einmal aufgezogen, mit Energie versorgt bis zum allerletzten eigenen Ticktack, leider niemand anhielt für mich, und das ich selbst nicht anhalten durfte. Der Kinder wegen.

In zweiter Instanz war Mario freigesprochen worden. Als herausgekommen war, dass es die – ja, ist es denn verwunderlich? – Scientologen waren, die das Gerücht seiner illegalen Hausaneignung in die Welt gesetzt hatten. Mario hat das erfreuliche Ende dieses abscheulichen Prozesses kaum noch erfassen können. Den Brief, der die Verfahrenseinstellung enthielt, hatte er gelesen und beiseite gelegt. Erleichterung war ihm nicht mehr möglich beziehungsweise nicht anzumerken – die endgültige Loslösung hatte bereits von ihm Besitz ergriffen, als dass ihm noch etwas anderes hätte wichtig sein können.

Ich muss gestehen, ich habe ein mulmiges Gefühl, wenn ich in diesem Sekten-Zusammenhang an Dich denke, liebste Mama ... Warum muss ich in diesem Zusammenhang überhaupt an Dich denken? Gibt es denn da einen Zusammenhang? Igitt-igitt – entschuldige! Ich nannte dieses eigenartige Schwindel-ähnliche Flau-Sein soeben ein *Gefühl* – und ja, ich vergesse es andauernd: Meine Gefühle sind falsch. Natürlich.

*

In meiner Ausbildung zur Tagesmutter wurde eine besondere Frage gestellt, die eine jede von uns zu beantworten hatte: Was kennen Sie, haben Sie von zu Hause mitgebracht, aus Ihrem Elternhaus, das man Kindern unbedingt mit auf den Weg geben sollte?

Liebste Mama, kannst Du Dir vorstellen, dass ich mich um eine Antwort herumdrückte?

Etwas in mir glaubt zu wissen, dass Du mein Kneifen, mein Um-eine-Antwort-Verlegensein gar nicht verstehen kannst, auch heute noch nicht. Auch nach diesem Brief an Dich nicht. *Habe ich dir niemals, zu keinem Zeitpunkt meine Liebe begreiflich machen können?* – höre ich Dich resigniert sagen.

Ja, Mama, so ist es. Deine Liebe gleicht einem Phantomschmerz bei mir: Da war mal etwas – oder nein: Da hätte zu einer Zeit einmal etwas gewesen sein können – dass es nie vorhanden war, dieses Verlässliche, Sichere, Gehaltenwerden, dass ich stattdessen zu permanenter Selbstverurteilung gezwungen wurde und später auf Deine gekonnten Gaukelspiele hereinfiel, das tut weh, auch heute noch.

Auf die Frage, was ich von zu Hause mitbekommen und nun mir anvertrauten Kindern weitergeben könnte, fiel mir nichts ein, denn ich hätte allenfalls sagen können, was man ihnen NICHT mitgeben sollte, denn allein davon hatte ich genug erfahren: genug Angst, genug Schmerz, genug Schutzlosigkeit.

Unter einem dicken Leitzordner auf meinem Fußboden hat sich ein umfängliches Buch, A-4-formatig, versteckt, *Unsere Seelen, Fragen, Wünsche II.* Wollte es nicht entdeckt werden inmitten der reichlichen Menge anderer Fundstücke aus unseren Schreibjahren? Muss ich wirklich noch einmal hineinsehen? In all die Bildchen von Schlagerstars, Blümchen, Herzchen, Buntstiftmalereien? Ich gebe zu, dass mir ein Stöhnen entfuhr bei seiner Freilegung. Es reicht doch. Gott Jehova schert sich einen Dreck um alles.

Hallo meine süße Mami, schreibe ich im August das Jahres 2000 – eine Anrede aus etwa der Mitte des Buches. Etwas in mir weigert sich, mich in die erste Hälfte hineinzulesen. Übersättigung? Völlegefühl? Würgereiz? Mangelnde Abwechslung im Nahrungsangebot?

... und es tut mir leid, dass Du durch mich einen Sicherheitsabstand zu mir schaffen musstest. Ich liebe Dich ...

Warum Du das tun musstest, würde sich möglicherweise erschließen auf den Seiten davor. Immerhin noch meine ausgiebigen und vielgestaltigen Liebesbekundungen.

... und ich bete, dass alles wieder gut wird ...

So. Ja. Da war irgendetwas nicht gut. Wieder einmal, immer noch.

Und Du? Was hattest Du zu bieten? Gab es Neues?

Du lobst meinen Mario, was für ein guter Mann er für mich ist.

Irgendwann stehst Du auf dem Berg und schaust hinunter. Du wirst alles verstanden haben, woher alles kam, auch das viele Leid. Die Energien verweilen endlos im Kosmos, nichts geschieht daher einfach so und ohne Sinn, vor allem das geistige Wachsen. Theo sein Wachsen hat er Dir zu verdanken und Du an ihm. Das ist nun zu Ende. Du bist mit Mario wieder im kosmischen Rytmus und Deine guten Erfahrungen mit Theo wirst Du nutz bringend einbringen können in den neuen Abschnitt. Alles Negative kommt weg und wird Dich nicht wieder in die Bedrohlje bringen. Wir wollen dankbar sein und nicht vergessen, wie Gott Jehova uns immer beisteht. Er schenkt uns Liebe im Überfluß, so daß wir Eberhard damit immer in die Schranken weisen können. Eberhard ist deshalb schwer sauer und steuert gegen uns. Das kann man ja gut verstehen. Man kann nur beten für ihn damit er ins Licht kommt, wo er erkannt werden kann. Esse nur endlich wieder, gebe Dich doch nicht auf, möge Gott Jehova Dir die Kraft geben Deine Krankheit endlich zu besiegen, damit Du voller Kraft mit uns unseren Weg gehen kannst. ... Wie ich Dich liebe, mein Kind, Deinen Mario und die Kinder ...

Meine Krankheit, ja, auch so eine Bredouille, die Du weder aussprechen noch schreiben konntest, und *bedrohlich* war sie durchaus, das waren meine nur noch einundvierzig Kilogramm zu der Zeit. Und Freund *Eberhard* taucht wieder auf – sieh mal an, der war beinahe in Vergessenheit geraten. Du hast für den Teufel gebetet! Liebste Mama! Hast Du ihm auch gesagt, dass Du ihn *liebst*? Bestimmt, denn Liebe ist ihm ein Graus. Daraufhin ist er vor Zorn zerplatzt wie Rumpelstilzchen, so dass die Menschheit es *Dir* zu verdanken hat, dass das gesamte Böse aus der Welt verschwunden ist. Amen.

Geliebte Tochter, meinen ganzen Kummer sollst Du haben, meine Muttertränen, die tief empfundenen sind meine Gabe an Dich. Alles hast Du in den Jahren von mir erfahren, alles ohne Geheimnis und Vieles ganz agripisch aufgeschrieben, habe ich Dir gezeigt durch die vielen Fenster meines Herzens durftest Du schauen und die wahre Mutterliebe finden. Denn ich ließ es Dir im Laufe der Zeit wissen, alle Ängste und alle Seelenschatten in den Gefühlen. Mein Vertrauen zu Dir ist tief und meine Liebe endlos.

... Die Sorge um mich frißt mich ... Mein Herz schreit vor Schmerz auf, denke doch an die Kinder! Alle Liebe und alle Fröhlichkeit könnten doch nun Einzug halten nach dem vielen Leid. Aber nein, das geht so nicht, ein Mann namens Mario macht nun alles noch einmal schlimmer in dem tiefen Loch des Schmerzes und erzeugt riesige, ohnmächtige Angst!! Wenn man nichts dagegen machen kann, daß das Liebste was man hat, die eigene Tochter ... sich dem Tod verschrieben hat!! Und der Schoß der Familie zu keiner Rückkehr einladend ist. Lasse uns doch endlich glücklich sein! Weil wir uns das verdient haben und ich so viel für Dich getan habe. Wir wollen unsere kleine Sophia wiederhaben, mit ihren Patschhändchen, ihren lustigen Schmatzern, den süßen Hasen, die putzige Maus, die uns alle glücklich macht mit ihrem Lachen!! Leider bleibt uns die Vergangenheit treu wie eine alte Jacke, lasse sie nur im Schrank hängen und beachte sie nicht mehr! Aber wie schon Jesus einmal sagte, wir sind die Schöpfer unseres eigenen Glücks ... Sophia, Du bist meine erstgeborene, wir sind doch untrennbar vereint in mehr als 36 Jahren! Du bist alles für mich! Wenn Du nur endlich Dein Glück annehmen würdest!! Wenn es möglich wäre durch das Opfer meines Lebens für Dich, und Deine Seele könnte aufblühen in der großen Liebe, die uns geschenkt wurde, denn die Bedingung dafür ist die Tiefe einer wahren Mutterliebe, weil Kinder lange brauchen, um das zu verstehen. Ihnen fehlt noch so viel, Umsicht, Zusammenhänge erkennen, Güte, Erfahrungen, immer wieder Verzeihen können und die liebevolle, führende Hand einer Mutter zu erkennen. Sie fühlen so viel Falsches und erkennen es nicht als Falsch und erst wenn sie die Jahre haben und eigene Kinder, wächst ihnen ein Gespür für die Fülle der Mutterliebe, die sie einst von einer Mutter geschenkt bekamen, die wirklich Mutter war.

Wäre mir an der Stelle nach Beten zumute, riefe ich: Gott, was hast Du nur mit meiner Mutter gemacht! Hast du hinterm Ofen gehockt und gekichert, als du ihr eine Denk- und Sprechweise gabst, die mich heute erschauern lässt? Und was hast du mit mir gemacht, die ich über Jahre diese abstruse fürchterliche Mischung aus Einfalt und Hintertücke nicht zu entlarven ver- mochte! Gott oder Gott Jehova, du hast mir ein paar Hirnwindungen zu wenig vermacht, meine Synapsen unverbunden einsam in meinem Schädel herumbaumeln lassen – soll ich dir dafür danken? Immerhin denke ich heute, dass gewisse Körperteile, Seele und Gehirn eine Einheit bilden, und dass das Gehirn sich nicht gut entwickeln kann, wenn der Rest zum Teufel gegangen ist.

Ja, ja, zu Eberhard, liebste Mama, ich weiß.

Aber was reg ich mich auf, ich mache weder Gott noch Deinen Eberhard verantwortlich für mein endloses Scheitern. Ich taste mich durch unsere gemeinsame Vergangenheit, rieche an dieser *alten Jacke*, die einfach nur stinkt nach zu langem Tragen, weil es keine andere gab. Gab auch keine Reinigung der alten Klamotte.

Heute grinse ich, schüttele den Kopf, wenn ich eintauche in den gesammelten Unrat unserer Schriftlichkeit. Du meine *wirkliche* Mutter, die mit der *führenden* Hand und dem Herzen voller *Güte*! *Die Sorge um mich frißt mich* – wie sagt man: ein Freudscher Versprecher oder Verschreiber? Um Dich selbst sorgtest Du Dich. Marios Schweigen weckte Deinen Argwohn. Und meine körperliche Auflösung, sofern sie nicht tödlich enden würde – sie machte Dir wirklich Angst. Meinen Tod hättest Du formvollendet beweinen können, aber mit meinem Überleben wärest Du doch weiterhin gestraft gewesen. Und ruhelos, stets in leichter Panik. Sollte ich im dargebotenen Geschenk Deiner *Muttertränen* ersaufen? *Lass uns doch endlich glücklich sein!* Gewiss, nichts weiter als eine Disziplinfrage, völlig egal, und wenn du morgen vor lauter Dämlichkeit krepierst, liegt es nur daran, dass du nicht glücklich sein willst, dich dem Glück verweigerst, stures Kind du, obwohl ich weiß, wie das geht und es dir doch die ganze Zeit vormache, Abracadabra, verdammt nochmal.

*

Oh Mama, jetzt war ich aber lange weg. Dabei saß ich nur auf dem Klo, gebeugt über den alten blauen Wischeimer zwischen meinen Beinen. Du glaubst gar nicht, was da alles raus wollte, überall. Und am Ende ist gar nichts passiert, und beide wunderten sich darüber, das Klo und der Eimer. Irgendwie ärgert mich das, so viel Trara um nichts. War doch immer schon so bei mir, ich mache viel Trara um nichts. Diese Bauchkrämpfe, dieser

Druck, diese Übelkeit, und dann sehe ich mich da sitzen und schäme mich, vor mir selber, und würde mich auslachen, wenn mir nach Lachen wäre. Weil alles sehr allmählich sich wieder beruhigt, sich ausstreckt in mir und gähnt und friert wie ein nicht ganz zu Tode vergifteter Hund, der merkt, dass er doch noch nicht abtreten muss. Und dann schleicht er schwachbeinig umher und weiß nicht, wohin und warum, der alte Hund.

Weiterschreiben will ich nicht. Wann hört das auf, dieses Unwohlgefühl in diesem Zimmer, mit unserem auf dem Boden verteilten Leben, unsortiert, unordentlich, unbeseitigt, un- ...

So ein sentimentales Selbstmitleid befällt mich stets nach solchen Körperaktionen oder -reaktionen, die mich müde übriglassen, erschöpft und lustlos. Und völlig humorbefreit, das auch noch. Den muss ich doch wiederhaben, den Humor, sonst bin ich verloren. Wo war ich stehen geblieben?

Bei meiner Widerborstigkeit in Sachen Glücklichsein zur Zeit meines langsamen Verreckens, zu der Zeit, als Theo noch immer Einlass begehrte, der ihm aber nun, sofern er bis zu meinem Bett vordringen wollte, verwehrt wurde, war ich Dir doch noch immer verfallen, völlig beduselt, jetzt erst recht bei so viel geschrumpftem Gesamtgewicht, Hirn eingeschlossen, aber dieser besonderen Sorte Wachkoma trautest Du nicht. Wie nanntest Du Deine Angst? *Riesig und ohnmächtig.* Aber Mama, wirklich: Du musstest niemals Angst vor mir haben. In jenem Buch dankte ich Dir sogleich für Deine Zeilen, auch im Namen Marios, der so vieles aus seiner Herkunftsfamilie nicht kannte und erst durch uns gelernt hatte: *... die Offenheit in einer Partnerschaft, Toleranz, Einfühlsamkeit, Zärtlichkeit... und Direktheit... Das sind alles Eigenschaften, die Du, Mama, uns gelehrt und vorgelebt hast, ich danke Dir dafür...*

Und es folgt mein ausführlicher und anschaulicher Bericht des damaligen Weihnachtsfestes ohne gegenseitiges Besuchen, weil meine vierköpfige Familie mit Magen-Darmgrippe darniederlag und Mario trotz eigenen Betroffenseins rührend und ohne Murren für uns alle sorgte – was mein Erstaunen bezüglich dieses Mannes wieder einmal groß machte.

Danach hatte Mario ein Machtwort gesprochen und mich, die nur noch trüb und klapprig und abwesend umherwankte, ins Krankenhaus gebracht – gegen Deinen ausdrücklichen Willen. Denn Du hattest auf einem

Familiengespräch bestanden. Mario hatte mich dem entzogen und sich selbst damit ins Abseits gestellt, Deiner Verachtung sicher.

Deine Sorge (um mich oder doch eher um Dich?) packtest Du und eiltest mit ihr zu mir ins Krankenhaus, wo ich gewiss bald schon sterben würde außerhalb Deiner phänomenalen Mutterliebe und ohne Deinen spirituellen Beistand. Deine Appelle an mein Gewissen, die Kinder und Mario betreffend, erreichten mich zu der Zeit gar nicht mehr. Ich war schon weitergegangen, entfernte mich. Deine Stimme neben mir hatte etwas Vertrautes, sanft Rieselndes, inhaltlich unerheblich, nennenswert Neues ohnehin nicht vorhanden.

In Deiner Weisheit schenktest Du mir ein Bild. Was Du alles tatst für meinen Lebenserhalt! Eine von Dir angefertigte Collage aus Computer-Gemaltem und eigentümlich veränderten Fotos von mir: neben mir der Tod, in seiner Knochenhand eine Uhr. Bedauerlicherweise bewegten sich deren Zeiger nicht – also ein bisschen mehr Mühe hättest Du Dir schon geben können! Mama, was sollte so ein Bild? Mit dem Tod konntest Du mir keine Angst machen, und wenn schon. Wolltest Du, dass ich es an die Wand schmeiße aus augenblicklich zurückgekehrtem purem Lebensmut? Oder aus einer wunderbaren Eingebung heraus, dass Leben doch ein sensationelles Gottesgeschenk ist? Oder war es Deine unnachahmliche Art, mich nun sanft dem Tod zu schenken nach all Deiner vergeblichen Mühsal? Mein Dank fiel leise, schwach und brav aus. Der Rahmen des Bildes gefiel mir ja.

Reinhold hatte eine ähnliche Idee. Von ihm bekam ich ein Karteikärtchen zum Aufhängen demnächst an meinem kalten Zeh, mit schwarzem Zwirn und einem Aufdruck zum späteren Ausfüllen:

Sterbedatum von Sophia Leschat:

Knochennummer:

Teilenummer:

Sarkasmus gegen Magersucht beinahe im Endstadium. Entsprach Eurer Hilflosigkeit? Oder Eurer Wut auf mein ungebührliches Verhalten? Sollte ich dem Krankenhauspersonal schon mal prophylaktisch ein bisschen Arbeit abnehmen?

Und was man da alles herausfand in diesem Krankenhaus! Von schlechten Elektrolyten sprach man, von deutlichen EKG-Veränderungen, schlechtem Blutbild. Meine Haut war schlaff und bläulich, die Adern sehr sichtbar, die Haare gingen mir aus, meine Speiseröhre verweigerte jegliche Nahrung, geriet in Brand bei jedem Krümel. Und sicher war auch mein Resthirn bereits in Rückbildung begriffen, weil es wie alles andere an und in mir lange energetisch unterversorgt worden war höchst absichtsvoll durch mich selbst in dem Wunsch nach Strafe, Buße, Schmerz, immer noch nicht genug Schmerz, obwohl doch Mario nun an meiner Seite war, zuverlässig, liebevoll, besorgt um mich, endlich war jemand wirklich gut zu mir.

Aber es war ja auch, wie schon gesagt, gleichzeitig meine wunderbar steuerbare Selbstfürsorge, dieser Irrtum, dieser Wahn, zu denken, man habe alles noch unter Kontrolle. Irgendwann nicht mehr. Längst war es Sucht. Einfach aufhören damit, leider unmöglich. Dein Ansinnen, so einfach mal eben Sucht durch Glück zu ersetzen, meine Sucht durch Dein Glück – Mama! Ich war eben einfach nur faul, scheute jegliche Anstrengung in die richtige Richtung!

Es war um meine selbstauferlegten Vorschriften gegangen, zum Beispiel viel zu trinken, um schnell satt zu werden. Im Herunterhungern spürte ich Schläfrigkeit, Trägheit, Ermattung, aber auch einen Triumph, und der war mir wichtig. Schnelles Gehen und Treppensteigen waren mir immer schwerer gefallen, aber ich litt gern. Weil ich meinte, endlich einmal einen Steuerknüppel in der Hand zu haben, ganz unabhängig von Dir. Hungern war ein Ventil für all die falschen Gefühle, für meine Unsicherheit und Wertlosigkeit. War mindestens genauso gut wie mich blauzuschlagen. Und hart musste es sein. Nur Härte gegen mich war gut. Beweis meiner unbedingten Disziplinierungsfähigkeit. Mein Blick hatte etwas Leeres bekommen. Das Erschrecken vor meinem Spiegelgesicht tat mir wohl. Bloß keine Barmherzigkeit mit mir!

Und Du hattest Angst, wunderbare Angst, mich zu verlieren! Das gefiel mir. Vielleicht hatte ich ja zu essen aufgehört, *um* Deine Angst um mich zu spüren? Nun, Du hast sie belegbar gemacht, Deine Angst, auf zahlreichen Seiten, und ich zweifelte nicht an ihrer Wahrhaftigkeit. Nach meinen fetten Jahren waren nun die mageren angebrochen. Hat doch etwas Biblisches, findest Du nicht?

Du schreibst mir ins Krankenhaus, als ich bereits wieder zwei Kilogramm zugenommen hatte, wie es doch wieder Zeit werde, *Ballast abzuwerfen und sein Herz sowie Geist im Jupiterjahr zu öffnen, damit das Marsjahr 2002 mit gestärkten Kräften begegnet werden kann...*

Deine Grammatik – immer wieder beeindruckend.

Im Februar beschreibst Du ein schönes Fest, *bei dem jeder sein Bestes gegeben habe.* Nur mit Mario warst Du nicht zufrieden, spürtest *ein Gefühl von Distanz von Seiten Mario zu mir sehr stark ...*

Dein *Knoten im Bauch, Mario betreffend,* blieb bestehen und Du meintest, *nicht mehr die Kraft zu haben, diesen Redereien verbunden mit so viel Negativität mich auszusetzen ...*

Was mich hier alles noch anspringt auf eingelegten losen Blättern in besagtem Buch, unserem letzten, nur noch halb gefüllten, das sich versteckt hatte! Deine Erlebnisse mit *Herwig,* dem Heiler, Dein gemaltes Bild von *Gottes gütigen Augen,* darunter der bärtige Jesus, neben ihm die hässliche Fratze *Eberhards,* unten dunkle Menschengestalten – dieses Bild, das mich verfolgte, nachdem ich mühevoll wieder essen gelernt hatte, das mir einen recht plastischen Traum sandte, in dem Elisabeth vergewaltigt werden sollte durch einen Mann, meine Panik, mein Ausflippen und später wiederkehrende Panikzustände nachts im Bett neben Mario, mein Ekel vor meinem nächtlichen Angstschweiß ... Alles erzählte ich Dir, es liegt hier vor mir.

Du hättest diesen Traum von mir, einen Wink mit dem Zaunpfahl, aufgreifen können, aber natürlich übergehst Du ihn, zeichnest mit Bleistift ein neues Bild, wie Jesus einem Delphin den rechten Weg zeigt und sagst, *beim Malen des Bildes fand ich meinen inneren Frieden und mein Herz füllte sich mit Ruhe und dem Wissen, daß wenn Menschen und Eberhard uns eine Tür zuschlagen, läßt Gott uns mit Sicherheit ein Fenster offen...*

Oh Mama. Immer Dein Herz, so voll oder so leer oder auch mal schreiend; lachen kann Dein Herz und hüpfen und jubeln und weinen, ein tolles Organ. Und Gottes offenes Fenster, aus dem ich noch immer nicht gesprungen bin.

Die Sorge um Deine wahrgenommene Distanz von Mario Dir gegenüber wächst. Du bedauerst Deine Hilflosigkeit, weil Du es nicht akzeptierst, wie jemand, den Du zu lieben vorgibst, sich Dir mehr und mehr entzieht. Ziemlich geschickt beklagtest Du Deine Ahnungslosigkeit.

Ich weiß es: Mario hatte sich mit meiner rigorosen Krankenhausunterbringung Dir widersetzt, weil er nichts hielt von Deinen *Familiengesprächen* – womit er für Dich fortan undiskutabel war, nichts als ein schnöder Verräter. Leider verstand ich mich so gut mit ihm, er tat mir doch so gut. Mein Weiterleben habe ich ihm zu verdanken. Wobei Mario, anders als ich zu der Zeit, einen sehr gesunden Argwohn gegen Dich entwickelt hatte, ohne dem sprachlichen Ausdruck zu verleihen. Er liebte Dich einfach nicht, zu keinem Zeitpunkt, was jedoch simple Voraussetzung war für jeglichen Verkehr mit Dir. Und mit der Zeit durchschaute er gewiss inzwischen einiges. Dein *Familiengespräch* hätte mir wieder Fleisch auf die Knochen gezaubert? Deine Weisheit hätte es vermocht? Seine Zweifel daran konntest Du nicht dulden. Oder gar seinen heimlichen Verdacht hinsichtlich Deiner nicht auszuschließenden stillen kleinen Hoffnung auf ein fast natürliches Verschwinden eines jahrzehntelangen Quälgeistes?

Was ich mir hier schon wieder herausnehme.

Du warst ihm zunehmend suspekt geworden, obschon er Dich niemals herausforderte. Er scheute die direkte Auseinandersetzung mit Dir, es erschien ihm nicht ratsam, sich mit Dir anzulegen. Obgleich, wenn ich allein Deine brieflichen hier angeführten Zitate vor Augen habe: Dein Wortschatz ist gering, Deine Sprechweise für schlichte Gemüter ebenso einfältig wie verheerend, Deine Gedanken sind von Armseligkeit gezeichnet, allenfalls von ermüdenden Wiederholungen und ängstliche Verwirrung stiftender Zusammenstellung von allerhand zusammengeklaubtem Schwachsinn. Nach Gutdünken biegst Du Dir die Welt zurecht. Diesbezüglich stelle ich mir selbst kein gutes Zeugnis aus, liebste Mama. Zu lange währte mein Reinfall hinsichtlich Deiner Person. Und Mario ließ mich immer gewähren, äußerte niemals seine Beklemmung oder gar sein Entsetzen über das von Dir Kommende. Meine Befreiung von Dir, das schien er genau zu spüren, würde jegliche Hilfestellung von außen ablehnen, auch durch ihn. Bis mir die Augen von selber aufgingen, bis ich all Deine hochmanipulative Falschheit durchschauen konnte, musste leider sehr viel Zeit vergehen.

Dein letzter, getippter Brief schließt sich gleich an Dein Handschriftliches. Ein wenig daraus:

... Mein liebes Kind, ich habe Dir heute etwas zu sagen. Keine Mutter kann sich perfekt nennen, ich auch nicht. Aber Du weißt, mit wieviel Liebe ich alle meine Kinder in dem Aufwachsen geholfen und niemals allein gelassen habe... Wie oft habe ich dabei meine eigenen belastenden Grenzen überschritten. Meine Kinder waren mir immer wichtiger als ich selbst. Mario die Begegnungen mit ihm sind selten und von ihm allein geht das nie aus. ...Wenn

Du ihn nicht darum bittest, verweilt er nur ungern bei mir, auch wenn Du denkst, daß ich das nicht sehe.

Aussagen in Bezug von Mario sagt er nie von selbst, die hat er von Dir. In Bezug meiner Person was er da denkt und fühlt hält er sich ganz zurück. Warum kann er nicht schön und ehrlich sein? Wie Du weißt, kann ich viel Kritik ertragen, wenn diese von einem persönlich gesagt wird. Weißt Du, keiner auch Mario muß mich lieben! ... Aber wenn er so feige ist und keine Ehrlichkeit für mich hat, muß ich meine Liebe für ihn auch zurück stecken. Er muß dann als mein Sohn, so sehe ich ihn ja damit leben, wenn ich nur noch unsicher und traurig bin. ... Er sagt, daß er mir helfen will mit meinen Sachen, aber das will ich nicht, bis ich von ihm weiß, was er offen und ehrlich von mir hält, er muß mir das selber sagen... Ich liebe Dich mein Kind, und bete nur zu Gott und Jesus egal was geschehen ist oder noch geschieht. Gehe immer Deinen Weg und treffe immer Deine Entscheidungen ...

Deine letzte schriftliche Entäußerung. Um Dich geht es Dir, nur um Dich. Liebesbekundungen brauchst Du. Dein schweigsamer Schwiegersohn führt etwas im Schilde gegen Dich. Er entzieht mich Dir. Frei kannst Du Dich aber nur fühlen, solange Du andere beherrschen kannst. Ich antworte Dir noch, einige Zeilen lang. Sie lesen sich heute, als ob ich damals kurz vor der Psychose stand. Mein Schriftbild ist fahrig, mit unsauberen Schmierereien und Durchstreichungen. Der Inhalt – eine Anhäufung von Skrupeln und Selbstanklagen der fast Verhungerten, aus zweifelndem und verzweifeltem Gottglauben sowie Danksagungen an Dich, aus Wünschen, ein besserer Mensch zu sein ebenso, wie gar nicht geboren worden zu sein. *Ich baue Brücken, wo es keine Ufer gibt*, schreibe ich. Vielleicht beschreibt das meinen Zustand von damals ganz treffend. Meine Sehnsucht nenne ich *weltlich*, mein Wesen *egoistisch und weltlich, empfindlich, labil – zum Kotzen.*

Dann bricht der Text ab.

Auch dieses letzte Buch ist in meinem Besitz verblieben. Kein Mitnehmen mehr, Hinübertragen zu Dir für den weiteren Austausch. Der Austausch war beendet.

Unser Kontakt setzte sich noch eine Zeit lang fort, über Deine Besuche im Krankenhaus.

*

All diese hier ausgebreiteten Schätze entsprechen einem Teil Deines Wirkens. Unseres Miteinander-Verwobenseins. Eine Menge Botox für unsere Seelen. Für psychische Auswuchtungen mit letztlich begrenzter und trügerischer Haltbarkeit. Ich weiß, auch Deine eigene Sammlung ist (oder war?) reichhaltig. Die Männer, die zumindest zeitweise Deinen Kreis bevölkerten, eigneten sich weniger zum schriftlichen Verkehr mit Dir, dafür die Frauen umso mehr; die meisten von ihnen verfügen über ähnliche, weniger ausführliche Bücher oder Briefschaften – sofern sie sie nicht entsorgt haben in einem herzhaften Anfall von Saubermachen.

Wie ist das, hebt man etwas auf, um es zu *vergessen*? Stapelt man Erinnerungen, um sie *nicht* festhalten zu müssen? Bewahrt man das Vergangene auf, um *nicht* zurückzuschauen?

Weißt Du, ich glaube, mein Gedächtnisverlust oder meine immerwährende Negation hätte vielleicht sogar gelingen können – mein Wunsch war es durchaus in all den Jahren mit oder neben Dir –, aber Deine so besondere gefühlsanweisende Liebe, die wie ein Gebot, eine Pflicht, ein Zwang daherkam, Deine Liebe, in der ich ungültig war, wenn ich ihr nicht entsprach, Deine stets enthaltenen Demütigungen, sobald meine Erinnerungen Dir nicht passten – diese Art Liebe konnte auf Dauer jenes besänftigte *Schwamm-Drüber* nicht gestatten.

Wer war ich denn, und wer bin ich heute? Sag Du es mir, Mama! Bin ich überhaupt jemand? Zu welcher Identität hätte ich heranreifen sollen unter Deiner Jahrzehnte anhaltenden *Liebe*, die mir hauptsächlich Leugnen, Ignoranz und Vergessen gebot? Und verdammt nochmal Glücklichsein! Ich wünschte, ich hätte darauf eine Antwort gefunden oder auch nur irgendetwas hinsichtlich der anderen ungeklärten Fragen während dieser Zeit des Schreibens an Dich.

Was hat sich geändert für mich, seit ich mich mit meinem Leben zu beschäftigen begann, mit unserem wechselseitigen Einfluss aufeinander? Seit ich meine, genauer hinsehen zu wollen. Hasse ich mich weniger? Ist meine innere Stummheit beredter geworden? Gehe ich achtsamer mit mir um, mit mehr Wohlwollen? Tränen laufen mir über die Wangen, manchmal. Ich wische sie nicht fort. Etwas ist geschehen – doch: Ich fühle es. Auch wenn ich es nicht genau benennen kann. Habe ich mehr Energie in mir? Wenn ich einen Deiner bevorzugten Begriffe, verwende: Bin ich *geistig gewachsen*?

Ist in mir eine neue Begeisterung fürs Leben erwacht? Ich stelle es nicht mehr in Frage, dass mein Wissen und Fühlen mir gehören, mir ganz allein. Und dass es *richtig* ist, was ich fühle. Dass es immer schon richtig war, weil Gefühle nicht falsch sein können. Und Erfahrenes, Erlebtes nicht aus dem Blickwinkel weggebogen, seiner Existenz beraubt werden darf. Und dass manches an Erfahrenem die kindliche Psyche aus den Angeln heben kann, gründlich und unumkehrbar und nie mehr ohne Symptome.

Und dass auch meine früher so grausigen Träume erzählt werden dürfen, ohne Scham, auch der von meinen mit hundert Rasierklingen bewehrten Handflächen, mit denen ich unsagbar wütend auf Dich einschlage – ich weiß jetzt, dass ich im Traum ein Ungeheuer sein darf. Und seit ich das weiß, ist mein Schlaf weniger anstrengend. Manchmal. Scham. Gewissensbisse. Sind Dir diese Gefühle bekannt? Wegen irgendetwas in Deinem Leben?

Mein Innen ist noch vorhanden, liebste Mama! Mir ist, als hätte ich ein kleines Stück Freiheit gewonnen: eigenständig denken zu dürfen. Ich wage es heute, Fragen zu stellen, Dich in Frage zu stellen, Dich mit Deiner vielen Liebe. Meine Gedanken von heute bleiben unzensiert durch Dich. Was für ein Gewinn!

Der dichte Nebel hat sich gesenkt. Wochen sind vergangen seit meinem letzten Anfang mit Dir. Es ist Zeit, ich gehe ans Einsammeln. Ans Auflesen des so zahlreichen Materials auf meinem Teppich. Tummelplatz meiner Gespenster. Wohin nun damit? Wieder in die Kiste? Weil ich noch immer zweifle, ob meine Geschichte mit Dir wahr sein kann? Ob Du wahr sein kannst? Ob ich Lüge bin?

Niemand darf in mein Zimmer, seit ich alles so sichtbar ausgebreitet habe, niemand soll sehen. Wie – immer noch Scham? Nein, ich glaube nicht. Schämen dürfen sich andere, sofern sie noch leben. Aber ist das Herumliegende nicht mein Eigentum und geht keinen etwas an?

Ich finde, das sollte sich ändern.

Muss mich beeilen, hole mir gerade ein Stück meines Leben zurück – weiß nicht, wieviel Zeit mir dafür noch bleibt.

Sophia, Deine Tochter

PS.: Mir fällt noch ein, ob Du wohl nach dem Lesen dieses Briefes Tobias herbeiholst, den zu beeinflussen Du noch immer in der Lage bist? Die

Drogen haben bei ihm Verheerungen angerichtet, er ist ein mitunter unberechenbarer Wirrkopf. Wirst Du ihn schicken, mich zu strafen, weil *der Himmel es will*? Oder müsstest Du ihn gar nicht schicken, sobald Du ihm ein paar Stellen hieraus gezeigt hättest? Erschiene er freiwillig-bestrafungsgeneigt bei mir, als *Himmelsbote*?

Er wird mir willkommen sein. Sag ihm, er soll die Gitarre mitbringen.

WEITERE TITEL DER AUTORIN

Ulla Burges
Der Schmerz ist anderswo
ISBN 978-3-7578-7774-3

Acht Erzählungen, das heißt acht Versuche, im Leben etwas hinzukriegen.

Um Scheitern geht es, und um Gelingen, vielleicht. Um Knoten, die lösbar sind, manchmal. Um Abschiede, die notwendig werden, unbedingt. Um Dummheit, die sympathisch ist, gelegentlich. Um Ignoranz, die unverzeihlich ist, immer. Um Unglaubwürdigkeit, die lebensbegleitend ist, hin und wieder. Um das bisschen Wahnsinn, das uns nicht verlässt, niemals.

Ulla Burges
Von Fischen und Menschen
ISBN 978-3-7562-6838-2

Paul Pribbernow gehört gewiss zu einer Handvoll herausragender Karikaturisten im Land. Sein Stil wird gern als altmodisch bezeichnet, was ihn nicht stört, da er weiß, dass andere Künstler es mit der Genauigkeit im Zeichnen nicht so genau nehmen. So freudvoll und leidenschaftlich er zeichnet, so freudvoll und leidenschaftlich angelt er auch. Und er sieht schon immer sehr genau hin: zu den Menschen wie zu den Fischen. Hier sind sie abgebildet. In Schwarzweiß und in Farbe. Ulla Burges unterstreicht diese Art zu karikieren mit ihren Reimen, teils im Brandenburger Dialekt, wo P. P. beheimatet ist.

Ulla Burges
Mein graues Paradies
ISBN 978-3-7557-6950-7

Mein Graues Paradies ist eine autobiografische Geschichte, erzählt aus der Perspektive der Autorin. In beiden Teilen geht es um Störungen und Verstörungen in den zwischenmenschlichen Beziehungen, um psychischen wie physischen Missbrauch, um die teils verzweifelte Suche nach Verstehen und Verstandenwerden, um die Dynamik innerseelischer Prozesse, um Generationen übergreifende Unfähigkeiten zwischen Eltern und Kindern – ein Psychogramm dreier Generationen einer Familie. Und im ersten Teil findet da-neben ein kleines Stück DDR-Zeitgeschichte seinen Niederschlag.

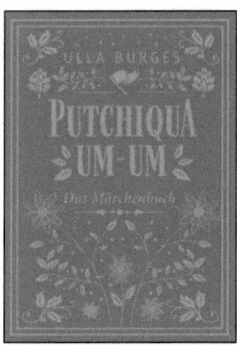

Ulla Burges
Putchiqua um-um
ISBN 978-3-7534-6930-0

Moderne Märchen zum Nachdenken und Mitmachen – entdecke Deine Welt aus einer neuen Perspektive! Mit Ulla Burges tauchen Selbstlesekinder wie Vorlesende in eine Märchenwelt ein, die heutig ist und dennoch zeitlos. In märchenhafter Sprache und durch ihre liebevollen Illustrationen gelingt es der Autorin, auch schwierige Themen wie Angst, Neid, Hass, Ekel und Wut kindgerecht aufzubereiten. Auch das Thema Tod wird nicht vermieden.

Für (Vor-)Leser und (Vor-)Leserinnen von 4-99 Jahre.

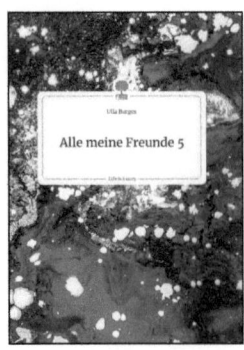

Ulla Burges
Alle meine Freunde. Life is a Story
Band 5
ISBN 978-3990876657

Die nun letzten 17, teils bebilderten Geschichtlein über die Freunde der Autorin und im Zusammenspiel mit ihr: augenzwinkernd, nachdenklich, leise, kritisch, hintergründig, makaber. Bestens geeignet für Humor-Erprobte, die in der Lage sind, ihre Mitmenschen aus einer gewissen Distanz zu betrachten..

Band 1-4 der Reihen „**Alle meine Freunde. Life is a Story**" ebenfalls im Buchhandel erhältlich.